Ina Glahe

Ich will keinen Millionär

Ina Glahe

Ich will keinen Millionär

Roman

Deutsche Erstausgabe 09/2016

Copyright © 2016 by Ina Glahe

Umschlaggestaltung © by Ina Glahe Publishing

Foto © by Mayer George

Prolog

Meine feuchten Hände wische ich an meiner Jeans ab und steuere weiter auf Kilian zu, der mit dem Rücken zu mir steht.

Die Frühlingssonne strahlt und passt somit gut zu den Schmetterlingen in meinem Bauch! Ich bin so verliebt in Kilian aus meiner Parallelklasse! Das war ich von der ersten Sekunde an, als ich ihn auf dem Schulhof gesehen habe! Diese Woche hat er mich dann endlich zu einem Date eingeladen, nachdem wir uns etwa ein halbes Jahr lang in jeder Pause tief in die Augen geschaut haben.

Ich gehe um ihn herum und sein Anblick lässt kurz meinen Atem stocken. »Hi!«, sage ich schüchtern.

»Hey, Mirabella!« Kilian lächelt und mein Herz schlägt wie verrückt. »Da vorne ist ein Tisch frei.« Er deutet unter den Sonnenschirm auf der Terrasse der Eisdiele.

»Okay!« Vollkommen überwältigt, dass ich hier zusammen mit ihm bin, folge ich ihm zu dem Tisch.

Er zieht einen Stuhl zurück und deutet mir, dass ich mich setzen soll.
Gut erzogen!
»Danke!«, murmele ich.
Kilian nimmt mir gegenüber Platz und wir greifen uns jeweils eine Eiskarte. Kurz lasse ich meinen Blick zu ihm wandern und beobachte ihn, wie er die Karte studiert.
Er sieht so unglaublich süß aus!
Als er seinen Kopf hebt, schaue ich schnell wieder auf die Karte vor mir.
»Weißt du schon, was du möchtest?« Er sieht mich mit seinen strahlend blauen Augen an.
»Spaghettieis.«
»Sicher, dass es etwas so Ausgefallenes sein soll?« Kilian lächelt schief.
»Witzig! Ja! Absolut sicher!«
Die Bedienung kommt, Kilian bestellt für uns und kurz darauf stehen die Eisbecher vor uns.
»Wie war es für dich, als ihr hierhergezogen seid und du auf die neue Schule musstest?«, frage ich, damit wir uns nicht die ganze Zeit lang nur dämlich angrinsen.
»Komisch! Man lässt all seine Freunde zurück und steht plötzlich zwischen lauter Fremden auf

einem unbekannten Schulhof. Die ersten Tage waren echt heftig! Es gab nur eines, was mir sofort gefallen hat!« Kilian schaut mir in die Augen.

»Ja? Was war es?« Ich lecke das Eis von meinem Löffel.

»Du!« Er lächelt und ich spüre, wie ich rot werde.

»Du bist mir auch gleich am ersten Tag aufgefallen!« Unsicher stochere ich in dem Becher.

»Dann hätte ich dich ja schon viel früher einladen können!«

Ich ringe mich dazu durch, ihm wieder in die Augen zu schauen. »Ja, das hättest du!«

Wir senken beide unsere Blicke und schaufeln die Reste von unserem Eis hinein.

»Magst du noch etwas spazieren gehen?«, fragt Kilian, als wir aufgegessen haben, und winkt der Kellnerin zu.

»Ja, sehr gerne!«

Er bezahlt und wir gehen in Richtung Park. Eine Zeit lang schlendern wir nebeneinander her und plötzlich greift er nach meiner Hand. Mich beruhigt es, dass seine genauso feucht ist wie meine! Er sieht zu mir und lächelt, dieses unglaubliche Lächeln, das mir von Anfang an den Kopf verdreht hat.

Im Park zieht Kilian mich bis zu der Bank, die auf dem Steg steht, der in den kleinen See ragt. Als wir sitzen, wendet er sich mir zu und nimmt dann mein Gesicht in seine Hände. Mein Atem beschleunigt sich und er drückt seine Lippen sanft auf meine. Instinktiv schließe ich meine Augen und kann gar nicht glauben, dass der süßeste Junge meiner Schule mich gerade küsst!

Seine Zunge schiebt sich vorsichtig in meinen Mund, was mich verunsichert, weil ich mit Zungenküssen bisher kaum Erfahrungen habe. Doch dieser Kuss ist einfach nur perfekt und hat nichts zu tun mit den Küssen, die ich bisher bekommen habe!

Kilian löst seine Lippen von meinen und sieht mir tief in die Augen. »Willst du meine Freundin sein? Also meine feste Freundin!«

Ich beiße mir auf die Unterlippe, um nicht vor Glück laut zu schreien und nicke dabei. Wieder legen sich seine Lippen auf meine und ich bin mir absolut sicher, dass ich gerade das glücklichste Mädchen auf diesem Planeten bin!

***

»Und wenn uns jemand erwischt?« Unsicher schaue ich zu Kilian, den ich im Dunkel des Gebüschs nur schemenhaft erkennen kann.

»Uns erwischt schon niemand!«, flüstert er zurück und macht sich an dem Zaun zum Freibad zu schaffen.

Nach kurzer Zeit hat er ein kleines Stück des Maschendrahtes gelöst und hält es hoch. »Die Dame!«

Normalerweise gefällt mir seine galante Art sehr gut, aber in diesem Fall hätte ich auf den Vortritt verzichten können! Ich quetsche mich durch die Öffnung und Kilian befreit meine Tasche, die sich im Zaun verheddert hat. Schnell lasse ich meinen Blick über das Gelände wandern, kann aber nichts und niemanden sehen außer der Spiegelung des Mondlichtes auf der Wasseroberfläche.

Kilian nimmt mir meine Tasche ab und stellt sie dann an den Beckenrand. »Dann lass uns mal abtauchen!« Er lächelt und beginnt dann damit, sich auszuziehen.

Ich krame in meiner Tasche nach meinem Bikini.

»Den willst du nicht wirklich anziehen?«, fragt Kilian mich, als ich den Bikini in den Händen halte und er nackt vor mir steht, was mich schwer schlucken lässt.

»Ach, quatsch!«, schwindele ich und beginne, mich auszuziehen.

Verschämt schaue ich an mir herunter, weil wir uns bis jetzt nicht nackt gesehen haben.

»Du siehst wunderschön aus!«, flüstert Kilian mir ins Ohr, nimmt dann Anlauf und springt ins Wasser.

Ich folge ihm und quieke, als das kühle Nass meine Haut berührt. Mit schnellen Bewegungen schwimme ich zu ihm und schlinge meine Arme um seinen Nacken.

Er küsst mich zärtlich. »Ich liebe dich!«, haucht er danach und ich kann meinen Ohren kaum trauen.

»Ich liebe dich auch!« Ich küsse ihn erneut und fühle mich Kilian so nah! Er hat wirklich alles! Das Gesamtpaket, das sich jedes Mädchen wünscht!

Ich streiche durch seine nassen Haare und nehme dann meinen ganzen Mut zusammen! »Ich habe Kondome dabei«, gestehe ich leise.

Überrascht sieht er mich an und sein Anblick im Mondschein ist einfach nur unglaublich! »Hattest du denn schon mal Sex?«

Deutlich spüre ich, wie ich rot werde, und bin froh, dass er das sicher nicht erkennen kann. »Nein«, gebe ich kleinlaut zu.

»Bist du dir denn auch ganz sicher, dass du das möchtest?«

»Ja!«

»Dann wird es wohl für uns beide das erste Mal werden!«

»Wirklich?« Zu meinem Erstaunen mischt sich Erleichterung, weil ich mir schon so langsam wie eine alte Jungfer vorkam zwischen meinen ganzen Klassenkameraden, die alle behaupten, schon Sex gehabt zu haben.

»Ja, wirklich!« Er lacht leise auf und küsst mich dann.

»Ich habe Handtücher und eine Decke dabei. Wollen wir uns auf die Wiese legen?« Unsicher schaue ich in seine Augen.

»Okay!«

Wir schwimmen zum Rand und verlassen das Becken. Kilian nimmt meine Tasche und wir gehen zu der Liegewiese. Ich hole die Decke heraus, drapiere ein Kondom darauf und wir legen uns hin. In der Nähe zirpen ein paar Grillen, aber ansonsten ist nichts zu hören außer dem Rascheln in den Bäumen, ausgelöst durch eine warme Sommernachtsbrise.

Kilian streicht mir eine nasse Haarsträhne aus dem Gesicht, beginnt mich zu küssen und in diesem Moment bin ich mir 100%ig sicher, dass er der eine Besondere und ganz einfach der Richtige ist...!

1

»Och, komm schon!«, quengelt meine beste Freundin Vivien.

»Nein! Du kannst alleine zum Klassentreffen gehen!«

»Mira! Bitte! Du musst einfach mitkommen!«

»Ich habe im Moment auf solche Veranstaltungen einfach keinen Bock!«, protestiere ich.

»Du musst irgendwann auch mal wieder unter Leute gehen!«

»Wozu?«

»Willst du nicht eines Tages mal wieder jemand Neues kennenlernen?« Sie legt mir eine Hand auf den Unterarm.

»Um mich dann wieder betrügen und belügen zu lassen?«

»Es gibt auch Männer, die nicht solche Arschlöcher sind wie Leo!«

»Aber welcher anständige Kerl will eine 28-Jährige, die schon mal verheiratet war?!«

»Du kannst aber nicht ewig hier in deiner Butze abhängen!«

»Genau in der Butze, in der ich jetzt wegen Leo wohne, da der feine Herr unser Haus behalten hat, weil ich es nicht alleine hätte finanzieren können!«

»Ich weiß ja, aber komm mit zum Klassentreffen, einfach um mal unter Leute zu kommen!«

»Muss das sein?«

»Ja! Und du wirst sehen, dass es in dieser Runde sicher mehrere Geschiedene geben wird!«

»Wenn ich schon geschieden wäre! Verdammtes Trennungsjahr!« Zähneknirschend schaue ich zu Vivien.

»Das wird schon! Du kommst also mit?«

»Okay! Dir zuliebe!«

»Danke!« Sie umarmt mich stürmisch.

»Aber nur, weil du das Ganze organisierst!«

»Das weiß ich wirklich zu schätzen!« Zufrieden lächelt Vivien.

»Ich halte ja eigentlich nichts von diesen Treffen! Die, mit denen ich Kontakt halten wollte, sind hier! Das bist nämlich du!«

»Willst du gar nicht sehen, wie die Leute sich verändert haben? Glaub mir, ich habe von einigen Bilder im Internet gesehen... Das ist teilweise echt gruselig!«

»Vielleicht denken die das über mich auch!?«

»Ja, genau!« Sie lächelt ironisch. »Du spinnst wirklich! Hat Leo dein letztes bisschen Selbstbewusstsein mitgenommen?«

»Der hat mich gegen seine 20-jährige Praktikantin eingetauscht! Ja! Das nagt an meinem Selbstwertgefühl!« Missmutig lasse ich mich gegen die Rückenlehne meiner Couch fallen.

»Warum hast du ihn überhaupt geheiratet?«

»Blöde Frage! Weil ich ihn geliebt habe!«

»Genug, um ihn zu heiraten?« Sie zieht die Augenbrauen hoch.

»Sonst hätte ich das ja nicht getan.«

»Ich glaube eher, dass du es getan hast, weil es deiner Meinung nach an der Zeit für etwas Ernstes war!«

»Was soll das bitte heißen?«

»Er hätte dem Vergleich niemals Stand gehalten!«

»Welchem Vergleich?«, frage ich und weiß dabei ganz genau, was sie meint.

»Dem ›Kilian-Vergleich‹! Keiner hat den je bestanden und deswegen hast du Leo geheiratet, weil du weißt, dass Kilian sowieso keiner das Wasser reichen kann! Du hast ihn auf ein Podest gestellt!«

»Hab ich nicht!«, lege ich Einspruch ein.

»Du weißt, dass ich recht habe!« Vivien guckt mich besserwisserisch an.

Natürlich hast du recht!

Als Kilian und ich uns damals nach drei Jahren Beziehung getrennt haben, dachten wir, dass wir total erwachsen handeln! Nachdem wir beide unser Abitur bestanden hatten, war klar, dass Kilian zum Studium wegzieht und ich in Göttingen bleibe. Heute weiß ich, dass es erwachsener gewesen wäre, sich einer Fernbeziehung zu stellen oder nach einer Lösung zu suchen... Doch als mir das klar wurde, war es längst zu spät! Kilian war weg und wir hatten abgemacht, keinen Kontakt zu haben, weil wir es dann wohl beide nicht durchgestanden hätten! Als dann jede meiner Beziehungen an dem ›Kilian-Vergleich‹ scheiterte, habe ich Leo geheiratet, weil ich dachte, so das Richtige zu tun, und dass ich niemals wieder einen Mann wie Kilian finden werde! Die Zeit mit ihm war die beste meines Lebens und wir waren so unglaublich dumm, als wir uns trennten! Zumindest sehe ich das so!

»Vielleicht hättet ihr euch irgendwann im Streit getrennt, wenn ihr es damals nicht getan hättet!

Du trauerst ihm jetzt seit fast zehn Jahren nach. Meinst du nicht, dass es Zeit wird, ihn loszulassen?«

»Das habe ich doch längst! Sonst hätte ich Leo nicht geheiratet, diesen miesen Ehebrecher!«, versuche ich mich weiter rauszureden.

»Wenn du selber daran glaubst...! Ich muss jetzt auch leider los! Aber am Samstag hole ich dich um 19:00 Uhr ab!« Vivien ist sichtlich zufrieden darüber, dass sie mich überredet hat.

Ich bringe sie zur Tür, verabschiede sie und kann dann nicht verhindern, dass ich an meine Zeit mit Kilian zurückdenken muss...

2

Am Samstag stehe ich auf dem Parkplatz vor dem Haus, wo ich jetzt seit einem halben Jahr wohne. Ich bin meinem inneren Instinkt gefolgt, den wohl alle Frauen vor einem Klassentreffen haben, und habe die Jeans angezogen, in der mein Hintern am besten aussieht, und ein enges T-Shirt mit einem tiefen Ausschnitt. Immerhin will ich vermeiden, dass danach auch über mich gelästert wird, weil ich nicht mehr so gut in Schuss bin!

Vivien fährt vor und ich lasse mich widerwillig auf ihrem Beifahrersitz nieder.

»Hallo, Mira!«, sagt sie gut gelaunt.

»Hallo, Satan«, erwidere ich.

»Jetzt zicke hier nicht so rum wegen eines Abends!«

Ich schnalle mich an und Vivien fährt los zu dem Lokal, in dem das Treffen stattfindet.

Dort angekommen steigen wir aus, gehen über den Parkplatz und ich traue meinen Augen kaum!

»Ist das...« Ich gehe auf den popelgrünen Käfer zu, der auf dem Parkplatz steht. »Das ist ›Helmut‹!«

»Bitte, wer?« Vivien sieht mich fragend an.

»Das ist der Käfer, mit dem Kilian und ich damals in Spanien waren, bevor wir uns getrennt haben. Sein erstes Auto!«, erkläre ich.

»Den wird er wohl kaum noch immer fahren!« Sie schüttelt den Kopf

»Das Kennzeichen! KJ-235! Kilian Jansen 23.05.! Seine Initialen und sein Geburtstag!« Ich blicke zu Vivien, die ein breites Lächeln auf den Lippen hat.

»Was grinst du denn so?« Ich versuche ihre Gedanken zu lesen.

»Dennis hatte Kilian als Freund in seinem Profil und ich habe ihn gefragt, ob er ihn mitbringen will, weil er durch dich ja viel Kontakt mit unserer Klasse hatte. Er hat ihn gefragt, aber Kilian konnte nicht sicher zusagen, deswegen habe ich dir nichts erzählt!«

Mit einem Schlag mischt sich Freude und Panik in meinem Bauch. Ich will loslaufen, weiß aber nicht, ob ich weg oder zu ihm laufen sollte!

»Vielleicht ist er ja heutzutage überhaupt nicht mehr dein Typ und du kannst es endlich abhaken!«, fügt sie hinzu.

»Okay...« Ich hole tief Luft und bewege mich, gemeinsam mit Vivien, auf die Eingangstür zu.

Wenn der Anblick von ›Helmut‹ mich schon so aus dem Konzept bringt, was passiert dann erst, wenn ich Kilian sehe?! Bitte, lass ihn hässlich und ekelig sein!

Wir steuern auf die lange Tafel zu, die bereits eingedeckt ist, und auf den ersten Blick sehe ich ihn nicht.

»Hey, Vivien und Mira sind da!«, ruft Dennis begeistert, springt auf und kommt auf uns zu.

In diesem Moment drehen sich alle um, die mit dem Rücken zu uns gewandt saßen, und da erkenne ich ihn! Kilian! Mein Herz bleibt kurz stehen und nimmt dann Fahrt auf! Seine blauen Augen treffen mich wie Blitze und er sieht noch genauso umwerfend aus wie vor zehn Jahren! Das enge, hellblaue Hemd mit den kurzen Ärmeln zu der dunklen Jeans steht ihm unglaublich gut! Seine Oberarme sehen trainierter aus als damals und sein braunes Haar ist nicht mehr wild verwuschelt, sondern er trägt einen Seitenscheitel und hat die Haare ordentlich rüber gekämmt.

Dennis umarmt erst Vivien und dann mich. Wir gehen auf den Tisch zu.

»Hallo!«, sagen Vivien und ich in die Runde und da steht Kilian auf.

Er kommt auf mich zu. »Hallo, Mirabella!« Kilian lächelt schief und mir wird klar, dass mich, seit er weg ist, niemand so genannt hat! Außer ihm haben schon immer alle Mira zu mir gesagt.

»Hi«, hauche ich und fühle mich plötzlich wie damals vor der Eisdiele.

Kilian hebt einen Arm und kommt dann zögerlich auf mich zu. Er zieht mich kurz an sich und drückt mich fest.

Er riecht nicht mehr wie früher, aber immer noch so verdammt gut!

Kilian wendet sich Vivien zu und drückt sie ebenfalls, bevor er sich wieder setzt.

Vivi bugsiert mich um den Tisch herum und drängt mich förmlich auf den Platz gegenüber von Kilian.

»Wie ist es dir in den letzten Jahren ergangen? Man findet dich gar nicht im Internet!« Dennis sieht mich interessiert an und setzt sich neben mich.

»Ja, ich habe es nicht so mit diesen ganzen Internetseiten, wo man alles Mögliche über sich preisgibt.« Ich lächele entschuldigend und es fällt mir schwer, mich auf Dennis zu konzentrieren, während Kilian mir gegenüber sitzt.

»Dann erzähle doch mal! Bist du verliebt, verlobt, verheiratet? Hast du Kinder?«

Kurz schaue ich zu Kilian, der mich aufmerksam ansieht.

Ob er verheiratet ist und Kinder hat?

»Nichts davon!«, verleugne ich meine noch auf dem Papier vorhandene Ehe.

»Das ist aber schade!« Er holt sein Portemonnaie aus seiner Gesäßtasche. »Das ist meine Frau Silke und das sind Megan und Zyrus.« Er zeigt mir Fotos seiner Familie.

Genau aus diesem Grund wollte ich nicht hierherkommen!

»Das freut mich für dich!« Ich zwinge mir ein Lächeln auf die Lippen und fühle mich, als hätte ich in meinem Leben versagt, und ich kenne genau den Startpunkt für diesen Zustand! Dieser hat mit dem Mann zu tun, der mir gerade gegenüber sitzt!

»Da kommt Sonja! Sieh doch, sie ist schwanger! Entschuldige mich kurz!« Dennis springt auf und ich wende mich Vivien zu, die sich aber gerade sehr angeregt mit Simon unterhält.

Ich blicke zu Kilian, der sofort meinen Blick erwidert und mich anlächelt.

»Wie geht es dir?«, fragt er.

»Gut!«, improvisiere ich.

»Du bist also Single?« Seine Direktheit überrascht mich.

»Ja, sieht ganz so aus. Und du?«, stelle ich die Frage, die mich so brennend interessiert.

»Ich bin Single.«

Innerlich atme ich auf! »Hast du Kinder?«

»Ja, ich habe eine Tochter! Sie ist fünf. Marie ist echt ein Sonnenschein!«

Ohhh...! Er hat schon ein Kind!

»Lebt sie bei dir?«

»Nein. Sie lebt bei ihrer Mutter.«

»Wart ihr verheiratet?«

»Nein, wir waren nicht mal ein richtiges Paar.«

»Draußen auf dem Parkplatz... ist das ›Helmut‹?«, wechsele ich das Thema.

Kilian lacht leise. »Ja, das ist ›Helmut‹!«

Erinnerungen kommen in mir hoch, wie wir damals drei Tage lang in ›Helmut‹ nach Spanien gefahren sind. Immer wieder haben wir zwischendurch angehalten und die Umgebung erkundet. Wir haben teilweise sogar in ›Helmut‹ geschlafen und wir hatten haufenweise Sex in ihm!

»Unglaublich, dass du ihn noch hast!« Ich lächele.
»Er ist mittlerweile nur noch mein Zweitwagen. Ich konnte mich irgendwie nie von ihm trennen. Zu viele Erinnerungen hängen an ihm.« Er schaut mir in die Augen.
Ob er auch mit anderen Frauen Sex in ›Helmut‹ hatte?
»Darf ich mich später mal reinsetzen?«
»Klar, das können wir nach dem Essen machen!«
»Super!« Ungewollt werde ich verlegen, weil nicht jugendfreie Erinnerungen in mir hochkommen.
»Was arbeitest du?« Kilian sieht mich interessiert an.
»Ich bin Sekretärin.«
»Wolltest du nicht was mit Tieren machen?«
Das, was ich immer wollte, bist du!
»Ja, eigentlich schon! Und du? Was machst du?«, lenke ich ab, weil meine Pläne, nachdem er weg war, irgendwie nicht mehr so wichtig waren.
»Ich bin selbstständig.« Er trinkt einen Schluck von seiner Cola.
»Und womit?«, bohre ich nach.
»Ach, weißt du... Das erzähle ich dir ein anderes Mal.«
Will er mich wiedersehen?

Die Bedienung kommt und nimmt unsere Bestellungen auf, da jetzt so gut wie alle da sind.

Neben mir nimmt noch Tobias Platz. »Mira! Du bist groß geworden!« Er grinst breit und von dem großen, dürren Tobi ist nicht mehr viel zu erkennen! Groß ist er natürlich immer noch, aber auch gut trainiert. Aus dem Milchbubi ist ein sehr ansehnlicher Mann geworden.

»Hey, Tobi, du warst ja schon immer groß, aber jetzt bist du ja ein richtiges Mannsbild!« Ich zwinkere ihn an und sofort ist es wieder wie damals in der Schule, als Tobi am Nebentisch saß und mich ständig geneckt hat.

»Und ihr zwei?« Er schaut zwischen Kilian und mir hin und her. »Wie lange seid ihr verheiratet und wie viele Kinder habt ihr?«

Autsch!

Kurz schaue ich zu Kilian. »Ehrlich gesagt, haben wir uns fast zehn Jahre nicht gesehen...« Mein Blick wandert zurück zu Tobias.

»Was? Ihr wart doch das absolute Traumpaar der Schule! Das schockt mich jetzt, dass ihr euch gleich nach dem Abitur getrennt habt!«

»So ist das halt manchmal im Leben!«, zwinge ich mir über die Lippen.

»Man trifft manchmal Entscheidungen, bei denen man sich später fragt, warum man das eigentlich getan hat!«, ergänzt Kilian und ich schaue ihn verwundert an.

»Also bist du Single oder vergeben?« Tobi lächelt mich an.

»Single«, gestehe ich.

»Ich auch. Mit mir hält es keine allzu lange aus!« Er lacht kurz.

»Also bist du noch so anstrengend wie früher?«, ziehe ich ihn auf.

»Ich bin super! Ihr Frauen versteht das nur nicht!«

»Ach, so ist das?«

»Ja, so war es schon immer!« Wieder lacht er.

»Da wir beide Single sind... Wie wäre es, wenn wir uns mal treffen würden, uns besaufen und dann unverbindlichen Sex haben?« Gespielt ernst sieht er mich an.

»Gute Idee!«, erwidere ich ironisch. »Gib mir dein Handy und ich speichere meine Nummer in dein Telefonbuch.«

Tobi ignoriert meinen ironischen Unterton und gibt mir sein Handy. Wie damals bringt er mich auch heute noch zum Lachen und aus diesem

Grund trage ich meine Nummer auch tatsächlich in sein Smartphone ein.

»Bitte, der Herr!« Ich gebe ihm sein Telefon zurück.

»Danke, die Dame!«

Kilian beobachtet uns noch kurz und wendet sich dann Friederike zu, die neben ihm sitzt.

»Musst du noch fahren?« Tobi grinst breit.

»Nein, ich bin mit Vivi hier.«

Er winkt der vorbeilaufenden Kellnerin. »Zwei Wodka-Lemon, bitte«, bestellt er.

»Ich trinke total selten Alkohol. Dann bin ich gleich voll!«, protestiere ich.

»Du hast mir doch gerade deine Nummer gegeben, damit ich dich abfüllen und flachlegen kann!?« Nachdenklich reibt er sich sein Kinn.

»Du bist noch genauso durchgeknallt wie damals!«

»Ich weiß!«

Kurz darauf werden die Wodka-Lemon gebracht.

»Auf die guten alten Zeiten!« Tobi erhebt sein Glas.

»Das hast du sehr schön gesagt!« Amüsiert stoße ich mit ihm an und nehme einen Schluck.

Nach einiger Zeit wird unser Essen serviert und Tobi bestellt bei dieser Gelegenheit gleich noch mal zwei Wodka-Lemon.

Wir essen und ich muss gestehen, dass es doch ein schöner Abend ist. Viele der Leute von früher haben sich charakterlich kaum verändert, während ich mit anderen gar nichts mehr anfangen kann.

Nachdem die Teller abgeräumt sind, leere ich mein zweites Glas Wodka und sehe Kilian an, der die Gedanken in meinem leicht besäuselten Gehirn auf Hochtouren bringt.

»Wollen wir zu ›Helmut‹?«, fragt er, als er merkt, dass ich ihn beobachte und ich nicke verunsichert.

»Wo wollt ihr hin?«, fragt Tobi, als wir aufstehen.

»Kurz nach draußen«, erkläre ich.

Tobi lacht. »Ganz wie in alten Zeiten! Ich fülle dich ab und Kilian schleppt dich ab!«

»Noch hast du mich nicht abgefüllt!« Kurz komme ich ins Schwanken und greife nach meiner Handtasche, die ich über die Stuhllehne gehängt hatte.

Ich hätte wirklich nichts trinken sollen!

Kilian geht vor und ich folge ihm, bis wir vor ›Helmut‹ stehen. Er geht zur Beifahrertür, schließt sie auf und öffnet sie für mich. Ich steige ein und Kilian schließt die Tür, geht herum und steigt auf der Fahrerseite ein.

Ich schaue mich um und muss lächeln, als ich die Plastikrose in der kleinen Vase am Armaturenbrett sehe, die Kilian mir mal auf der Kirmes geschossen hat. Zumindest sieht sie genauso aus und steckte damals in der kleinen Vase.

»Hier drin hat sich gar nichts verändert!« Mein Blick wandert zu ihm und ich fühle mich wie in einer Zeitmaschine.

»Alles noch original! Nicht mehr lange und er bekommt ein Oldtimerkennzeichen.«

»Da sieht man mal, wie alt wir geworden sind, wenn ›Helmut‹ bald schon ein Oldtimer ist!« Leise lache ich und Kilian schaut mir in die Augen.

»Wollen wir eine kleine Spritztour machen?«

Darüber muss ich nicht nachdenken! »Ja! Das wäre schön!«

Kilian startet den Wagen, fährt los und ich kurbele das Fenster herunter und lasse mir die laue Abendluft um die Nase wehen.

Ich muss das alles träumen!

In diesem Moment fühle ich mich wieder wie 18 und alles, was in den letzten Monaten war, scheint vergessen!

Wir fahren ein Stück über die Landstraße und ich muss lachen, als Kilian auf den Parkplatz des Freibades abbiegt und anhält.

»Deinem Lachen nach zu urteilen, kannst du dich erinnern!« Er sieht mich an und seine blauen Augen funkeln im Halbdunkeln.

»Wie könnte ich das vergessen?« Ich hole tief Luft, weil mir etwas schummerig vom Alkohol ist.

Kilian steigt aus, ich bleibe kurz überrascht zurück, tue es ihm aber gleich, drücke dann den Knopf der Tür herunter und schließe sie mit hochgezogenem Türöffner. So, wie man es früher halt getan hat.

Kilian nimmt meine Hand und es fühlt sich so unendlich gut an! Ich fühle mich wie eine Süchtige, die endlich ihre Droge zurück hat! Er war und ist meine Droge!

Er zieht mich bis zu dem Gebüsch, öffnet den Maschendrahtzaun und lässt mir den Vortritt.

Es wäre ja schön, wenn er mal was sagen würde!

Am Beckenrand beginnt Kilian sich auszuziehen und das, was ich im Mondschein von seinem Körper erkennen kann, ist unheimlich sexy!
»Ist das dein Ernst?« Kurz kichere ich verunsichert, was mir sofort peinlich ist.
»Absolut! Es geht doch bei einem Klassentreffen um die guten alten Zeiten, oder nicht?!« Kilian nimmt Anlauf und springt ins Wasser.
Ich beginne mich auszuziehen und wünsche mir, dass ich mich die letzten sechs Monate nicht so hätte gehen lassen! Bevor ich ebenfalls ins Schwimmbecken springe, wandert mein Blick meinen Körper herunter.
Ich schwimme zu Kilian, der jetzt im flacheren Teil steht, wo ihm das Wasser bis über die Brust geht. Der Gedanke, dass wir beide vollkommen nackt sind, macht mich total nervös!
Meine Füße bekommen Bodenkontakt und ich traue mich endlich ihn anzusehen. Er grinst breit und greift unter Wasser nach meiner Hand. Ich lasse mich zu ihm ziehen und seine Nähe fühlt sich so vertraut und doch fremd an. Als meine Brüste seine nackte Haut berühren, bin ich vollkommen überfordert und insgeheim froh, dass der Alkohol mich davon abhält, allzu viel

nachzudenken! Zögerlich schlinge ich meine Arme um seinen Nacken und er macht den Eindruck, als hätte es die letzten zehn Jahre einfach nicht gegeben. Wie selbstverständlich schließt Kilian mich in seine Arme. Eine Hand wandert meinen Rücken herunter, umfasst dann meinen Po und hebt mich daran von den Füßen, die sich kurz darauf hinter seinem Rücken befinden. Meine Beine umklammern sein Becken. Wie oft ich mir genau diese Situation in den letzten Jahren vorgestellt habe, kann ich nicht zählen!

›Helmut‹ *muss wirklich eine Zeitmaschine sein, wie der DeLorean in ›Zurück in die Zukunft‹!*

Kilian lächelt mich an und steht einfach nur mit mir nackt vor seinem Schoß da.

»Könntest du mal irgendetwas sagen?«, frage ich leise.

Seine Hand streichelt über meinen Rücken. »Ich kann keinen klaren Gedanken fassen, seit du mir vorhin in die Augen geschaut hast... Ich weiß nur, dass mir jetzt klar ist, wie sehr ich dich vermisst habe!«

Seine Worte lösen in meinem Herzen ein Feuerwerk aus und plötzlich komme ich mir nicht mehr dumm vor, dass ich ihm ewig nachgetrauert habe! Doch was immer noch dominant in mir brennt, ist das Gefühl, dass ich absolut keinem Mann vertrauen kann! Auch ihm nicht!

Doch der Alkohol und seine Nähe lassen mich die trüben Gedanken schnell wieder vergessen.

»Du hast mir auch gefehlt!«, bringe ich nach einer viel zu langen Pause über die Lippen und würde ihn so gerne küssen!

»Darf ich dich küssen?«, fragt Kilian mich und als Antwort drücke ich meine Lippen auf seine.

Er küsst noch besser, als ich es in Erinnerung hatte!

Seine Zunge dringt sanft in meinen Mund ein und mein Griff um ihn verstärkt sich. Zwischen meinen Beinen spüre ich seine Erektion, die an meinen Schamlippen reibt. Sanft bewege ich mein Becken vor und zurück und reibe so über seinen harten Penis. Seine Lippen wandern zu meinem Hals, als hätte er sich gemerkt, dass mich das um den Verstand bringt. Leise beginne ich zu stöhnen und fühle mich so, als wäre ich da, wo ich schon immer sein wollte! Kilian schiebt meinen Oberkörper leicht von seinem ab und knetet mit einer Hand meinen Busen. Seine Lippen finden wieder meine und ich reibe meinen Kitzler schneller über seine Erektion. In meinem Becken breitet sich die Hitze immer weiter aus. Ich werfe meinen Kopf zurück und stöhne hemmungslos, als Kilian an meinem Hals saugt und ich komme.

Das habe ich echt mal wieder gebraucht!

Ich will seinen Penis in mich eindringen lassen, doch er stoppt mich.

»Wir sollten das nicht ohne Gummi tun und erst recht nicht, wenn du was getrunken hast!«

Da hat er absolut recht! Da ich auch die Pille zurzeit nicht nehme und nicht weiß, was er in den letzten Jahren getrieben hat, wäre es vollkommen verantwortungslos! Muss am Alkohol liegen, dass ich es so mit ihm gemacht hätte!

»Ich weiß!« Zaghaft löse ich meine Beine von ihm. Kilian küsst mich sanft und an meinem Bauch spüre ich seine Härte.

»Ich hätte wirklich gerne weitergemacht!«, haucht er nach dem Kuss.

»Leider haben wir dieses Mal weder eine Decke noch Kondome dabei!« Ich beiße mir auf die Unterlippe.

»Von jetzt an haben wir alle Zeit der Welt!« Er streicht über mein nasses Haar. »Also wenn du das möchtest!?«

»Ich will seit zehn Jahren nichts anderes!« Leidenschaftlich küsse ich ihn.

Mit beschleunigtem Atem schiebt Kilian mich sanft von sich weg. »Wir sollten aufhören! Sonst begehe ich doch noch eine Dummheit!«

Ob seine Tochter durch so eine ›Dummheit‹ entstanden ist?

»Okay!« Langsam ziehe ich meine Arme zurück und bin immer noch überwältigt von dem, was hier gerade passiert!

»Lass uns zurückfahren«, schlägt Kilian vor und ich nicke wortlos, weil ich eigentlich viel lieber alleine mit ihm wäre.

Etwas wackelig auf den Beinen klettere ich aus dem Becken und schaue dann zu ihm.

»Hier, damit kannst du dich abtrocknen.« Kilian reicht mir das Shirt, das er unter seinem Hemd getragen hat.

Notdürftig trockne ich mich damit ab und gebe es ihm dann zurück, damit auch er sich etwas trocken rubbeln kann.

Verdammt, riecht das Shirt gut!

Als wir angezogen sind, schlüpfen wir durch das Loch im Zaun zurück auf den Parkplatz, wo ›Helmut‹ schon auf uns wartet. Bevor wir einsteigen, zieht Kilian mich zu einem Kuss an sich und ich beginne mich zu ärgern, dass wir die letzten Jahre einfach so verschenkt haben!

»Da seid ihr ja! Wir wollten schon einen Suchtrupp losschicken!« Prüfend sieht Tobias mich an, als ich mich neben ihn setze.
»Warum habt ihr nasse Haare?« Vivien blickt zwischen Kilian und mir hin und her und wir beginnen beide wie auf Kommando zu lachen.
»Und was ist jetzt so lustig?« Vivien wirkt irritiert.
»Nichts!« Ich schaue Kilian in die Augen und bin überglücklich, ihn wieder an meiner Seite zu haben.
»Was läuft da zwischen euch?« Vivien fixiert mich mit ihrem Blick.
Während ich noch überlege, was ich ihr antworten soll, übernimmt Kilian das für mich.
»Wir machen ganz einfach da weiter, wo wir vor zehn Jahren aufgehört haben!« Er sieht mich an. »Stimmt doch, oder?«

»Ja!« Ich lächele und schaue dann wieder zu Vivien, die überhaupt nicht überrascht wirkt.
»Also bin ich schon wieder zu spät!« Tobi lacht. »Immer schnappt er dich mir vor der Nase weg!«
»Ach Tobi, auch du wirst immer einen Platz in meinem Herzen haben!« Ich lege meinen Arm um seine Schultern.
»Ein schwacher Trost, aber darauf bestelle ich uns noch eine Runde Wodka!« Tobi winkt mal wieder die Bedienung heran und ich kann gar nicht fassen, dass ich eigentlich gar nicht hierherkommen wollte.
Vivien beugt sich zu mir herüber. »Für die nassen Haare hätte ich aber trotzdem gerne eine Erklärung!«, spricht sie leise in mein Ohr und ich schenke ihr als Antwort ein Lächeln!
Damit wird sie sich erst einmal zufrieden geben müssen...

»Hier wohnst du also?!« Kilian beugt sich vor, damit er das Mehrfamilienhaus besser durch die Windschutzscheibe hindurch anschauen kann.
»Ja.« Die Erinnerung an mein Haus mit Garten, das ich mit Leo gemeinsam gekauft hatte, kommt hoch.

»Wie lange wohnst du schon hier?«
»Etwa ein halbes Jahr.«
»Wo hast du vorher gewohnt?«
»Magst du noch mit rauf kommen?«, versuche ich ihn abzulenken.
Er sieht mich an. »Ja, gerne!«
Wir steigen aus und ich bin heilfroh, dass ich um die Antwort herumgekommen bin! Irgendwann werde ich ihm sagen müssen, dass ich noch verheiratet bin, aber nicht heute!
Ich schließe die Tür auf und wir betreten meine kleine Zweizimmerwohnung, aus der ich versucht habe ein gemütliches Zuhause zu machen.
»Schön hast du es hier!«
»Danke!«
»Magst du was trinken?«, frage ich, weil mein Körper nach dem Wodka-Lemon nach Wasser schreit.
»Ja.«
»Ich hätte Wasser, Cola, Bier…«
»Naja, ich muss ja noch fahren, also Wasser.«
»Du kannst auch hier schlafen!«, schlägt mein betrunkenes Ich vor.
»Dann nehme ich ein Bier«, erwidert Kilian ganz selbstverständlich.

»Okay.« Mit einem Kribbeln im Bauch hole ich die Getränke aus der Küche und setze mich zu ihm auf meine Couch.

»Ich schicke nur kurz eine Nachricht, dass morgen früh jemand mit meinem Hund Gassi gehen muss.« Er nimmt sein Handy und beginnt zu tippen.

»Du hast einen Hund?!«, frage ich, obwohl ich viel lieber wüsste, wem er da schreibt!

»Ja, einen Mops! Sie heißt Elfriede.«

»Elfriede?!« Ich muss lachen.

»Marie hat sie so genannt.«

»Wie süß!«

»Ja, so ist sie.« Ein ganz besonderes Lächeln legt sich auf seine Lippen. »Es war sozusagen meine Ex, die mich darauf gebracht hat, Marie einen Hund zu kaufen.« Er greift nach der Bierflasche. »Erzählst du mir, wo du vorher gewohnt hast?«, wechselt er das Thema. »Ich kenne dich gut genug, um zu wissen, dass du nur ablenken wolltest, weil die Antwort dir unangenehm ist!« Er nimmt einen Schluck von seinem Bier und sieht mich dann prüfend an.

Erwischt! Ihm konnte ich noch nie etwas vormachen!

Ich trinke das halbe Glas Wasser in einem Zug aus, in der Hoffnung, etwas Klarheit in meinen Kopf zu bekommen.

Kilian beginnt zu lachen. »Na sag schon, Mirabella! Was war los bei dir in den letzten zehn Jahren?«

»Wenn du es unbedingt wissen willst... Nachdem du weg warst, ist meine Welt zusammengebrochen! Wir haben nicht erwachsen gehandelt, sondern saudumm!« Ich mache eine Pause, in der Hoffnung, dass er etwas erwidert, aber Kilian schweigt. »Ich hatte dann, nachdem ich lange meine Wunden geleckt hatte, zwei Beziehungen, die aber schon nach kurzer Zeit gescheitert sind. Dann traf ich Leo.« Wieder schweige ich und hoffe, dass das reicht, aber Kilian sieht mich weiterhin interessiert an und äußert sich nicht dazu. »Leo holte mir sozusagen die Sterne vom Himmel. Er war charmant, gutaussehend und witzig. Wir gingen einen Schritt weiter, doch dann hat er mich betrogen. Über Monate hatte er eine Affäre, bis ich es eines Tages durch einen Zufall rausbekommen habe. Er wurde mit meinem Auto geblitzt und die Person neben ihm wurde zwar unkenntlich gemacht, aber da es an dem Geburtstag meiner Mutter war, konnte ich mich noch gut erinnern, dass er zu dieser Zeit eigentlich ein Meeting bei der Arbeit hätte haben sollen! Und jetzt wohne ich hier!«

»Was meinst du damit, dass ihr einen Schritt weiter gegangen seid?«

Okay! Spätestens, wenn er den Namen auf meinem Klingelschild sieht, kann er eins und eins zusammen zählen!

»Wir haben zusammen ein Haus gekauft und vorher haben wir... geheiratet.«

Jetzt ist es raus!

»Also bist du noch verheiratet?«

»Ja. Zumindest auf dem Papier!«

»Hat er euer Haus noch oder habt ihr es verkauft?«

»Er hat es behalten und ich denke, dass er da jetzt mit ihr drin wohnt. Als ich meine letzten Sachen geholt habe, standen schon Sachen von ihr im Bad und im Schlafzimmer. Warum auch nicht?! Sie waren ja schon länger zusammen, wenn auch nicht offiziell.« Ich nehme einen Schluck Wasser.

»Autsch!«

Ja, aber es tat viel mehr weh, als du gegangen bist!

»So! Jetzt weißt du es! Du hast heute eine verheiratete Frau geküsst. Und was war das mit deiner Ex?«

Kilian trinkt noch einen Schluck. »Dann bin ich jetzt wohl dran.«

Ich lasse mich gegen die Rückenlehne fallen und ziehe meine Knie dicht an den Körper.

»Meine Ex hat sich getrennt, weil ich sie nicht heiraten wollte.«

»Bist du über die Jahre so ein Heiratsmuffel geworden?«

»Nein! Absolut nicht. Aber erstens glaube ich nicht, dass sie mich aus den richtigen Gründen heiraten wollte, zweitens hat sie dem Vergleich nicht standgehalten und drittens war sie für mich nur ein Affäre und das wusste sie von Anfang an.«

Er setzt die Bierflasche an seine Lippen.

»Welchem Vergleich?«

»Na, den mit dir, Mirabella!«, erwidert er, als hätte mir das klar sein müssen.

Ich muss schwer schlucken! Kann es wirklich sein, dass auch er all die Jahre jede Frau mit mir verglichen hat?!

»Um ehrlich zu sein... keine war wie du!« Er sieht mir tief in die Augen und das Blau in seinen lässt so viele schöne Erinnerungen hochkommen!
»Mit dir konnte auch keiner mithalten!«, gestehe ich und beiße mir auf die Unterlippe.
»Damals zu gehen, war der größte Fehler meines Lebens!« Kilian nimmt meine Hand.
»Aber jetzt sind wir ja hier! Und es fühlt sich so vertraut an, als wären wir niemals getrennt gewesen!«
»Das stimmt!« Er streichelt mit seinem Daumen über meinen Handrücken. »Aber ich denke, dass wir es trotzdem langsam angehen lassen sollten! Denn in den letzten Jahren haben wir beide uns sicher verändert!«
Habe ich mich wirklich verändert oder habe ich eh nur in der Vergangenheit gelebt?
»Und es stört dich nicht, dass ich noch verheiratet bin?«, frage ich vorsichtshalber.
»Stört es dich, dass ich ein Kind habe?«, stellt er eine Gegenfrage und ich schüttele den Kopf. »Siehst du... Unsere Leben sind halt weitergegangen! Da gehören solche Erlebnisse eben dazu!«

»Wir können es ja leider nicht ändern, dass wir diese Dinge nicht gemeinsam erleben durften!«

»Das wäre schön gewesen, aber ab jetzt werden wir wieder alles gemeinsam erleben!« Er zieht mich an sich und gibt mir einen Kuss auf die Stirn. »Wollen wir ins Bett?«

Mit einem Lächeln auf den Lippen nicke ich.

»Um zu schlafen!« Kilian lächelt schief, was unglaublich sexy aussieht.

»Vorhin im Freibad hat es sich aber nicht so angefühlt, als würdest du es langsam angehen lassen!«

Sein Grinsen wird breiter und er steht auf und zieht mich dann an meiner Hand hoch. Als ich stehe, wird mir kurz etwas schwindelig.

Kilian bemerkt das wohl. »Du hast noch nie viel vertragen!«

»Ey, ich konnte immer kochen wie Mutti und saufen wie Vati!«, protestiere ich.

»Nach meiner Erinnerung war das eher anders herum!« Er lacht.

»Dann muss ich deine Erinnerungen an früher wohl mal auffrischen!« Ich ziehe ihn an mich und küsse ihn.

Seine Lippen auf meinen veranlassen eine Gänsehaut, die sich über meinen ganzen Körper zieht. So eine Wirkung hatte außer ihm noch nie ein Mann auf mich!

Mit beschleunigtem Atem sieht er mich an. »Lass uns einfach so tun, als hätten wir nicht schon mindestens 300 Mal Sex miteinander gehabt!« Er sieht mich mit einer hochgezogenen Augenbraue an, was es mir nur noch schwerer macht, nicht sofort über ihn herzufallen.

»Okay.« Meine Lippen verziehen sich zu einem Schmollen und ich gehe voraus ins Schlafzimmer.

Um Kilian zu ärgern, ziehe ich mich bis auf mein Höschen aus und schlüpfe unter meine Bettdecke, was ich nüchtern nie getan hätte, weil er meinen Körper sicher um einiges straffer in Erinnerung haben wird.

Er holt hörbar tief Luft und zieht sich dann ebenfalls bis auf die Boxershorts aus und legt sich zu mir.

Automatisch drehe ich ihm meinen Hintern zu, weil wir früher immer in der Löffelchenstellung geschlafen haben. Kilian kuschelt sich an mich und an meinem Po spüre ich, dass sein Penis steif ist. Dieser Zustand lässt mich zufrieden seufzen, weil ich schon Angst hatte, dass ich ihn nicht mehr anmache!

»Nachti-Nacht!«, flüstert er wie in alten Zeiten in mein Ohr, was ein seliges Lächeln auf meine Lippen zaubert.

»Nachti-Nacht!«, erwidere ich und schlafe kurz darauf ein, mit dem Gefühl im Herzen, dass mein Leben ab jetzt wieder so perfekt sein wird wie damals!

Am nächsten Morgen strecke ich meinen rechten Arm aus, um sicherzugehen, dass ich nicht nur schön geträumt habe. Doch das Bett neben mir ist leer.

Verunsichert stehe ich auf, ziehe mir ein Shirt über und öffne zögerlich meine Schlafzimmertür.

Als ich aus der Küche Kilians Stimme höre, atme ich innerlich auf.

»Es ist mir egal, dass Sonntag ist!«, sagt er energisch und ich hoffe, dass er telefoniert und keine Selbstgespräche führt!

»Sehen Sie zu, dass Sie das geregelt bekommen!«

»Ich habe auch eine Tochter und arbeite trotzdem regelmäßig am Wochenende!«

»Wenn das morgen früh nicht bereinigt ist, muss ich andere Saiten aufziehen!«

»Also haben wir uns jetzt verstanden?«

Da ich nicht länger heimlich lauschen will, gehe ich ins Bad, um Zähne zu putzen.

»Bis später! Sollte es Probleme geben, rufen Sie an!«, höre ich Kilian noch sagen, ehe ich die Badtür zuziehe.

Der hat ja 'ne Laune!

»Guten Morgen!«, sage ich, als ich nach dem Zähneputzen aus dem Bad komme.

»Hey, mein Schatz!« Er zieht mich an sich und gibt mir einen Kuss.

»Hast du alles gefunden, was du gebraucht hast?«, frage ich und deute auf den Kaffeebecher in seiner Hand.

»Ja. Ich hoffe, das war okay!?«

»Klar!« Ich lächele und frage mich, mit wem er da telefoniert hat.

»Ich habe mir auch einen neuen Aufsatz für deine elektrische Zahnbürste genommen!«

»Kein Problem! Seit wann bist du wach?«

»Seit etwa zwei Stunden.«

Ich schaue auf die Uhr an der Wand und sehe, dass es 9:26 Uhr ist. »Leidest du etwa schon unter seniler Bettflucht?« Ich pieke ihm mit meinem Zeigefinger in die Seite.

»Nein! Es fiel mir schwer aufzustehen, als ich dich neben mir liegen gesehen hab! Aber ich musste noch was für die Firma klären!« Kilian schlingt seine Arme um meine Mitte.

»Verdammt, bist du wichtig!«, necke ich ihn.

»Nicht annährend so wichtig wie du!« Zärtlich drückt er seine Lippen auf meine und ich könnte laut schreien vor Euphorie.

»Hat der viel beschäftigte Herr denn heute Zeit für mich?«

»Natürlich! Die Zeit nehme ich mir!«

»Und was machen wir dann heute Schönes?«

»Wie wäre es später mit Mittagessen?«, schlägt Kilian vor.

»Willst du jetzt los?« Enttäuscht sehe ich ihn an.

»Ich muss! Sorry! Aber ab heute Mittag bin ich nur für dich da!« Entschuldigend streichelt er mir über die Wange.

»Okay.« Ich tue beleidigt. »Soll ich dann nachher zu dir kommen?«

»Lass uns doch Essen gehen! Ich lade dich natürlich ein!«

»Ist es bei dir etwa unordentlich?«, versuche ich zu sticheln, weil ich schon gerne sehen würde, wie und wo er wohnt.

»Nein! Das ganz sicher nicht!« Er lächelt schief und in meinen Gedanken kette ich ihn an meinen Bettpfosten, damit er mir nicht abhauen kann! Und vielleicht auch für andere Zwecke...

»Gut. Wo wollen wir uns treffen?«, gebe ich nach.

»Wo du magst!« Er legt seine Hände auf meinen Po und es fällt mir schwer mich zu konzentrieren.

»Der guten alten Zeiten wegen wäre ich für Fastfood!«

»Wirklich?«

Ich muss über sein verzogenes Gesicht lachen, weil er früher nicht genug davon bekommen konnte. »Mir ist dein deutlich besser trainierter Körper natürlich nicht entgangen, aber dass du jetzt so ein ›mein Körper ist mein Tempel‹-Typ bist, schockiert mich!«

»Meine Vorlieben haben sich halt geändert in den letzten Jahren!«

»Dann such du aus, wo wir essen und ich bestimme was es zum Nachtisch gibt!« Ich lege meine Hände in seinen Nacken, strecke mich etwas und küsse ihn.

Als unsere Zungen sich berühren, hebt Kilian mich mit einem Ruck auf die Arbeitsplatte meiner Küchenzeile.

»Wir wollten es doch langsam angehen und noch warten!«, belehrt er mich dann mit schnell gehendem Atem.

»Wir haben fast zehn Jahre lang gewartet!« Wieder küsse ich ihn.

Er ist ganz schön spießig geworden!

An der Innenseite meines Oberschenkels spüre ich sein Handy vibrieren. »Oh, hast du eine neue Funktion? Früher konnte er noch nicht vibrieren!« Ich ziehe eine Augenbraue hoch.

Kilian lacht. »Ich muss da leider kurz drangehen!« Er deutet auf seine Hosentasche und ich löse mich von ihm.

»Ja!«, meldet er sich mit forschem Ton und dreht mir den Rücken zu.

»Das glaube ich jetzt nicht!«

»Ich bin gleich da, aber um 12:30 Uhr habe ich ein wichtiges Meeting, das ich unmöglich verschieben kann!« Er zwinkert mir kurz zu und geht dann in den Flur.

»Okay. Ja, bis gleich!«, höre ich ihn, ehe er in die Küche zurückkehrt.

»Ich muss leider los!«

Unglücklich darüber, dass er jetzt geht, rutsche ich von der Arbeitsplatte herunter. »Schade, aber vielleicht erzählst du mir ja später, was du so Wichtiges tust?«

»Lass uns nachher nicht über die Arbeit sprechen! Ich bin froh, wenn ich Freizeit habe!«

»Wie du meinst!«, gebe ich nach.

»12:30 Uhr Fastfood?« Kilian küsst mich.

»Wir können auch zum Italiener, wenn dir das lieber ist.«

»Du suchst aus!«

»Italiener!«, bestätige ich, weil er sich wegen mir nicht verbiegen soll.

»Dort, wo wir früher immer waren?«

»Gerne!«

Kilian küsst mich und ehe ich weiß, wie mir geschieht, ist er schon zur Tür raus.

Es würde mich ja schon mal interessieren, womit er sich selbstständig gemacht hat! Aber das werde ich schon noch aus ihm rausbekommen!

Aus meinem Schlafzimmer hole ich mir etwas zum Anziehen und springe dann unter die Dusche, um den Chlorgeruch loszuwerden, auch

wenn dieser eigentlich nur gute Erinnerungen weckt!

3

Als ich um kurz vor halb eins auf den Parkplatz unseres damaligen und meines immer noch aktuellen Stammitalieners abbiege, breitet sich die Vorfreude in meinem ganzen Körper aus! Mein Bauch kribbelt, mein Herz schlägt schneller, meine Hände werden feucht und mein Magen fühlt sich an, als würde ein ganzer Haufen Ameisen darin leben. Rein optisch bemerkt man diesen Zustand sicher nur an meinem grenzdebilen Grinsen!

Ich steige aus und sehe Kilian schon vor dem Restaurant stehen.

»Hi!«, sagt er sanft und sein Lächeln verschlägt mir die Sprache, also küsse ich ihn.

»Wollen wir?« Er deutet auf die Eingangstür und ich nicke.

Kilian geht vor, hält mir die Tür auf und ich betrete das Restaurant.

»Mira! Hallo!«, begrüßt mich der Inhaber Alessio.

»Ciao, Alessio!«, erwidere ich und Kilian sieht mich überrascht an.

»Wer ist dein Freund?«, fragt Alessio und begleitet uns zu unserem Tisch. Er sieht Kilian an.

»Du kommst mir bekannt vor, Amico!«

»Wir waren früher öfter zusammen hier!«, erkläre ich.

»Wusste ich doch! Ich vergesse vielleicht einen Namen, aber niemals ein Gesicht!« Alessio lächelt und legt uns die Speisekarten vor.

»Warst du öfter mit Leo hier?« Kilian beginnt die Karte zu studieren.

»Nein! Ich war ab und zu mit Vivien hier, aber meistens alleine.« Ich schiebe meine Karte von mir weg, weil ich schon weiß, was ich bestellen möchte.

»Alleine?«

»Mmmmhhmmm...« Peinlich berührt spiele ich an der Stoffserviette vor mir.

»Aber, wenn du so gerne hierherkommst, warum hast du es nicht gleich vorgeschlagen?«

»Weil ich dieses Interview verhindern wollte!«

Mit zusammengezogenen Augenbrauen sieht Kilian mich fragend an.

»Ich war immer gerne hier, weil es mich an dich erinnert hat!« Ich lächele ihn an. »Und mir war klar, dass du Fragen stellen würdest, wenn du merkst, wie gut Alessio mich kennt!«

»Das finde ich aber total süß!« Er legt seine Hand auf meine, die auf dem Tisch liegt.

»Ist das nicht eher traurig?«

»Nein! Weil ich weiß, wie oft ich an dich denken musste, und das, obwohl ich in einer fremden Umgebung war, an der mich nichts an dich erinnert hat!«

Der Gedanke, dass auch er oft an mich gedacht hat, lässt die letzten Jahre in einem ganz anderen Licht erscheinen!

»Was darf ich euch bringen?« Alessio tritt an unseren Tisch. »Für dich wie immer?« Er sieht mich an.

»Ja, wie immer!«, bestätige ich.

Alessio blickt zu Kilian.

»Ich nehme einfach das Gleiche!« Kilian klappt die Speisekarte zu.

»Weiß er, auf was er sich einlässt?« Alessio zieht die Augenbrauen zusammen.

»Nein!« Ich lache und Kilian schenkt mir einen verunsicherten Blick.

Bevor er seine Bestellung ändern kann, ist Alessio schon verschwunden.

»Was habe ich da gerade bestellt?«

»Eine Cola...!«

»Und...?«

»Eine Pizza mit Mandarinen, Zwiebeln und schwarzen Oliven!« Amüsiert beobachte ich seinen Gesichtsausdruck.

»Jetzt, wo du es sagst, fällt es mir wieder ein! Deine perverse Spezialpizza!« Kilian lacht.

»Ganz genau! Und dazu eine Cola mit viel Zucker und Kalorien! Trinkst du so was überhaupt noch?«, ziehe ich ihn auf.

»Eigentlich bevorzuge ich die zuckerfreie Variante.«

»Was ist nur aus dir geworden?« Ich ziehe eine Augenbraue hoch.

»Du hast ja keine Ahnung!« Er lächelt geheimnisvoll und ich frage mich so langsam wirklich, was er in den letzten Jahren so getrieben hat!

***

Als ich abends alleine in meiner Wohnung sitze, hole ich mein Handy aus meiner Handtasche und sehe, dass ich neue Nachrichten habe.

>Vivien: Wo zur Hölle wart ihr, dass ihr nasse Haare hattet? Ist er noch bei dir? Seid ihr wieder zusammen? Melde dich :-)!
<Mira: Wir waren schwimmen ;-)! Ja, er hat bei mir geschlafen! Wirklich nur geschlafen und... Ja, ich denke, dass wir wieder ein Paar sind! Also vielen Dank, dass du ihn eingeladen hast! :-*

Ich habe eine weitere Nachricht von einer unbekannten Nummer.

>0151/3684...: Hey Schönheit! Habe mich total gefreut dich wiederzusehen! Hoffe, dass wir in Kontakt bleiben! LG, Tobi

Als ich Tobias Nummer in meinem Handy speichere, zieht sich ein Lächeln über meine Lippen, weil ich mit ihm immer unheimlich viel Spaß hatte! Er hat in der Schule bei mir am Nebentisch gesessen und wir haben voneinander abgeschrieben und uns während des Unterrichts kleine Zettel zugesteckt. Ich freue mich, ihn wieder in meinem Leben zu haben!

<Mira: Hi Tobi, lass uns bald mal treffen! Würde mich freuen! LG

>Vivien: Dass ihr nach so vielen Jahren wieder zusammen seid... Unglaublich! Ich freue mich für dich!
<Mira: Danke! Sag mal, hattest du auf Kilians Seite im sozialen Netzwerk irgendwas gefunden, was er so macht?
>Vivien: Nein! Ich habe ihn nur am Foto erkannt. Er hatte nur seinen Vornamen und sonst so gut wie keine Angaben drin. Warum fragst du ihn nicht einfach?
<Mira: Er tut so geheimnisvoll! Keine Ahnung, wo er wohnt oder was er beruflich macht! Ich weiß nur, dass er selbstständig ist und gerade in diesem Moment wird mir klar, dass ich nicht mal seine Handynummer habe!
>Vivien: Ich glaube es nicht! Das sieht euch wieder ähnlich! ;-)

Frustriert lasse ich mich auf meine Couch sinken! *Warum haben wir keine Nummern getauscht?!*

>Vivien: Ich texte ihn mal übers Netz an und schicke ihm deine Nummer!
<Mira: Danke!

Darüber, dass wir vergessen haben Nummern zu tauschen, komme ich gar nicht hinweg! Obwohl es auch früher schon so war, dass der Rest der Welt stillstand und wir alles andere vergessen haben, wenn wir zusammen waren! An all meine anderen Beziehungen bin ich immer eher pragmatisch rangegangen! Sie schienen mir in dem Moment richtig und sinnvoll. Weil ich ja auch nicht alleine sterben wollte und auch der Sex fehlte mir natürlich während meiner Zeit als Single. Aber an die Gefühle, die ich für Kilian hatte und habe, kam selbst mein Ehemann nicht ran. Aber irgendwie hatte ich diesen Zustand akzeptiert. Es war ja nicht so, dass ich Leo nicht geliebt habe, aber es war nicht diese ›ich-würde-eine-Kugel-für-dich-abfangen‹-Liebe wie zwischen Kilian und mir!
Wir waren so dämlich damals!
Als mein Handy auf meinem Tisch vibriert, bekomme ich ein Kribbeln im Bauch, bei dem Gedanken, dass es Kilian sein könnte. Schnell

greife ich mein Smartphone und werfe einen Blick darauf.

>0152/74683...: Darf ich heute bei dir übernachten? Du fehlst mir jetzt schon! Soll dir viele Grüße von Vivi ausrichten ;-)!
<Mira: Natürlich darfst du! Ich vermisse dich!

Überglücklich halte ich mir mein Handy ans Herz und speichere dann schnell seine Nummer.

>Kilian: Dann bis später! Werde so um 20 Uhr da sein.

Als es am Abend an meiner Tür klingelt, steigert sich meine Freude ins Unermessliche! Schnell drücke ich den Türöffner und als Kilian dann vor mir steht, würde ich ihn nur zu gerne aus dem engen T-Shirt pellen, das er trägt.
Im Flur stellt er die kleine Tasche ab, die er mitgebracht hat und schließt mich dann in seine Arme!

»Kannst du mir verraten, wie ich es all die Jahre ohne dich ausgehalten habe?«, haucht er und küsst mich dann.

»Ich habe absolut keine Ahnung!«, erwidere ich, nachdem ich mich nach seinem Kuss etwas gesammelt habe.

Wieder küsst Kilian mich und ich will ihm einfach nur nah sein! Ich schiebe meine Hände unter sein Shirt und lasse meine Finger über sein Sixpack gleiten. Als ich mich seinem Hosenknopf nähere, zieht er hörbar Luft ein.

»Sorry, ich weiß ja, dass wir es langsam angehen lassen wollen!« Ich lasse von ihm ab.

Mit einem Ruck drängt Kilian mich gegen die Wand und sieht mir tief in die Augen. Seine blauen Augen haben mich immer schon in ihren Bann gezogen und in diesem Moment kommt es mir so vor, als würden sich all die guten Erinnerungen in ihnen spiegeln! In Rekordzeit sehe ich all den Spaß, die Gefühle und den Sex, den wir geteilt haben.

Kilian fixiert mit seinem Körper weiterhin meinen und sein Blick und seine Nähe lassen jedes einzelne Härchen an meinem Körper aufrecht stehen. Kilian küsst mich und als unsere

Zungen sich treffen, fasst er unter meinen Po und hebt mich hoch. Schnell schlinge ich meine Arme und Beine um ihn und mein Kitzler beginnt vor Verlangen zu pochen! Mit einem Fuß stößt er meine Schlafzimmertür auf, ohne dabei aufzuhören mich zu küssen. Sanft lässt er mich auf mein Bett nieder und legt sich dann zwischen meine Schenkel. Seine Lippen wandern zu meinem Hals und ich will ihn so sehr! Kilian schiebt mein Shirt hoch, greift unter mich, um meinen BH zu öffnen, und beginnt dann an meinen Brustwarzen zu saugen. Seine Zunge gleitet zu meinem Bauchnabel und ich muss wirklich aufpassen, nicht zu laut zu stöhnen, weil ich weiß wie dünn die Wände in diesem Haus sind! Geschickt öffnet er meine Jeansshorts und zieht sie mir zusammen mit meinem Slip die Beine hinunter. Meine Söckchen fliegen in hohem Bogen auf den Boden, während ich mich von meinem BH und meinem Oberteil befreie. Ungeduldig schaue ich zu, wie er sich auszieht, und das Kribbeln zwischen meinen Beinen ist kaum mehr auszuhalten. Er legt sich neben mich und ich greife nach seinem Penis, der sich hart vor mir aufbaut. Sein Atem geht schneller, als ich seinen Bauch küsse und meine Hand auf und ab bewege.

Ich habe keine Kondome!

Für einen Moment halte ich inne.

»Was ist?«, fragt Kilian außer Atem.

»Hast du Gummis dabei?«, frage ich unsicher.

»Nein!« Ihn scheint das zu amüsieren, aber ich finde das gerade nicht so lustig. »Hast du keine?«

»Nein«, gebe ich kleinlaut zu. »Ich hatte mir vorgenommen, nie wieder Sex zu haben!« Ich setze mich auf. »Und ich nehme auch nicht die Pille.«

An meiner Hand zieht Kilian mich runter zu sich, dreht mich auf den Rücken und beginnt mich zu küssen.

Hat er mir nicht zugehört?

Seine breiten Schultern über mir machen mich wahnsinnig an!

»Kilian!«, ermahne ich ihn, als sein Mund von meinen Lippen zu meinem Hals wandert.

»Pssst!« Er legt seinen Zeigefinger auf meine Lippen.

Mit seiner Hand spreizt er meine Beine und als seine Finger auf meinen Kitzler treffen, krallen sich meine Fingernägel in mein Bettlaken.

Seine Zunge findet meine Brüste und ich merke, dass er noch ganz genau weiß, welche ›Knöpfe‹ er bei mir drücken muss! Mein Stöhnen wird unkontrollierbar und ich umfasse fest sein bestes Stück und massiere ihn dort. Ich schließe meine Augen und lasse mich mitreißen von diesen unglaublichen Gefühlen, die er mir schenkt.

»Stopp, stopp...«, stöhnt Kilian auf und ich löse meine Hand von seiner Erektion.

Seine zärtlichen Berührungen zwischen meinen Beinen lassen mich ›Karussell fahren‹!

»Sieh mich an!«, flüstert er in mein Ohr und ich öffne meine Augen und schaue in seine, als ich unter seinen Liebkosungen komme.

Verdammt! War das gut!!

Nachdem ich etwas zu Atem gekommen bin, sammele ich mein Höschen vom Boden auf und ziehe es mir an. Bevor ich mich zu ihm lege, senke ich meine Lippen zu seinem harten Penis und küsse ihn dort sanft, was ihn aufstöhnen lässt. Ich lege mich neben ihn, umfasse fest seine Härte und bewege meine Hand langsam auf und ab.

»Komm auf meine Brüste!«, sage ich leise, weil ich weiß, dass ihn das früher immer total angemacht hat.

Kilian richtet sich auf und kniet sich breitbeinig über mich. Seine Hände kneten meine Brüste, mit seiner Eichel fahre ich über meine harten Nippel und dann spüre ich, wie sein Glied in meiner Hand zu zucken beginnt und sich sein Sperma über mich ergießt, während Kilian leise stöhnt.

Lächelnd schaut er von dem kleinen ›See‹ zwischen meinen Brüsten zu meinem Gesicht.

»Wie wäre es mit einer Dusche?« Mit einer hochgezogenen Augenbraue sieht er mich an.

»Gute Idee!« Ich lächele.

»Warte kurz. Ich hole dir ein Handtuch.« Kilian verschwindet und ist kurz darauf zurück und wischt meine Brüste trocken.

»Dankeschön!«, sage ich etwas verlegen und setze mich auf.

Er nimmt meine Hand und zieht mich in mein kleines Badezimmer. Aus dem Schrank hole ich zwei frische Badetücher, schlüpfe aus meinem Slip und drehe dann das Wasser der Dusche auf. Er gesellt sich zu mir unter die Dusche und ich kann nicht anders und muss lachen. Ganz einfach, weil ich so glücklich bin ihn zurückzuhaben!

Mit einer hochgezogenen Augenbraue sieht er mich an. »Warum lachst du?«

»Keine Ahnung! Wahrscheinlich, weil ich einfach glücklich bin, dass wir wieder...« Ich gerate ins Stocken, weil ich ihn nicht unter Druck setzen will. Meine Hoffnung ist, dass er uns auch als Paar sieht, aber meine Männerbekanntschaften in den letzten Jahren haben mich gelehrt, dass oftmals nichts so gemeint ist, wie es wirkt!

»Dass wir wieder was...?« Seine Hand gleitet meinen Rücken herunter.

»Ein Paar sind?!«, traue ich mich diesen Satz zu formulieren, der allerdings mehr wie eine Frage klingt.

»Bist du dir unsicher, was wir beide jetzt sind?«, stellt er eine Gegenfrage, anstatt mich von meinem Leid zu befreien.

»Ich weiß nicht...«

Kilian nimmt mein Gesicht in seine Hände. »Ich dachte, dass das klar ist, dass wir fest zusammen sind!?«

Erleichtert atme ich auf. »Ich wollte mir keine falschen Hoffnungen machen!«

»Eigentlich müsstest du mich gut genug kennen!« Kilian lacht kurz auf und küsst mich dann zärtlich.

»Wir haben uns so lange nicht gesehen und du machst aus so vielem ein Geheimnis... Das hat mich einfach verunsichert!« Das warme Wasser auf meiner Haut und seine Nähe überfordern mich und machen es schwer, einen klaren Gedanken zu fassen.

»Okay. Was willst du wissen?« Er nimmt seine Hände von meinen Wangen, fasst an meine Schultern und dreht mich, sodass ich mit dem Rücken zu ihm stehe. Sanft beginnt er meine Schultern zu massieren.

Was wollte ich noch mal wissen?

»Ich höre!«

Kurz muss ich mich gedanklich sortieren. »Was macht deine Firma?«, frage ich, als ich meine Sprache wiedergefunden habe.

»Wir machen ganz unterschiedliche Dinge!« Seine Hände schieben meine nassen Haare zur Seite und beginnen dann meinen Nacken zu massieren. »Das ganze fing eigentlich direkt nach meinem Studium an und der Auslöser war ›Helmut‹!«

»›Helmut‹?«

»Ja! Ich kam mit einem Mann ins Gespräch, der mich aussteigen sah, und er erzählte mir von seinem ersten Auto. Ich fragte ihn ein paar

Sachen und er wettete aus Spaß mit mir um 10000 Euro, dass ich niemals genauso einen Wagen finden würde, wie er damals hatte. Er gab mir seine Karte und ich begann, anfangs nur aus reiner Neugier, nach dem Auto zu suchen. Ich fand eines und fragte ihn, was er bereit wäre dafür zu zahlen. Naja, wir wurden uns einig. Ich ließ das Auto restaurieren und in den gleichen Farben lackieren wie sein damaliges Auto und merkte, dass ich am Ende noch so einiges an Geld über hatte! Und ich bekam tatsächlich noch die 10000 Euro oben drauf, weil er meinte, dass Wettschulden Ehrenschulden seien.«

»Der muss es ja dicke gehabt haben!«

»Das kann man wohl sagen!«

»Also bist du so eine Art besonderer Autohändler?!« Ich drehe mich, schaue in seine blauen Augen und beginne meine Haare mit etwas Shampoo aufzuschäumen.

»Mit Autos habe ich angefangen, aber mittlerweile bestellen die Leute alles bei mir, was für sie einen nostalgischen Wert hat!«

»Was meinst du mit alles?« Ich spüle meine Haare aus.

»Mein größter Auftrag kam von einem Kunden aus dem Ausland, der wollte, dass ich sein ehemaliges Elternhaus hier in Deutschland kaufe und es so einrichte, wie er es in Erinnerung hatte. Er gab mir ein paar Fotos und zahlte nachher ein Vermögen für ein vollkommen unmodern eingerichtetes Haus! Aber er war so happy, dass ihm die Tränen kamen, als er es sah!«

»Aber wie hast du das gemacht? Die Tapeten, die Möbel und vor allem das Haus! Wohnte da jemand drin?«

»Ja, die hatten gerade das ganze Haus renoviert und saniert, aber der Käufer hat ein Angebot gemacht, das weit über Marktwert lag, und so haben sie es verkauft und ich habe alles Neue wieder rausreißen lassen. Die Möbel und Tapeten habe ich von Händlern gekauft oder sonderanfertigen lassen. Das war alles ein Riesenaufwand, aber es hat sich gelohnt!«

»Das müssen aber schon sehr reiche Leute sein, die so viel Geld dafür ausgeben!?«

»Ja! Die meisten haben sehr viel Geld, aber auch Normalverdiener gehören zu meinen Kunden. Die sind allerdings weit in der Unterzahl! Ich hatte sogar mal einen Kunden, der wollte, dass ich seine allererste Freundin ausfindig mache und sie davon überzeuge, ihr gemeinsames erstes Mal nachzustellen!« Kilian lacht und gibt sich etwas Duschgel auf die Hände und verreibt es zwischen ihnen.

»Hast du das gemacht?«

»Gott, nein! Ich bin doch keine Puffmutter!« Er beginnt meine Brüste einzuschäumen.

»Willst du etwa gerade ablenken?« Lächelnd schaue ich ihn an.

»Ich mache nur sauber, was ich schmutzig gemacht habe, und außerdem musste ich gerade an die Frau denken, mit der ich mein erstes Mal hatte!«

»Wirklich?! Und wie war die so?«

»Unglaublich süß, hübsch und intelligent!«

»Hört sich gut an! Warum habt ihr euch getrennt?«

»Weil wir vollkommen bescheuert waren!« Kilian senkt seinen Kopf, bis seine Lippen auf meine treffen.

»Und was würdest du mit ihr tun, wenn sie jetzt nackt unter der Dusche vor dir stehen würde?«, necke ich ihn nach dem Kuss.

»Dann würde ich nur zu gerne mit ihr schlafen, aber ich habe mir sagen lassen, dass sie keine Kondome im Haus hat!« Er lächelt schief und ich muss lachen.

»Nach Leo wollte ich nie wieder einen Mann in mein Leben lassen!«, versuche ich mich zu rechtfertigen.

»Nicht einmal für Sex?«

»Nein! Nur Sex ohne eine Beziehung ist glaube ich nichts für mich!«

»Glaubst du?! Also hattest du noch nie einen One-Night-Stand?«

»Nein!«

»Oh, okay!«

»Was soll ›oh, okay‹ denn heißen?«

»Nichts!« Kilian beginnt zu lachen und lässt von mir ab.

»Wie viele waren es bei dir?«, prüfend mustere ich ihn.

»Ein paar...«

»Weißt du was?! Ich will es gar nicht wissen!«

Obwohl es mich irgendwie schon interessieren würde!

»Ist auch besser so!« Wieder lacht er.

»Sollte ich Handschuhe tragen, wenn ich dich berühre?« So langsam verunsichert er mich.

»Nein! Natürlich nicht!« Er zieht mich in seine Arme.

»Nicht, dass ich komischen Ausschlag oder Schlimmeres bekomme!«, versuche ich ihn zu ärgern, bemerke aber selber, dass sich dieser Satz eher nach Ernst als nach Spaß anhört.

»Mirabella! Du musst dir absolut keine Gedanken machen! Ich würde dich niemals einer Gefahr aussetzen! Ja, ich hatte Sex mit vielen Frauen, aber niemals kopflos!«

»Und wie kam es dann zu Marie?«, rutscht es mir heraus.

»Geplatztes Kondom.«

Mich wundert es, dass er mich die ganze Zeit in den Armen hält! Spätestens bei der Frage, wie es zu Marie gekommen ist, hätte ich erwartet, dass er mich loslässt!

»Hast du noch weitere Fragen?« Er lächelt mich an und ich schüttele den Kopf.

»Ich werde mich wohl daran gewöhnen müssen, dass deine Vergangenheit turbulenter war als meine!«

»Wir können ja gerne mal Erfahrungen austauschen, aber ich glaube zurzeit sollten wir erst einmal wieder zueinander finden! Was in den letzten Jahren war, ist mir vollkommen egal! Ich bin ganz einfach unendlich dankbar, dass ich dich zurückhabe!« Kilian drückt seine Lippen auf meine und in diesem Augenblick weiß ich, dass ich ihn will und seine Vergangenheit zu ihm gehört, die guten wie auch die schlechten Sachen!

Mit nassen Haaren sitzen wir auf dem Sofa. Jeder hat ein Glas Cola vor sich und nachdem ich die Schüssel mit Chips auf den Couchtisch gestellt habe, kann Kilian doch nicht wiederstehen! Sein Anblick, die nassen, verwuschelten Haare und die Schale Kartoffelchips auf dem Schoß, erinnert mich an damals! Unfreiwillig muss ich grinsen! Es fühlt sich so vertraut an mit ihm hier fernzusehen und doch so neu!
»Was ist?«, fragt Kilian, als er bemerkt, dass ich ihn beobachte.
»Alles gut!«, erwidere ich.
Kilian streckt sich zu mir herüber und gibt mir einen Kuss.

»Ich liebe dich!«, sprudelt es ganz automatisch aus mir heraus, weil ich es schon so unzählige Male zu ihm gesagt habe, auch wenn das letzte Mal ewig her ist.
Kilian stellt die Schüssel vor sich auf den Tisch.
Das hätte ich vielleicht nicht sagen sollen!
»Ich liebe dich auch!«
Zu meinem Erstaunen drückt er meinen Rücken sanft hinunter auf das Sofa, spreizt meine Beine und legt sich dazwischen.
»Ich wünschte, du hättest Kondome!« Gierig beginnt er mich zu küssen.
Was so ein Liebesgeständnis alles auslösen kann!

4

Kilian war die ganze Woche über geschäftlich unterwegs und ich habe ihn unheimlich vermisst! Unvorstellbar, dass wir jahrelang voneinander getrennt waren!

Heute werde ich endlich erfahren, wo und wie er wohnt. Mein Navi schickt mich durch die Stadt und ich bin froh, dass Kilian vor etwa sechs Monaten wieder nach Göttingen gezogen ist! Vielleicht hat die nostalgische Ader seiner Kunden etwas auf ihn abgefärbt und so ist auch er zurück zu den Wurzeln seiner Jugend gegangen.

In einem Wohnviertel, das einen sehr teuren Eindruck macht, lässt mein Navi mich ein letztes Mal abbiegen und teilt mir dann mit, dass sich das Ziel auf der rechten Seite befindet.

Ich schaue auf das riesige Haus, dessen Einfahrt hinter einem großen, verschnörkelten Tor liegt.

Hier kann es unmöglich sein!

Amüsiert über den kurz aufblitzenden Gedanken, Kilian könnte in diesem ›Palast‹ wohnen, fahre ich rechts ran, hole mein Handy aus meiner Handtasche und wähle seine Nummer.

»Hallo!«, meldet er sich nach drei Mal klingeln.

»Hey! Ich habe mich irgendwie verfahren! Ich stehe zwar vor der richtigen Hausnummer, aber ich denke, dass ich die Straße falsch notiert habe! Das Teil ist so 'ne richtige ›Bonzenvilla‹!«

Kilian lacht leise. »Du hast dich nicht verfahren! Ich mache dir das Tor auf, dann kannst du direkt vorm Haus parken.«

Das Tor neben meinem Auto beginnt sich zu öffnen. »Okay«, erwidere ich etwas peinlich berührt, weil ich sein Haus als ›Bonzenvilla‹ bezeichnet habe.

»Bis gleich!« Kilian legt auf, ich verstaue mein Handy wieder in meiner Tasche, schalte das Navi aus und fahre auf das Grundstück.

Die lange Zufahrt endet an einem kleinen Kreisel, in dessen Mitte ein Springbrunnen steht.

Mehr Klischee geht echt nicht!

Ich fahre etwas an die Seite und parke mein Auto.

Wie reich ist er?

Eine der großen Flügeltüren am Eingang öffnet sich und Kilian steht im Anzug vor mir.

»Hi!« Er kommt auf mich zu und nimmt mir meinen Rucksack ab, den ich gerade aus dem Kofferraum hole. »Ich habe es noch nicht geschafft mich umzuziehen!« Er deutet auf seinen Anzug, der sicher teurer war als mein Auto.

Kilian gibt mir einen Kuss und geht dann Richtung Haus. Ich folge ihm und als wir das Haus betreten, fühle ich mich in meiner Jeans vollkommen fehl am Platz! Eingeschüchtert zupfe ich an meinem Trägershirt, das während der Fahrt etwas raufgerutscht ist.

»Du sagst ja gar nichts!« Kilian schließt die Tür hinter uns.

»Das ist dein Haus?«, frage ich unnützerweise, nur um wirklich ganz sicherzugehen.

»Ja!« Kilian amüsiert sich sichtlich über meinen dummen Gesichtsausdruck.

»Das mit der ›Bonzenvilla‹ tut mir leid!« Unsicher beiße ich mir auf die Unterlippe.

»Ist schon okay!« Er lacht und stellt meinen Rucksack auf der Treppe ab, die sich seitlich in einem Bogen nach oben erstreckt.

»Sind wir alleine?«, frage ich, weil er sicher für alle Arbeiten im und ums Haus jemanden hat.

»Ja, warum?«

»Na, weil du sicher hier nicht alleine putzt und den Garten machst!«

»Richtig, aber meine fleißigen Helferlein haben schon Feierabend! Die Einzige, die da ist, ist Elfriede, aber die ist sicher irgendwo oben und hat keine Lust zu schauen, wer da gekommen ist!«
»Gut.« Ich entspanne mich etwas.
»Mir war klar, dass es dir hier nicht gefallen wird!« Kilian kommt auf mich zu und legt mir eine Hand auf die Schulter.
»Doch! Es ist sehr... schön hier!«
»Du fühlst dich nicht wohl, oder?«
»Doch!« Meine Stimme klingt ungewollt schrill.
»Du wirst dich dran gewöhnen!« Er küsst mich.
Ich hoffe es!
»Lass uns schwimmen gehen und dann zeige ich dir den Rest des Hauses. Es ist so ein schöner lauer Sommerabend!«
»Ich habe gar keine Badesachen dabei!«
»Haben wir die jemals gebraucht?« Kilian lacht.
»Aber deine Nachbarn könnten uns sehen!«
»Können sie nicht! Die sind weit genug weg und die Grundstücksgrenze ist dicht bewachsen! Entspann dich mal!« Kilian nimmt meine Hand, wir gehen ins Wohnzimmer, das unglaublich groß und modern eingerichtet ist, und ich überlege, bis zu welcher Summe meine Haftpflicht-

Versicherung zahlen würde, falls ich hier ausversehen etwas kaputt machen würde.

Auch das Esszimmer ist hier integriert und die hellen Marmorböden, die weiße Ledercouch und die abstrakten Bilder an der Wand lassen alles sehr teuer, edel und ungemütlich wirken! Fast wirkt es so, als würde hier niemand dauerhaft wohnen.

Er lässt meine Hand los und beginnt sich auszuziehen. Mit einem mulmigen Gefühl, dass sicher jeden Moment eine Frau in einem Dienstmädchenoutfit auftauchen könnte, ziehe auch ich mich aus.

Kilian schiebt einen Teil der riesigen Fensterfront auf und vor uns liegt der Pool in seinem Garten. Die Unterwasserbeleuchtung taucht alles drumherum in ein schummeriges Licht und in der Ecke des Pools befindet sich noch zusätzlich ein Whirlpool.

Als Kilian mit Anlauf nackt ins Wasser hechtet, muss ich lachen, weil sich daran wohl niemals etwas ändern wird! Ich habe ihn noch nie eine Leiter in ein Schwimmbecken benutzen sehen!

Zaghaft lasse ich mich ins Wasser plumpsen.

Kilian kommt auf mich zu geschwommen. »Ich wünsche mir wirklich, dass du dich eines Tages hier zu Hause fühlen wirst!« Er drückt seine Lippen auf meine und in dieser Sekunde fühle ich mich absolut nicht mehr unwohl. »Weißt du, was das Beste an diesem Haus ist?«, fragt er nach dem Kuss und ich schüttele den Kopf.
»Ich habe Kondome hier!« Er grinst breit.
»Das habe ich mir gedacht!«
Kilian zieht mich dichter an sich heran und küsst mich erneut. An meinem Bauch spüre ich, wie hart er bereits ist, und muss innerlich darüber schmunzeln, dass unser erstes Mal nach so vielen Jahren genauso beginnt wie unser allererstes Mal! Seine Zunge dringt in meinen Mund ein und unser Kuss wird leidenschaftlicher. Kaum kann ich es erwarten, mit ihm Sex zu haben! Seine Hand wandert meinen Körper hinunter und er lässt seine Finger in mich eindringen. Seine freie Hand massiert meinen Busen und ich werfe den Kopf zurück, als er anfängt an meinem Hals zu saugen. Kilian drängt mich in Richtung Beckenrand und als ich mit dem Po dagegen stoße, umfasst er mit beiden Händen meine Hüfte, hebt mich aus dem Becken und setzt mich auf dem Rand ab.

Vorsichtig spreizt er meine Beine und beginnt mich zwischen ihnen zu streicheln, was meine Schenkel zittern lässt. Kilian macht einen Schritt zurück und senkt seinen Kopf zwischen meinen Schenkeln nieder. Als seine Zunge meine Klitoris findet, stöhne ich auf. Seine Finger lässt er wieder in mich eintauchen und ich spüre, wie ich immer feuchter werde. Doch so geil das, was er da gerade tut, auch ist, will ich ihn endlich in mir spüren und ziehe ihn hoch zu mir. Außer Atem küsse ich ihn und es ist mir egal, wo seine Lippen gerade noch waren.

»Wo sind die Gummis?«, stöhne ich zwischen zwei Küssen, weil seine Finger in mir mir den Verstand rauben!

Kilian klettert aus dem Becken, hilft mir dann auf und führt mich zu einer großen Liege im Loungestyle. Auf der Liege liegt schon ein Kondom bereit.

»Wirklich?«, frage ich ihn und muss lachen.

Wortlos zieht er mich an sich und wir sinken eng umschlungen auf die Liege hinunter. Es fühlt sich an, als wären seine Hände überall auf meinem Körper. Sein warmer Atem auf meiner nassen Haut lässt mich seufzen.

Kilian reißt die Verpackung des Kondoms auf, zieht es sich über und ich kann es kaum erwarten, ihm nach so vielen Jahren wieder so nah zu sein! Ich drehe mich auf den Rücken, Kilian spreizt meine Beine und legt sich mit einem breiten Grinsen dazwischen. Seine Lippen finden meine und seine Erektion gleitet über meine Schamlippen. Ich wollte noch nie einen Mann so sehr, wie ich ihn will, genau in diesem Moment!

Seine Lippen finden meinen Hals und er lässt seinen Penis ein ganz kleines Stück in mich eindringen.

»Mach schon!«, stöhne ich ungeduldig und Kilian sieht mich mit einem schiefen Lächeln auf den Lippen an. »Bitte!«, füge ich hinzu und schaue ihm tief in die Augen.

»Wenn du mich so lieb bittest!« Wieder beginnt er mich zu küssen und dringt dabei komplett in mich ein, was kurz meinen Atem stocken lässt.

Kilian bewegt sich langsam in mir und ich lege meine Hände auf seinen Rücken um mehr Halt zu haben. Es fühlt sich an, als würde sich die Liege unter uns drehen. Kurz schaue ich in den Sternenhimmel, doch schließe dann meine Augen, weil ich ihn einfach nur spüren will!

Kilians Bewegungen werden schneller und es kribbelt schon gewaltig zwischen meinen Beinen. Mein Stöhnen kann ich nicht länger unterdrücken und in diesem Moment ist es mir absolut egal, ob seine Nachbarn mich hören können! Meine Finger krallen sich an seinem Rücken fest und als Kilian damit beginnt, mich hinter meinem Ohr zu küssen, spüre ich, dass ich gleich so weit sein werde. Er richtet sich etwas auf und schiebt eine Hand zu meinem Kitzler und streichelt mich dort. In dieser Sekunde bricht ein Feuerwerk der Gefühle über mich herein, das mir den Verstand raubt. Ungehemmt stöhne ich, als ich unter seinen Berührungen mehrfach komme. Der letzte finale Orgasmus reißt alles um mich herum mit sich. Es gibt nur Kilian und mich auf dieser Welt!

Noch ein paar Mal stößt er mich fest und kommt dann in mir! Die Anspannung weicht aus unseren Körpern und Kilian streicht mir eine nasse Haarsträhne aus dem Gesicht.

»Ich war in den letzten zehn Jahren nicht einen Moment so glücklich wie in diesem!«, sage ich leise und Kilian küsst mich zärtlich.

»Ich liebe dich!«, flüstert er mir danach ins Ohr und küsst mich erneut, ehe ich etwas erwidern kann. »Wollen wir noch eine Runde schwimmen?«

»Klar!«

Er zieht sich aus mir zurück, zieht sich das Gummi runter, macht einen Knoten rein und verschwindet damit kurz im Haus.

Verträumt schaue ich ihm hinterher und bleibe noch einen Moment liegen, weil ich befürchte, dass meine Beine mich gerade nicht tragen würden.

Kilian kommt aus dem Wohnzimmer gerannt und springt in alter Manier in den Pool, sodass ich nass werde.

»Willst du nicht reinkommen?« Er stützt seine Arme auf dem Beckenrand ab.

»Ich muss mich kurz beruhigen!« Ich setze mich auf und schenke ihm ein Lächeln.

»Weißt du überhaupt, wie sehr ich dich in den letzten Jahren vermisst habe?« Seine blauen Augen funkeln mich an.

»Kaum mehr als ich dich!« Ich stehe auf und gehe bis zum Rand des Pools.

»Du hast ja keine Ahnung!« Lächelnd beobachtet er mich, wie ich die Leiter in den Pool hinuntersteige.

Im Becken schwimme ich auf ihn zu und schlinge meine Arme um ihn. Zärtlich küsst Kilian mich und ich kann absolut nicht genug davon bekommen.

»Erinnere mich daran, dass ich das Video lösche.«

»Welches Video?« Ich stoße mich etwas von ihm ab, um ihn besser ansehen zu können.

»Das von der Überwachungskamera!« Er deutet an die Hauswand, an der eine Kamera hängt, und ich muss lachen.

»Können wir es uns ansehen, bevor du es löschst?« Ich ziehe die Augenbrauen hoch.

»Ich kann uns Popcorn dazu machen!« Kilian lacht und ich bin so glücklich, wie ich es niemals für möglich gehalten hätte.

***

Am nächsten Morgen öffne ich langsam meine Augen. In Kilians Schlafzimmer ist es ziemlich dunkel, aber ich stelle schnell fest, dass er nicht mehr neben mir liegt. Ich taste nach dem Lichtschalter, der sich irgendwo neben dem Bett befinden muss.

Vielleicht hat er so ein Licht, das auf Klatschen reagiert?!
Ich klatsche einmal laut in die Hände und komme mir dann ziemlich dämlich vor, weil nichts passiert. Endlich ertaste ich den Lichtschalter. Verschlafen reibe ich mir die Augen und kann danach nicht anders, als an seinem Kissen zu riechen!
Davon kann ich nie genug bekommen!
Ich stehe auf und spüre, dass mein Hintern und meine Oberschenkel bei jeder Bewegung brennen. Kilian und ich hatten nicht nur einmal Sex in dieser Nacht, wir hatten eher die ganze Nacht lang Sex!
Verdammter Muskelkater!
Nun stellt mich die Außenjalousie vor eine erneute Herausforderung. Neben den Fenstern suche ich nach einem Band, an dem ich ziehen, oder einen Knopf, den ich drücken kann, aber da ist absolut nichts! Auf Kilians Nachttisch sehe ich eine kleine Fernbedienung liegen.
Ich hätte gestern Abend wirklich besser aufpassen sollen!

Zögernd greife ich nach ihr, drücke den Pfeil, der nach oben zeigt, aber außer, dass die Bedienung blinkt, passiert nichts.

Halte ich das Ding vielleicht verkehrt herum?

Ich drehe sie in meiner Hand, drücke nun den anderen Pfeil, der jetzt nach oben deutet, und siehe da, die Außenjalousien setzen sich in Gang. Zufrieden greife ich nach seinem weißen Hemd, das er über die Lehne des Sessels gehängt hat, und ziehe es mir über. Außer einem Slip trage ich nichts drunter und ich sehe auch keine Notwendigkeit es zuzuknöpfen.

Im Bad putze ich mir die Zähne und treffe dann im Flur auf Elfriede, die ich gestern Abend noch kennenlernen durfte. Langsam kommt sie auf mich zu und ihre Krallen machen leise Trippelgeräusche auf dem Marmorboden.

»Guten Morgen, Elfriede!« Ich gehe in die Hocke und kraule sie hinterm Ohr.

Elfriede lässt sich auf die Seite plumpsen und streckt mir ihren Bauch entgegen, den ich als nächstes streichele.

»Du bist echt eine süße Maus! Weißt du, wo dein Herrchen ist?« Ich richte mich auf, Elfriede rollt sich zurück auf ihre Tatzen und trottet dann ganz gemächlich weg. »Anscheinend weißt du es nicht!« Ich muss lachen über die Ruhe, die diese Hundedame ausstrahlt.

Barfuß tapse ich die Treppe herunter und halte Ausschau nach Kilian. Ich höre etwas klappern und folge dem Geräusch, das mich in die Küche leitet.

Hinter der großen Kochinsel in der Mitte der Küche erkenne ich Kilians Rücken, der gebückt nach etwas im Küchenschrank zu suchen scheint.

»Guten Morgen, du geiles…« Mir verschlägt es die Sprache, als ich erkenne, dass der Mann, der sich da aufrichtet, nicht Kilian ist.

»Wer sind Sie?«, frage ich entsetzt, ziehe das Hemd vor meinem Körper zu und mache mich für eine Flucht bereit, falls dieser Fremde ein Einbrecher sein sollte!

»Guten Morgen, ich bin Rafael. Ich manage hier alles rund ums Haus!« Er lächelt freundlich. »Darf ich Ihnen Frühstück machen, bevor Sie gehen?«

Bevor ich gehe?!

»Hi, ich bin Mira! Wo ist Kilian?«

»Joggen, denke ich! Also, was darf ich Ihnen machen? Pfannkuchen oder lieber Rührei mit Speck?«

»Ich warte auf Kilian mit dem Frühstück! Danke!«

»Hören Sie! Ich will Ihnen nicht zu nahe treten, aber Sie wissen, auf was Sie sich eingelassen haben! Daraus macht Kilian niemals ein Geheimnis! Sie würden sich also selbst einen Gefallen tun, wenn Sie nach dem Essen einfach gehen würden!« Immer noch lächelt er freundlich, doch bei mir dreht sich langsam der Magen um.

»Hören SIE jetzt mal! Ich werde nirgends hingehen! Ich warte auf Kilian!«

»Dass Sie hier warten, wird nichts daran ändern, dass es nur ein One-Night-Stand war!«

Mit weit aufgerissenen Augen sehe ich ihn an.

Lässt er seine One-Night-Stands von seinem Hauspersonal nach draußen befördern?

»Wissen Sie was?! Sie haben recht! Ich sollte gehen!«

»Noch etwas essen oder einen Kaffee?« In seinem Blick liegt ein wenig Mitleid.

»Nein! Danke!« Schnell nehme ich die Treppe nach oben, schmeiße sein Hemd auf den Boden, ziehe mich an und nehme mir meine Handtasche und meinen Rucksack.

Gerade als ich die Hälfte der Treppe geschafft habe, kommt Kilian zur Haustür herein und sieht selbst in seinen verschwitzten Sportklamotten noch unglaublich heiß aus.

»Mirabella, du bist schon wach!« Er lächelt, aber meine Laune ist absolut im Keller!

Unbeeindruckt stürme ich wortlos Richtung Tür und will an ihm vorbei, da bekommt er mich am Arm zu fassen.

»Wo willst du denn hin?« Verständnislos sieht Kilian mich an.

»Nach Hause!«

»Jetzt schon? Ich dachte du bleibst das ganze Wochenende hier?« Er löst seine Hand von meinem Oberarm.

»Nein, ich muss jetzt los!« Ich bin ganz kurz davor zu explodieren.

»Rafael, mein Haushälter ist in der Küche. Ich wollte ihn dir vorstellen und dann macht er uns Frühstück!«

»Ich kenne ihn bereits! Also nicht nötig!« Böse schaue ich ihm in die Augen.

»Du kennst ihn schon...?! Okay...« Man kann förmlich erkennen, wie es in Kilians Kopf anfängt zu arbeiten. »Ohhh... Scheiße!«

»Ja, das trifft es!« Ich lächele ihn ironisch an.

»Das tut mir leid! Ich dachte, dass du so lange schläfst, dass ich genug Zeit habe, ihn dir vorzustellen, wenn ich vom Joggen zurück bin!« Er greift nach meinem Rucksack. »Bitte! Geh nicht!«

»Ich kann echt nicht glauben, dass du deine Betthasen von Rafael rausschmeißen lässt!« Ich lasse mir den Rucksack abnehmen, was Kilian erleichtert aufatmen lässt.

»Ich habe immer von Anfang an offen gesagt, dass ich nur Sex will! Nur viele Frauen glauben leider, dass man seine Meinung über Nacht ja vielleicht doch noch ändern könnte.«

»Von wie vielen Frauen sprechen wir hier?«

»Ist das nicht egal?«

»Nein, irgendwie gerade nicht!«

»Wir machen es so: Ich stelle dir Rafael offiziell vor. In der Zeit, in der er Frühstück macht, gehe ich duschen und dann reden wir beim Frühstück in Ruhe darüber, okay?«

Bei jedem anderen wäre ich jetzt gegangen, egal, was er gesagt hätte, aber es ist Kilian, der da vor mir steht und kein anderer! »Okay.«

Kilian lächelt zufrieden. »Dann komm!« Er stellt meinen Rucksack ab, nimmt meine Hand und wir gehen in die Küche.

»Mira! Sie sind ja noch da!« Rafael blickt entschuldigend zu Kilian.

»Ist schon okay! Mirabella ist meine Freundin!«

Rafael sieht ihn an, als wäre Kilian von Außerirdischen geklont und der Klon zur Erde zurückgeschickt worden.

»Also bleibt sie zum Frühstück?«, vergewissert sich Rafael.

»Sie bleibt das ganze Wochenende! Es tut mir leid, dass ich das nicht schon früher erwähnt und Mirabella und Sie in diese unangenehme Lage gebracht habe!«

Peinlich berührt schaue ich zwischen den beiden Männern hin und her.

Rafael sieht mich an. »Das tut mir wirklich leid! Ich konnte ja nicht ahnen, dass...« Er bricht mitten im Satz ab, ich denke, weil er verhindern will, es noch schlimmer zu machen. »Es tut mir leid!«

»Schon okay. Kilian muss es leid tun!« Ich schaue Kilian an, der sich verlegen am Kopf kratzt.

»Das tut es! Wirklich!« Er küsst mich. »Ich gehe jetzt duschen und bin gleich wieder zurück! Such dir aus, was du zum Frühstück möchtest!« Kilian verlässt die Küche und lässt Rafael und mich zurück.

»Also? Was möchten Sie?«

»Pfannkuchen, wenn das Angebot noch steht?!«, erwidere ich und mir ist nicht wirklich wohl dabei, dass er das Frühstück für uns macht!

»Kommen sofort!« Rafael geht an den Kühlschrank und holt einige Zutaten heraus.

Ich greife mir zwei Äpfel aus dem Obstkorb, der auf dem Esstisch steht. »Haben Sie ein Brett und ein Messer für mich?«

Vollkommen irritiert sieht er mich an. »Was haben Sie denn vor?«

»Na, Äpfel klein schneiden, für die Pfannkuchen!«

»Dafür bin ich doch da!« Er will mir die Äpfel abnehmen.

»Darf ich Ihnen bitte helfen?«

»Wenn Sie das möchten...« Aus dem Messerblock nimmt er ein Messer, holt ein Holzbrett aus einer der Schubladen und legt beides für mich bereit.

»Danke!« Ich beginne die Äpfel zu schälen und Rafael gibt alle Zutaten in eine Rührschüssel.

»Ich habe noch nie erlebt, dass Kilian sich für irgendetwas entschuldigt hat!«, sagt er plötzlich und ich sehe ihn an.

»Wirklich? Das kann ich kaum glauben!«

Ist Kilian noch der, für den ich ihn halte?

»Mir tut es auch wirklich leid! Außer der kleinen Marie bleibt niemand länger als eine Nacht!«

»Wie lange arbeiten Sie schon für Kilian?« Ich beginne die geschälten Äpfel in feine Scheiben zu schneiden.

»Seit fünf Jahren. Ich bin mit ihm zusammen umgezogen, vor einem halben Jahr.«

Es ist mir unangenehm zu fragen, wo sie vorher gewohnt haben! Ich nehme mir aber vor, Kilian danach zu fragen.

»Wo wohnen Sie? Hier in der Nähe?«

»Ja, ich wohne nicht weit von hier.« Er schüttet Öl in eine Pfanne und stellt sie auf den Herd. »Kilian hat die Wohnung gekauft, in der ich jetzt wohne. Sie ist wirklich sehr schön!«

»Wo ist der Mülleimer?« Ich kratze die Schale und die Kerngehäuse der Äpfel zusammen.

»Ich mache das schon! Setzen Sie sich!« Rafael nimmt mir das Brett ab, ich wasche mir kurz die Hände und setze mich dann an den Esstisch, der in meinen Augen viel zu groß ist, dafür, dass niemals jemand länger zu Besuch ist!

Rafael deckt den Tisch, während die Pfannkuchen brutzeln, stellt eine zweite Pfanne auf den Herd, trennt von mehreren Eiern Eigelb und Eiweiß und macht nur aus dem Eiweiß Rührei.

Kilian übertreibt es echt!

Gerade als Rafael alles auf den Tisch stellt, kommt Kilian herein. Er gibt mir einen Kuss auf die Stirn und setzt sich dann.

»Guten Appetit!« Rafael ist verschwunden, ehe ich etwas erwidern kann.

»Guten Appetit!«, wünscht auch Kilian und beginnt in seinem Rührei zu stochern.

»Lass es dir schmecken!« Ich nehme mir einen Pfannkuchen von dem Stapel und streue Zucker und Zimt darüber.

Kilian sieht mich sichtlich nervös an. »Na, frag schon!«

»Okay!« Ich lege mein Besteck bei Seite. »Wie viele Beziehungen hattest du, seit wir uns getrennt haben?«

»Keine!« Er sieht mir in die Augen.

»Keine?«, frage ich, nur um ganz sicherzugehen.

»Ich hatte Affären und One-Night-Stands, aber keine Beziehung!«

»Und die, die dich heiraten wollte?«

»Hatte ich dir doch schon erklärt! Sie war eine Affäre! Wir hatten Spaß im Bett und sie dachte wohl, dass doch mehr daraus werden könnte, aber ich denke, dass sie eh nur hinter meinem Geld her war! Ich habe sie nicht geliebt!«

»Gut, mit wie vielen Frauen hattest du Sex?«

»Ach, Mirabella! Wollen wir echt darüber reden? Ich frage dich doch auch nicht, mit wie vielen Männern du geschlafen hast!« Er trinkt einen Schluck Kaffee.

»Mit dir waren es vier!«

Er stellt seine Tasse ab. »Ich weiß es nicht!«

»Wie? Du weißt es nicht?!«

»Ich habe sie nicht gezählt!«

»Naja, waren es 20, 200 oder eher 2000?«

»Irgendwas zwischen 200 und 2000...«

Ich lasse mich gegen die Rückenlehne des Stuhls fallen.

»Du wolltest es ja unbedingt wissen!«

»Wo lernst du die denn alle kennen?«

»Mirabella! Wollen wir nicht lieber das Thema wechseln?«

»Nein! Ich weiß, dass das deine Vergangenheit ist, aber ich will wissen, auf was ich mich da einlasse!«

»Aber was ändert das für uns?«

»Ich will einfach Gewissheit! Ich weiß doch auch nicht!« Die Situation überfordert mich, weil mir immer klarer wird, mit wie vielen Frauen er geschlafen hat und ich habe Angst, dass ich ihm auf Dauer nicht genügen könnte!

»Naja, halt beim Ausgehen oder einfach auf der Straße... Wo man sich halt so kennenlernt!«

»Ich weiß ja, welche Wirkung du schon immer auf Frauen hattest, aber so viele Frauen...?! Die lernt man doch nicht einfach auf der Straße kennen! Nehmen wir doch als Beispiel die Mutter von Marie!« Herausfordernd sehe ich ihn an und befürchte jetzt schon, dass ich je tiefer ich grabe, mir selbst nur immer mehr wehtun werde!

»Das will ich dir echt nicht sagen!« Er fährt sich mit einer Hand durch seine Haare.

Schweigend sehe ich ihn an.

»Okay...! Maries Mutter ist eine Escortdame!«

Meinen Blick richte ich starr auf ihn. »Sie ist 'ne Prostituierte?«

»Nein!«, protestiert er.

»Entschuldigung!« Ich hebe die Hände an. »Sie ist eine sehr teure Prostituierte!«

»Nein! Ich habe sie öfter als Begleitung für geschäftliche Ereignisse gebucht! Es macht halt einen guten Eindruck, wenn der Gegenüber denkt, dass man einen soliden Lebensstil pflegt! Ich habe sie für den Sex nicht bezahlt! Dazu ist es einfach gekommen!«

»Also nach Feierabend oder wie muss ich das verstehen?«

»Wenn du es so nennen willst?«

»Hat sie immer eine kleine Stempeluhr dabei oder wie muss ich mir das vorstellen?«, verfalle ich in Sarkasmus und mir wird bewusst, dass unsere Leben in den letzten Jahren unterschiedlicher kaum hätten sein können!

»Sie ist die Mutter meiner Tochter, okay?! Es ist, wie es ist, und damit wirst du leben müssen!«

»Muss ich das?«, rutscht es mir heraus und es tut mir sofort wieder leid.

»Du musst überhaupt nichts!«, erwidert Kilian leise.

»Hast du regelmäßig Sex mit ihr?«, frage ich, weil es mir sonst nie Ruhe lassen würde.

»Ja! Bis ich dich wiedergesehen habe!«, gesteht er.

»Also hattet ihr eine Beziehung!«

»Nein! Wir verstehen uns gut und hatten Spaß! Zusammen oder mit anderen!« Fast wirkt es, als würde Kilian sich auf die Zunge beißen.

»Mit anderen? Was meinst du damit?«

»Vergiss es! Das habe ich nur so dahin gesagt!«

»Kilian!«, ermahne ich ihn.

»Wir waren öfter zusammen im Swingerclub!« Ganz genau beobachtet er mich.

Für einen Moment ist mein Kopf vollkommen leer, um sich dann mit so vielen Fragen zu füllen, dass ich keinen anständigen Satz formulieren kann.

»Kannst du bitte irgendwas sagen?« Flehend sieht er mich an.

Die Frage, ob er da nur mit ihr Sex hatte, erspare ich mir, weil ich mir sicher bin, die Antwort bereits zu kennen!

»Du findest den Sex mit mir langweilig, oder?«, ist absurderweise die erste Frage, die ich fähig bin zu stellen.

Er findet mich langweilig!

»Was? Nein! Natürlich nicht! Warum sagst du so was?« Sein Blick wirkt verzweifelt.

»Wie soll ich da denn mithalten? Du hattest Gruppensex, hast sie wahrscheinlich ausgepeitscht und an andere weitergereicht! Hast zugesehen, wie die Mutter deiner Tochter Sex mit anderen Männern hatte und wahrscheinlich auch mit Frauen. Ihr konntest du armdicke Dildos reinstecken oder deine ganze Faust!«, geht meine Fantasie mit mir durch. »Und dann komme ich und wir haben Sex unterm Sternenhimmel in der Missionarsstellung!«

Kilian sieht mich an und fängt plötzlich an zu lachen.

Der wagt es auch noch über mich zu lachen?!

»Du bist so ein Arschloch!« Ich springe auf, schnappe mir meine Handtasche und auf dem Weg zur Tür schießen mir die Tränen in die Augen.

»Mirabella! Warte!« Kilian folgt mir und holt mich ein, als ich gerade die Türklinke seiner lächerlich großen Haustür drücken will. »Ich lache dich doch nicht aus!«

»Weißt du was? Geh doch und lache über mich mit deinen Swingerclubfreunden!« Ich stürme raus und weiter zu meinem Wagen.

»Ich habe nur gelacht, weil du so süß aussahst, als du dir die wildesten Sachen ausgemalt hast!« Er zieht eine Augenbraue hoch, aber ich habe für heute wirklich genug gehört.

Entschlossen springe ich in mein Auto, fahre los, bis ich vor dem großen Tor stehe, das sich natürlich nicht öffnet. Voller Wut haue ich mehrfach auf meine Hupe und sehe im Rückspiegel Kilian auf mein Auto zukommen. Kurz überlege ich, ob ich nicht einfach Vollgas geben sollte, um durch das Tor zu fahren, bin mir aber ziemlich sicher, dass so was nur im Film funktioniert und in Wirklichkeit mein Auto danach platt wie eine Flunder wäre!

Kilian klopft an mein Seitenfenster, doch ich würdige ihn keines Blickes, weil ich hoffe, dass er so meine Tränen nicht bemerkt!

Er will die Tür öffnen, aber ich drücke den Knopf, der alle Türen verriegelt. Ich weiß, dass ich mich gerade wie ein Kind verhalte, aber ich will ihm einfach nicht in seine verdammten blauen Augen schauen müssen!

»Mach bitte die Tür auf!«, höre ich seine Stimme dumpf im Inneren meines Wagens. »Ich liebe dich! Ich habe immer nur dich geliebt! Kein Swingerclub kann mit dem Sex mit dir mithalten!«

Eine Frau geht mit ihrem Pudel auf dem Bürgersteig vorm Tor vorbei und sieht Kilian pikiert an. ›Immer diese abgedrehten Neureichen‹, steht ihr förmlich auf die Stirn geschrieben!

»Wenn du fahren willst, dann fahr! Ich mache dir das Tor auf!« Kilian geht zurück ins Haus und kurz darauf öffnet sich das Tor, wie von Geisterhand.

Ich schaue nach draußen in die ›Freiheit‹, die mir aber jetzt, wo ich sie haben kann, gar nicht mehr so verlockend vorkommt.

Sollte ich seine Vergangenheit nicht einfach Vergangenheit sein lassen?

Hin- und hergerissen sitze ich in meinem Auto und bringe es einfach nicht übers Herz die Kupplung kommen zu lassen und Gas zu geben!

Unsicher darüber, ob ich wirklich das Richtige tue, lege ich den Rückwärtsgang ein, parke mein Auto und steige aus. Mit dem Handrücken wische ich mir die Tränen von den Wangen und sehe dann Kilian in der geöffneten Tür stehen. Wortlos gehe ich auf ihn zu. Als ich nah genug bin, nimmt er meine Hand, zieht mich in seine Arme und hält mich fest. Seine Lippen drückt er sanft auf den Scheitel meiner Haare und ich weiß absolut nicht, was ich jetzt sagen oder tun soll!

Mein Körper schreit danach, ihm ganz nah zu sein, aber mein Kopf hält das für vollkommen verrückt! Für mein Herz ist es nur wichtig, dass er ganz einfach da ist!

»Danke, dass du zurückgekommen bist!«, haucht er, schiebt uns ins Haus und schließt die Tür, ohne sich dabei von mir zu lösen.

»Der Sex mit dir ist überhaupt nicht langweilig! Das Gefühl, dir so nah zu sein, ist so erfüllend und befriedigend, dass es überhaupt kein Vergleich ist! Noch nie hat mich ein Frau so erregt wie du!«

Mit seiner Hand umfasst er mein Kinn, hebt es an und zwingt mich so, ihm in die Augen zu sehen.

Das kann ich dir einfach nicht glauben!

»Warum habe ich dann das Gefühl, dass ich einen Werkzeuggürtel voller Sextoys tragen müsste?«

»Das sollst du doch gar nicht! Natürlich können wir, wenn du magst, gemeinsam Sexspielzeug aussuchen, aber wenn du das nicht willst, ist das auch okay!«

Glaube mir! Ich will Spielzeug, aber das alles war einfach zu viel Information für mich! Auch, wenn ich daran selber Schuld war!

»Ich hätte dich nicht alle diese Sachen fragen sollen!«, muss ich zugeben.

»Du darfst mich alles fragen! Okay?!«

»Okay!«

Kilian küsst mich und die Gewissheit, dass ich ihn für immer lieben werde, ist übermächtig! Aber die Angst, dass ich ihn eines Tages langweilen könnte, ist es leider auch!

5

Kilian war wieder die ganze Woche über unterwegs, und so freue ich mich umso mehr, ihn heute Abend wiederzusehen! Doch bevor ich zu ihm fahre, bin ich mit Vivien und Tobias zu einem frühen Abendessen beim Chinesen verabredet.
Als ich das Lokal betrete, sehe ich Vivien winken, die schon an einem Tisch sitzt. Als ich mich ihr nähere, steht sie auf, um mich zur Begrüßung zu umarmen.
»Hey, schön, dass es geklappt hat!« Ich drücke sie fest und setze mich dann.
»Freut mich auch!«
Wir beginnen in den Speisekarten zu blättern, als Tobi sich zu uns gesellt.
»Was für eine Ehre, mit zwei so hübschen Frauen zu Abend essen zu dürfen!« Er zwinkert, umarmt erst Vivien und dann mich und setzt sich zu uns.
Der Kellner kommt, wir bestellen und Tobi sieht mich interessiert an. »Und? Wie läuft es mit Kilian? Seid ihr noch zusammen?«

»Ja! Es läuft gut, nur leider ist er beruflich viel unterwegs, aber wir sehen uns an den Wochenenden. Heute Abend fahre ich zu ihm.«

»Schade eigentlich! Ich hatte die leise Hoffnung, dass er es verkackt!« Tobi lacht kurz und wendet sich dann Vivien zu. »Und du, Vivi? Bist du eigentlich Single?«

»Ja, aber ich bin ganz sicher nicht die zweite Wahl!« Sie lacht.

»Ihr macht es mir aber auch schwer!«

Der Kellner bringt unsere Getränke.

»Auf einen schönen Abend!« Tobi erhebt sein Glas und wir stoßen an.

»Ich freue mich wirklich, mit euch zusammen hier zu sein!« Ich trinke einen Schluck von meiner Cola.

»Tobi, wie kommt es denn, dass ein so attraktiver Mann wie du noch Single ist?« Vivien lächelt kess und ich frage mich, ob die beiden nicht wirklich ein schönes Paar abgeben würden!

»Die Attraktivität war bis jetzt mein Problem, denn ich fand es unfair, diese mit nur einer Frau zu teilen!« Er grinst breit.

»Das scheint ein weit verbreitetes Männerproblem zu sein!«, rutscht es mir heraus und Vivien sieht mich prüfend an, erwidert aber nichts darauf.

»Aber mal ganz im Ernst...! Die Richtige war einfach noch nicht dabei!«

»Aus welcher Frauenzeitschrift hast du den Satz denn abgekupfert?« Vivien sieht Tobi herausfordernd an.

»Aus keiner! Das ist die Wahrheit!« Tobi hebt eine Hand zum Schwur und die beiden sehen sich tief in die Augen und halten diesen Zustand einen Moment zu lang, sodass ich mir kurz fehl am Platz vorkomme.

Tobias grinst breit. »Entschuldigt mich bitte, ich muss mal ganz kurz wohin!« Er steht auf und verschwindet in Richtung Toiletten.

»Ist alles okay zwischen dir und Kilian?«

»Ja! Was meinst du?« Ich kann mir denken, worauf sie hinaus will.

»Hat Kilian rumgehurt in den letzten zehn Jahren?«, bringt sie es auf den Punkt und ich muss über ihre Wortwahl kurz lachen.

»Du bist blöd!«, versuche ich mich aus der Affäre zu ziehen.

»Ist er noch der, der er war?«, formuliert sie ihre Frage komplett um.

»Wer ist das schon?«

»Na, du! Zum Beispiel.«

»Ich bin auch nicht mehr die, die ich mal war! Leo hat gewaltig an meinem Ego gekratzt!«

»Also hat er sich verändert?!«

»Ja! Er ist halt nicht mehr der Abiturient von früher! Sein Leben ging weiter, genauso wie meines. Nur seines war halt komplett... anders!«

»Wie meinst du das?«

»Naja... Er hat eine eigene Firma, hatte nach mir keine feste Beziehung mehr und pflegt einen ganz anderen Lebensstil!«, versuche ich es ihr zu erklären, ohne zu viel zu verraten.

»Er hatte nicht eine Beziehung?«

»Nein, nicht eine.«

»Aber Sex hatte er?«

»Ja, sicher...«

»Sehr viel Sex?«

»Es steht mir nicht zu, dir das zu erzählen!«

»Also hatte er sehr viel Sex!«

»Boah, Vivien!«

Sie lächelt. »Ist ja schon gut!«

»Verrate mir lieber, was da zwischen dir und Tobi geht!«

»Nichts! Der hat doch in der Schule schon immer nur mit dir geflirtet!«

»Du weißt, dass das zwischen uns immer nur rein freundschaftlich war! Seine Sprüche sind nur Spaß!«

»Wir haben seit dem Klassentreffen öfter gechattet!«

»Das ist doch super!«

»Was ist super?« Tobi steht plötzlich neben dem Tisch und setzt sich wieder neben mich.

»Na, du natürlich!«, erwidere ich.

»Da habt ihr recht!« Tobi lacht und Vivien rollt mit den Augen.

»Wie selbstverliebt kann man eigentlich sein?« Sie schenkt Tobi ein ironisches Lächeln.

»Dann liebt mich wenigsten eine Person!« Wieder sieht er ihr tief in die Augen.

Hätte ich nicht schon Essen bestellt, würde ich mich jetzt verdrücken!

Nachdem wir gegessen haben, verabschiede ich mich unter dem Vorwand um 19:30 Uhr mit Kilian verabredet zu sein, obwohl ich ihm gesagt habe, dass ich zu ihm komme, wenn ich nun mal da bin. Aber ich denke, dass ich Vivien und Tobias lieber alleine lassen sollte, da ich mir eh nur vorkam wie das fünfte Rad am Wagen.

Als ich vor Kilians Tor stehe, nehme ich die Fernbedienung, die er mir letzte Woche gegeben hat, und öffne es damit.

Ich parke ein, steige aus und da ist sofort wieder dieses Kribbeln in meinem Bauch, als ich seine Klingel drücke. Kilian öffnet mir kurz darauf und trägt dieses Mal auch eine Jeans und ein T-Shirt, somit komme ich mir nicht so underdressed vor wie letzte Woche, als er mich im Anzug willkommen hieß.

»Hey!«, haucht er, zieht mich in seine Arme und küsst mich.

»Hi!«, erwidere ich nach dem Kuss leicht benommen.

»Komm rein!« Er nimmt mir meinen Rucksack ab und da kommt Elfriede um die Ecke gelaufen.

Schwanzwedelnd begrüßt sie mich und wirft sich gleich auf die Seite, damit ich ihren Bauch kraulen kann.

»Wow! Sie muss dich wirklich mögen, wenn sie extra zur Begrüßung kommt!« Kilian schaut zu uns herab.

»Sie merkt sicher, dass ich ein Hundefreund bin!«
Ich lächele Kilian an, richte mich auf und Elfriede verschwindet wieder in die Richtung, aus der sie gekommen ist. »Wie bist du auf einen Mops gekommen? Eigentlich würde doch ein Hund, mit dem du joggen gehen kannst und der das Grundstück bewacht, besser zu dir passen!«
»Ja!« Er lacht. »Aber da Marie den Hund ausgesucht hat...«
»Okay! Ich verstehe! Obwohl ich es eigentlich nicht so gut finde, Züchter zu unterstützen, die Hunderassen so züchten, dass sie gesundheitliche Probleme bekommen. So wie beim Mops die Atmung!«, halte ich ihm eine Moralpredigt.
»Elfriede ist aus dem Tierheim!«
»Ah, okay!«
»Als ich mich dazu entschlossen habe, einen Hund zu holen, hatte ich sofort deine Stimme im Ohr, die mir einen Vortrag gehalten hat, darüber, dass es ja im Tierheim so viele arme Tiere gibt, die ein Zuhause suchen und man ja nicht unbedingt zum Züchter gehen muss!«
Kurz warte ich ab, ob er irgendeine Regung zeigt, aber Kilian verzieht keine Miene. »Du hast wirklich an mich gedacht?«

»Ja!« Er sieht mir tief in die Augen. »Unzählige Male!«

Wenn er haufenweise andere Frauen flachgelegt hat, hat er meine Stimme wohl sicher nicht in seinem Kopf gehabt!

»Was wollen wir denn Schönes machen?«, fragt Kilian, da ich nichts erwidere, was mir auch leid tut, aber in meinen Gedanken tauchten gerade 200 bis 2000 Frauen auf.

»Ich weiß nicht!«

»Schwimmen?« Er lächelt.

»Es hat gerade angefangen zu donnern, als ich hergefahren bin!«

»Habe ich auch gehört, aber ich meine auch im Keller.«

»Du hast im Keller noch einen Pool?«

»Ja, und einen Whirlpool und eine Sauna.«

»Warum frage ich überhaupt so blöd?«

Kilian lächelt. »Also, hast du Lust auf etwas Wellness?«

»Warum nicht! Hast du im Keller eine Toilette?«

»Klar!« Kilian stellt meinen Rucksack auf der Treppe ab, ich meine Handtasche daneben und folge ihm in den Keller. »Da vorne ist die Toilette und dort geht es zum Pool! Ich gehe schon mal die

Sauna einheizen!« Er gibt mir einen Kuss und ich gehe ins Bad, in dem sich eine Regenschauerdusche befindet, in die mindestens vier Leute passen würden.

Das wird nach seinem Geschmack sein!

Innerlich ärgere ich mich darüber, dass ich seine Vergangenheit nicht einfach ausblenden kann und mache mich, nachdem ich für kleine Mädchen war, zurück auf den Weg zum Pool.

Welche Tür war es noch mal?

Ich öffne die Tür, die ich für die richtige halte, und stehe in einem dunklen Raum ohne Fenster.

Okay, hier ist es schon mal nicht!

Ich schließe die Tür wieder.

Moment mal! War das nicht...?!

Wieder öffne ich sie, lasse meine Augen sich an die Dunkelheit gewöhnen und das, was ich da glaube zu sehen, schockt mich dann doch etwas. Neben der Tür taste ich nach einem Lichtschalter, den ich auch finde und betätige. Meine Befürchtung bewahrheitet sich!

Kilian hat einen Frauenarztstuhl im Keller!

Ungläubig betrete ich das Zimmer und sehe neben dem Stuhl einen kleinen Tisch stehen, auf dem beim Arzt die Instrumente liegen würden. In den

Schrank mit den vielen Schubladen, traue ich mich nicht zu schauen, weil ich eigentlich jetzt schon viel zu viel herumgeschnüffelt habe! Schnell schalte ich das Licht aus, verlasse den Raum und nehme die nächste Tür, die dann auch wirklich zum Pool führt.

»Da bist du ja!« Kilian kommt barfuß auf mich zu und auch ich ziehe meine Schuhe aus, gehe zu einer der Liegen und beginne dort mich auszuziehen.

Als ich nackt vor ihm stehe, kommt Kilian zu mir und nimmt mich in den Arm. Seine Hände gleiten meinen Rücken herunter, aber ich bin mit meinen Gedanken komplett woanders.

»Alles klar?« Er sieht mich prüfend an.

»Ja! Ich gehe mich schon mal abduschen!« Ich deute auf die Dusche in der Ecke.

»Okay.« Man kann ihm deutlich ansehen, dass er mit der Antwort nicht zufrieden ist, aber er entlässt mich aus seiner Umarmung und beginnt ebenfalls sich auszuziehen.

Während ich mich abdusche, beobachtet Kilian mich und kommt dann zu mir unter die Dusche, aber ich trete zur Seite und mache ihm Platz, weil

ich, während ich versuche meine Gedanken zu sortieren, seine Nähe echt nicht gebrauchen kann!
»Die Sauna sollten wir noch einen Moment heizen lassen! Wollen wir in den Whirlpool?«
»Ja!« Ich versuche zu lächeln und dabei den Anblick von unzähligen orgasmusverzerrten Frauengesichtern in seinem Doktorzimmer zu verdrängen. Zögerlich steige ich in das Blubberwasser und Kilian folgt mir und setzt sich neben mich.
Seine Hand legt sich auf mein Knie, schiebt sich weiter nach oben und er beugt sich zu mir herüber und beginnt mich zu küssen! »Was ist los?« Er lässt von mir ab.
»Nichts!« Ich versuche ihn erneut zu küssen, aber er wendet sich ab.
»Du bist steif wie eine Brechstange!«
»Ich habe dir noch gar nicht erzählt, dass ich seit gestern wieder die Pille nehme, wir könnten also... Also, wenn das ohne Gummi mit dir geht...«
Was rede ich da eigentlich? Er muss denken, dass ich ihn für vollkommen verseucht halte!
»Wie meinst du das?«
»Sorry, so wollte ich das nicht sagen!«

Er fährt sich mit einer Hand durch seine nassen Haare. »Ekelst du dich jetzt vor mir, wo du weißt, dass ich mit vielen Frauen Sex hatte?«

»Nein! Ich ekele mich natürlich nicht vor dir!«

»Was ist es dann?« Er rückt von mir ab.

»Leo hat mich betrogen und das tat echt weh, aber wenn du mich betrügen würdest, würde mich das zerstören!«

»Was redest du denn da?«

»Ich kann doch mit dir überhaupt nicht mithalten! Du hast so viel Erfahrung, Geld und dann dein Körper, der noch viel heißer ist als früher, und daneben ich alte Couch-Potato!«

»Okay! Wir haben die letzten Jahre komplett unterschiedlich verbracht und ich verstehe, dass du ein Problem damit hast, dass ich Sex mit so vielen Frauen hatte, aber ich kann es doch nicht ungeschehen machen! Und außerdem bin ich froh, dass du mich ab und zu mal aufs Sofa holst! Der Abend neulich bei dir auf der Couch mit Chips und Bier war so schön, dass ich solche Abende nie wieder missen möchte! Mein Job, das Haus, die Autos... All das ist mit den Jahren gekommen, aber ein richtiges Leben habe ich erst seit du wieder da bist! Ich würde alles hier sofort eintauschen, wenn ich ungeschehen machen könnte, dass ich damals gegangen bin! Kapiere das doch endlich!« Mit weit aufgerissenen Augen sieht er mich an.

»Aber es wird dir auf Dauer nicht genügen, nur Sex mit mir zu haben!«, kann ich es einfach nicht gut sein lassen und ignoriere das schönste Liebesgeständnis, das ich jemals bekommen habe.

Verzweifelt sieht er mich an.

»Ich habe dein... ›Doktorzimmer‹ gesehen«, gestehe ich leise.

»Mist!«

»Ja!«

»Ich wusste nicht, ob ich es dir zeigen oder es lieber heimlich beseitigen soll!«

»Warum erzählst du mir nicht, wenn du solche Vorlieben hast?«

»Weil das gar nicht unbedingt meine Vorliebe ist!«

Verwirrt sehe ich ihn an.

»Jennifer, die Mutter von Marie, sie steht da total drauf.«

»Also hast du für sie dieses Zimmer eingerichtet?«

»Ja, hauptsächlich. Es ist ja nicht so, dass es für mich gar keinen Reiz hatte, aber ich hätte es nicht unbedingt gebraucht!«

Ich sollte einfach meine Klappe halten und ihn nie wieder auch nur irgendetwas fragen!

»Würdest du gerne mit mir in dieses Zimmer?«, frage ich trotzdem.

Kilian sieht mich an, als würde er ahnen, dass jede mögliche Antwort falsch wäre. »Möchtest du das denn?«

»Der Gedanke vor dir auf diesem Stuhl zu liegen, hat was Erregendes, aber... es wäre nicht unsere Fantasie! Es ist ihre!«

Kilian legt eine Hand auf meine Schulter. »Mirabella, ja, ich hatte ein ausschweifendes Sexleben, aber du hast geheiratet! Hast du dich mal eine Sekunde lang gefragt, wie es sich für mich anfühlt, dass du noch mit einem anderen Mann verheiratet bist? Du trägst seinen Nachnamen und hast ihn geliebt. Ihr hattet zusammen ein Haus und habt sicher auch Kinder geplant! Dieser Gedanke frisst mich ebenso auf wie dich der mit den anderen Frauen! Ich verstehe dich, aber für mich war das nur Sex, Spaß, Stressabbau oder wie man es auch immer nennen soll! Ich habe nicht eine von ihnen geliebt, weil ich immer nur dich geliebt habe!« Er blickt mit seinen unglaublich blauen Augen in meine und mir wird klar, dass auch meine Vergangenheit für ihn nicht einfach ist.

»Ich habe ihn niemals so sehr geliebt wie dich und das weißt du!«, erwidere ich leise, sodass ich gerade so das laute Blubbern des Pools übertöne.

»Und ich bin nur wegen dir wieder hier in Göttingen!« Er lächelt schief.

»Du wohnst seit einem halben Jahr hier! Netter Versuch!«

»Ja! Und wie lange bist du von Leo getrennt?«

»Etwas über ein halbes Jahr.« Verunsichert schaue ich ihn an.

»Ich bin nach dem Studium zurück nach Bremerhaven gezogen und dann habe ich durch einen Zufall hier in Göttingen, als ich zu Besuch bei meinen Eltern war, den Nachbarn deiner Eltern getroffen und der hat mir alles erzählt.«

»Walter?«

»Ganz genau!«

»Du wusstest also, dass ich verheiratet bin?!«

»Ich wusste vor allem, dass du seit kurzem getrennt lebst, und der Gedanke hat mich nicht losgelassen. So bin ich zurück nach Göttingen und als dann die Anfrage kam wegen des Klassentreffens habe ich natürlich erst mal so getan, als ob ich nicht wüsste, ob ich es sicher schaffe, aber in Wirklichkeit habe ich alle Termine für diesen Tag sofort abgesagt.«

»Und wenn das Klassentreffen nicht gewesen wäre?«

»Dann hätte ich wohl eines Tages mit einem Strauß Rosen vor deiner Tür gestanden!«

»Und trotzdem hast du ein Doktorzimmer in deinem neuen Haus eingerichtet!« Ich ziehe die Augenbrauen hoch.

»Das ist mit umgezogen und wie ich bereits erwähnte... Stressabbau!« Entschuldigend hebt er die Schultern. »Ich liebe dich, Mirabella!« Er sieht mir wieder tief in die Augen und in dieser Sekunde ist er wieder der Kilian von früher.

Ich stehe auf und setze mich dann rittlings auf ihn. »Ich dich auch!« Ich senke meinen Kopf, bis meine Lippen auf seine treffen.

»Können wir bitte einfach neu anfangen?«, fragt er nach dem Kuss.

Ich fahre ihm mit meinen Händen durch seine Haare. »Lass uns einfach dort weitermachen, wo wir vor zehn Jahren aufgehört haben!«

Kilian drückt sein Gesicht zwischen meine Brüste und küsst mich sanft zwischen ihnen. »Habe ich an dieser Stelle damals aufgehört oder war es eher hier?« Er küsst meine Brustwarze und saugt dann zärtlich an ihr.

»Ich bin mir nicht mehr ganz sicher, aber wenn du die richtige Stelle findest, fällt es mir sicher wieder ein!« Ich schenke ihm ein Lächeln.

Seine Hände gleiten zu meinem Po und umfassen ihn fest, um so mein Becken kippen zu können. Er schiebt mich sanft vor und zurück, sodass sein Penis immer wieder an meiner empfindlichsten Stelle reibt. Kilians Lippen beginnen an meinem Hals zu saugen und ich bewege mich schneller auf ihm. Sein Penis zwischen meinen Beinen wird immer härter und bietet mir so mehr Gegendruck. Mein Kitzler pocht im warmen Wasser, seine Hände umfassen meine Brüste und kneten sie. Immer fester reibt seine Erektion an meiner Perle, was mich stöhnen lässt. Ungeduldig richte ich mich etwas auf und lasse seine Härte in mich eindringen, was Kilians Griff um meine Schenkel verstärkt.

»Du machst mich verrückt!«, stöhnt Kilian, als ich mich schneller auf ihm bewege.

Fest zieht er mich an sich, saugt an meinem Hals, doch stößt mich dann von sich herunter. Geschickt dreht er mich auf sich, sodass ich verkehrt herum auf ihm sitze. Wieder dringt er in mich ein, was ich mit einem tiefen Seufzer mit mir machen lasse. Seine Hände spreizen meine Beine weiter und er schiebt eine Hand unter meinem Arm hindurch und beginnt mich zwischen meinen Beinen zu streicheln, während ich ihn reite. Die gleichzeitige Stimulation meines Kitzlers und meines G-Punktes beschleunigt meinen Atem und ich bewege mich schneller auf ihm, wodurch ich geradewegs auf einen unglaublichen Orgasmus zusteuere. Meine Hände krallen sich in seine Oberschenkel, weil ich das Gefühl habe, dass ich mich irgendwo festhalten muss. Der Orgasmus ergreift herrisch Besitz von mir, als auch Kilian unter mir lauter wird. Seine Finger massieren mich schneller und ein letzter Orgasmus breitet sich in meinem Körper aus, der mich Kilians

Namen stöhnen lässt und mich ganz weit weg holt von allen Problemen, die wir vielleicht haben.

Ein paar Mal bewege ich mein Becken noch auf ihm und dann stoppt er mich. Kilian küsst sanft meine Schulter. »Ich liebe dich! Vergiss das niemals!« Er streichelt weiter über meinen Bauch und meine Brüste. Die Innenseite meiner Oberschenkel entlang, solange bis er aus mir herausgleitet.

Danach drehe ich mich und setze mich wieder auf ihn. Fest drücke ich Kilian an mich.

Er blickt zu mir auf, sieht mir in die Augen und lächelt. »Wollen wir jetzt in die Sauna?«

»Gib mir noch einen Moment, sonst bin ich mir nicht sicher, ob mein Kreislauf das mitmacht!«

»Okay.« Sanft küsst er mich auf den Mund. »Sag einfach Bescheid, wenn du so weit bist!«

Ich nicke und küsse ihn erneut, weil ich einfach nicht genug davon bekommen kann.

Als ich auf die Uhr schaue, ist es schon nach Mitternacht und ich liege mit meinem Kopf auf Kilians Brust in seinem Bett.

»Magst du eigentlich Marie mal kennenlernen?«

Ich richte mich auf, um ihm in die Augen schauen zu können. »Natürlich!«

»Sie kommt morgen mit Jennifer zum Kaffeetrinken oder besser gesagt heute.« Er schaut auf die Uhr.

»Und du möchtest, dass ich dabei bin?«

»Klar! Sie ist ja normalerweise jedes zweite Wochenende bei mir. Aber die letzten drei Wochen war sie mit ihrer Mutter im Urlaub und so kommen sie auf dem Rückweg vorbei. Übernächstes Wochenende ist sie dann wieder von Samstagmorgen bis Sonntagabend hier«, erklärt er.

»Ich würde mich freuen, sie mal kennenzulernen!«

»Und es ist kein Problem für dich, dass Jennifer dabei ist?«

Wir werden sehen!

»Nein.«

»Wow! Jetzt bin ich echt etwas aufgeregt! Ich habe Marie ja noch nie einer Frau vorgestellt!« Er lächelt und ich lege meinen Kopf wieder auf ihm ab.

Du hast ja keine Ahnung, wie aufgeregt ich erst bin!

6

Als es am Samstagnachmittag klingelt, bin ich wirklich nervös!
Was, wenn Marie mich nicht mag?
Kilian öffnet das Tor und kurz danach stehen Marie und Jennifer vor der Tür.
»Papa!«, ruft Marie und stürmt auf Kilian zu, was zugegebenermaßen für mich unwirklich erscheint. Auch wenn ich ja wusste, dass er ein Kind hat, so ist es doch merkwürdig, die beiden jetzt zusammen zu sehen!
Kilian nimmt Marie auf den Arm, geht dann zu Jennifer und sie küssen sich zur Begrüßung auf die Wange. Da ich bisher nur auf Marie geachtet habe, wandert mein Blick erst jetzt zu Jennifer und bei dem, was ich da sehe, bleibt mir echt die Spucke weg!
Verdammt, ist die heiß!
Jennifer hat langes, blondes Haar und ebenso lange Beine, auf die man dank einer sehr, sehr kurzen Jeansshorts die beste Aussicht hat. Elegant bewegt sie sich auf High-Heels-Riemchensandalen, die ihre Hüfte bei jedem

Schritt sexy schwingen lassen. Das Spaghetti-Trägertop gewährt einem auch obenherum mehr als nur genügend Einsicht auf ihre Brüste, die auch ohne BH keine Anstalten machen zu hängen.

»Hi, ich bin Jennifer!« Sie lächelt mich mit ihren weißen, unverschämt graden Zähnen an und ich strecke ihr die Hand entgegen.

»Ich bin Mira!«

»Ich weiß!« Sie schenkt meiner Hand keine Beachtung und zieht mich an sich, um auch mich auf die Wange küssen zu können.

Neben ihr muss ich wie eine räudige Schrottplatzkatze wirken!

»Marie! Das ist Mirabella!« Kilian kommt mit Marie auf dem Arm auf mich zu.

»Hallo, Marie!« Vorsichtig strecke ich ihr meine Hand entgegen, sie schüttelt sie und verbirgt dann verschüchtert ihr Gesicht an Kilian Hals.

»Was sagt man, Marie?«

Kurz wendet sie sich mir zu. »Hallo!« Und schon ist ihr Gesicht wieder abgetaucht.

Rafael betritt das Foyer und wird ebenfalls von Jennifer auf die Wange geküsst.

»Raffi!«, quietscht Marie plötzlich, Kilian setzt sie auf ihre Füße und sie läuft auf Rafael zu, der sie hochnimmt und in der Luft umherwirbelt.

»Mach dir nichts draus! Wenn Rafael da ist, sind wir alle abgeschrieben!« Kilian lächelt mich an.

»Lasst uns raus auf die Terrasse gehen, dort hat Rafael schon eingedeckt!«

Jennifer und ich folgen ihm und wir setzen uns alle an den großen Tisch, der draußen steht.

»Oh, Rafael hat Rhabarberkuchen gebacken! Den liebe ich!«, freut sich Jennifer und tut sich ein großes Stück auf.

So einen Körper haben und dann auch noch Kuchen in sich rein schaufeln! Das sind mir die liebsten!

Kilian schenkt uns allen Kaffee ein, während Marie mit Rafael zu den Schaukeln geht und jeder von ihnen auf einer Platz nimmt. Als Rafael sie beim Wettschaukeln gewinnen lässt, indem er so tut, als könnte er nicht mehr Schwung bekommen, strahlt die Kleine mit der Sonne um die Wette.

»Ich habe ja schon so viel von dir gehört!«, beginnt Jennifer und schiebt sich dann eine Gabel voll Kuchen in den Mund. »Oh, da steht ja Sahne!«

Sie schaufelt einen Berg aus Sahne auf ihren Kuchen.

Klar! Hau noch ordentlich Sahne drauf!

»Wirklich?«, frage ich und stochere in meinem Stück Kuchen, das Kilian mir gerade aufgetan hat.

»Ja! Ständig musste ich mir in den letzten Jahren anhören: Mira hier, Mira da...« Sie lächelt mich an.

»Musst du alles verraten?« Kilian wirft eine Serviette nach ihr.

»Ey!« Sie fängt sie auf. »Ich erzähle hier nur die Wahrheit!«

Ich lächele zurück und schaue dann zu Marie, die Kilian wirklich wie aus dem Gesicht geschnitten ist. Ihre langen braunen Haare sind gelockt und ihre Augen mindestens so blau wie die von ihrem Vater.

»Sie sieht aus wie Kilian, stimmt's?« Jennifer mustert mich.

»Ja! Absolut!« Ich schaue sie an. »Wo wart ihr denn im Urlaub?«, frage ich, um ein Gespräch zu starten und versuche die Bilder, wie sie mit ihrem perfekten Körper auf dem Arztstuhl breitbeinig vor Kilian liegt, zu verdrängen.

»Wir waren in Bayern! Marie wollte unbedingt mal zum Schloss Neuschwanstein! Sie ist ganz tapfer in ihrem Prinzessinnenkleid den ganzen Weg nach oben gelaufen!«

Ich erinnere mich daran, wie ich damals geschnauft habe, als ich oben angekommen war.

»Alle Achtung! Ich habe aus dem letzten Loch gepfiffen, als ich oben war!«

»Ich auch! Runter sind wir mit der Kutsche gefahren, aber eher wegen mir als wegen Marie!« Jennifer lacht. »Die Ausdauer hat sie wohl von ihrem Vater!« Sie blickt zu Kilian und dann wieder zu mir. »Also die sportliche Ausdauer! Beim Laufen!«

Fast muss ich über ihr Gestotter lachen. »Ist schon okay! Ich habe verstanden, wie du das meintest!«

»Wann warst du dort?«

»Vor etwa zwei Jahren!« Ich schaue zu Kilian, der interessiert unserem Gespräch folgt.

»Ich bin ja sonst eher fürs Meer zu haben, aber die Gegend dort hatte auch was!«

»Auf jeden Fall! Die Seen und dann die Aussicht von der Marienbrücke oberhalb von Neuschwanstein sind wunderschön!«

»Zu der Brücke sind wir gar nicht mehr gegangen.« Jennifer lächelt und ich frage mich, ob sie mit High Heels den Berg zum Schloss heraufgegangen ist.

»Kann ich euch kurz alleine lassen? Dann würde ich Rafael mal erlösen!« Kilian schaut zu seiner Tochter, die Rafael gerade im Sandkasten verbuddeln möchte.

»Natürlich!«

Kilian steht auf, geht und Jennifer und ich lächeln uns schweigend an.

»Ich hoffe, du weißt zu schätzen, wie sehr er dich liebt!«, beginnt sie plötzlich und ich weiß gar nicht, was ich darauf erwidern soll.

»Als ich schwanger wurde, hatte ich die Hoffnung, dass wir eine Familie werden könnten, aber mir wurde schnell klar, dass ich niemals eine Chance habe! Auch, wenn er es nie direkt gesagt hat, war mir immer klar, wie sehr er dich liebt! Seine Augen haben immer auf so merkwürdige Weise geleuchtet, wenn er von früher erzählt hat! Mittlerweile habe ich mich damit abgefunden!«

»Also liebst du ihn?!«, frage ich direkt, da sie ja auch nicht um den heißen Brei herum redet.

»Er ist der Vater meiner Tochter... Natürlich liebe ich ihn!«

»Naja, ihr seid ja mehr als nur Eltern!«, kann ich mir nicht verkneifen.

»Was hat er dir erzählt?«

»Dass ihr regelmäßig Sex hattet.«

»Ja, bis er dich wiedergetroffen hat. Danach war sofort Schluss damit!«

Ich schaue zu Kilian, der mit Marie auf den Schultern durch den Garten springt.

»Sorge bitte dafür, dass Kilian nicht mehr so viel arbeitet! Ich mache mir in den letzten Jahren mehr und mehr Sorgen um ihn! Er zeigt es nicht so, aber ich glaube, dass er ganz schön auf dem Zahnfleisch geht! Er ist ein kleiner Kontrollfreak, der jeden Schritt seiner Mitarbeiter überwacht! Wenn er geschäftlich unterwegs ist, erkennt man ihn teilweise kaum wieder!«

Mir fällt das Telefonat ein, das ich neulich bei mir zu Hause mitbekommen habe, und kann mir gut vorstellen, was sie meint.

»Als ich ihn das erste Mal begleitet habe, dachte ich nur, was er doch für ein arrogantes Arschloch ist, aber als wir dann in der Limousine saßen, war es, als hätte jemand bei ihm einen Schalter umgelegt!«

»Momentan bekomme ich von seiner Arbeit kaum etwas mit! Wir sehen uns nur an den Wochenenden!«

»Sicher wirst du ihn in Zukunft zu solchen Events begleiten, also hab bitte ein Auge auf ihn!«

»Falls er mich mitnimmt, werde ich es versuchen!«

»Na, sicher wird er dich mitnehmen oder meinst du, dass er mich weiterhin fragt?« Sie lässt sich in ihrem Stuhl zurückfallen.

»Ehrlich gesagt, haben wir noch nicht so viel über solche Dinge gesprochen.«

»Lass mich raten... Ihr habt die meiste Zeit Sex, wenn ihr zusammen seid!« Sie lacht, als kämen bei ihr schöne Erinnerungen hoch und ich würde ihr diese Erinnerungen nur zu gerne aus ihrem viel zu hübschen Kopf löschen!

»Naja... Sex und Vergangenheitsbewältigung!« Ich lächele verlegen, weil ich sie ja kaum kenne.

»Er hat wohl ziemlich offen mit dir geredet?!«

»Ja! Fast schon zu offen!«

Jennifer lacht kurz auf. »Er wird sich umgewöhnen!«

»Wie meinst du das?«

»Na, dass er bei dir vielleicht nicht jedes Detail aus seiner Vergangenheit erzählen sollte!«

»Ich habe ja selbst danach gefragt!«, verteidige ich Kilian.

»Dann wirst du wohl mit den Antworten leben müssen.«

»Ja, sieht ganz so aus...« Ich werfe einen kontrollierenden Blick zu Kilian, um sicherzugehen, dass er außer Hörweite ist. »Darf ich dich mal was fragen, also so von Frau zu Frau?!«

»Sicher!« Jennifer setzt sich etwas auf und sieht mich dann neugierig an.

»Im Swingerclub... wie ist es da so?«

Jennifer lacht erneut.

»Lache mich bitte nicht aus!«

»Ich lache dich nicht aus! Es wundert mich nur, dass er wirklich so ins Detail gegangen ist! Da bin ich ja schon fast etwas beleidigt!«

»Ich wollte dir jetzt nicht zu nahe treten!«

»Ist schon gut! Willst du das wirklich wissen?«

Unsicher nicke ich.

»Gut! Also mir gefällt es da sehr gut!«

»Warum?«

»Weil es mich anmacht, beim Sex beobachtet zu werden!« Sie zuckt die Schultern, als wäre diese Unterhaltung total normal.

»Und da liegen überall Leute rum, die Sex miteinander haben, und jeder muss mit jedem, oder wie?«

»Quatsch! Niemand muss irgendwas! Ich kenne auch ein Pärchen, die gehen dahin, trinken was, gucken sich um, sie gehen nach Hause und haben dort Sex, oder auch nicht. Keine Ahnung! Jeder kann so weit gehen, wie er mag. Würde es dich anmachen, beobachtet zu werden?«

»Nein, ich denke nicht.«

»Würdest du gerne mit einem anderen Mann schlafen?«

»Gott, nein!!«

»War ja nur eine Frage!«

»Würde Kilian das gefallen? Also dabei zuzusehen, wie... ich...?«

»Bei dir ganz sicher nicht!« So langsam kommt sie mir vor wie ein Tourguide für Kilians aktuelles Leben.

»Aber meinst du, dass er mit mir dahin gehen wollen würde.«

»Kann gut sein.«

»Ich würde mich in Grund und Boden schämen, wenn ich dort Sex vor anderen Leuten haben würde!«

»Ihr könntet auch in den Darkroom. Dort drin ist es stockfinster und keiner sieht, was ihr treibt.«

»Und da drin wären wir alleine?«

»Ähhh... Nein!«

»Mmmmmhhmm...« Meine Verunsicherung wächst sekündlich an.

»Verbiege dich nicht für ihn, okay?! Er liebt dich so, wie du bist!« Sie legt mir fürsorglich ihre Hand auf den Unterarm und mir fällt es immer schwerer, sie zu hassen!

»Aber ich will ihn nicht langweilen!«

»Dafür muss es ja aber nicht gleich ein Swingerclub sein!«

»Du meinst, dass da auch der Arztstuhl im Keller reicht!«, rutscht es mir heraus und ich beiße mir auf die Zunge.

»Das hat er dir auch erzählt? Ich muss echt mal mit ihm reden!«

»Nein! Ich habe mich in der Tür geirrt!«

»Oh, okay! Da war Kili wohl in Erklärungsnot!« Wieder amüsiert sie sich und ich wünschte mir ein kleines Stück ihrer Leichtigkeit.

»Kili!« Leise lache ich über diesen Spitznamen, der aus ihrem Mund aber so beängstigend vertraut wirkt!

»Versteht ihr euch?« Kilian kommt an den Tisch, setzt sich und nimmt Marie auf den Schoß.

»Natürlich!« Jennifer lächelt mich an.

»Marie, magst du auch ein Stück Kuchen?«, frage ich.

»Ja! Kuchen!«

»Magst du zu mir kommen?«, taste ich mich langsam ran und Marie nickt.

Kilian hebt sie auf meinen Schoß, ich nehme einen sauberen Teller und tue ein Stück Kuchen auf.

»Sahne?«

Wieder nickt Marie, ich schaufele Sahne auf ihren Kuchen und sie beginnt sofort reinzuhauen.

»Rafael, kommen Sie und setzen Sie sich zu uns! Sie haben sich eine Pause verdient!« Kilian winkt Rafael heran, der kommt und sich setzt.

Sofort strahlt Marie ihn wieder an.

»Schmeckt dein Kuchen?«, frage ich sie und mache einen Löffel voll Sahne auf das Stück für Rafael.

»Ja, lecker!«, schmatzt Marie zufrieden und wie wir hier so sitzen, kommt wirklich ein Gefühl von

Familie auf, auch wenn ich die Eifersucht gegenüber Jennifer einfach nicht abstellen kann! Würde Kilian sich für sie entscheiden, würde sie sicher nicht lange überlegen!

***

Kilian hatte wieder keine Zeit unter der Woche und kommt heute Abend zu mir, weil ich Jennifers Rat befolgen und versuchen will, ihn irgendwie etwas zu entschleunigen. Ich denke einfach, dass er hier vielleicht besser abschalten kann, weit weg von all seinem Schickimicki!
Als Kilian kurz darauf auf meinem Sofa sitzt, bin ich deutlich entspannter als die Wochenenden in seinem Haus, auch wenn er mir plötzlich irgendwie fehl am Platz vorkommt!
»Was gibt es zu essen?«
»Hat Rafael dir nichts gemacht?« Ich zwinkere ihm zu.
»Der meinte, dass ich bei dir essen würde! Übrigens schön, wie du dich mit ihm verbündest!« Er legt den Kopf schief.
»Alessios Pizzataxi bringt gleich was!« Ich grinse breit und da klingelt es auch schon. »Wie aufs

Kommando!« Ich springe auf, nehme die Pizzen entgegen und überreiche Kilian seinen Karton.

»Hast du keine Teller?«

»Doch! Aber ich habe keine Lust abzuwaschen! Du bist ein ganz schöner Schnösel geworden!«

»Ich weiß!« Er lächelt schief und ich überlege kurz, ob ich ihn als meinen Nachtisch nicht vor dem Hauptgang nehmen sollte, entscheide mich dann aber für die Pizza, weil ich seit dem Frühstück nichts gegessen habe.

»Ich freue mich übrigens, dass du hier bist! Mir ist natürlich klar, dass wir bei dir freier sind in der Freizeitgestaltung, aber ich denke, dass wir hier auch klar kommen werden!«, sage ich, nachdem ich meinen leeren Pizzakarton auf den Tisch gestellt habe.

»Natürlich werden wir das!« Er lächelt und ich nehme ihm seinen Karton ab und bringe beide in die Küche.

Plötzlich steht Kilian hinter mir. »Wenn du schon aus Pizzakartons essen willst, dann bestehe ich aber auch auf den Nachtisch, wie in guten alten Zeiten!« Ich spüre seinen Atem an meinem Nacken.

»Ich weiß absolut nicht, was du meinst!« Mit einem Lächeln auf den Lippen drehe ich mich zu ihm und mache mich sofort an seinem Gürtel und seiner Hose zu schaffen.

»Ich kann dir gerne etwas auf die Sprünge helfen!« Kilian lächelt schief, haucht mir einen Kuss auf die Lippen und drückt mich dann sanft an meinen Schultern herunter, bis ich vor ihm knie.

Ich hole seinen Penis hervor, der sich schon hart vor mir aufrichtet. Tief nehme ich ihn in den Mund und lecke und sauge an seiner Erektion, was Kilian aufstöhnen lässt. Er vergräbt seine Hände in meinen Haaren und lässt sich vollkommen unter meinen Liebkosungen gehen!

Als wir später bei mir im Bett beide nach Atem ringen, sieht Kilian mir in die Augen. »Würdest du mich morgen zu einem Event meiner Firma begleiten?«

»Ich?«

Er sieht sich im Raum um. »Ist hier sonst noch wer?«

»Ich weiß nicht!«

»Es würde mich sehr freuen!«

»Ich habe doch überhaupt nichts zum Anziehen und absolut keine Ahnung, wie ich mich da verhalten soll!«

»Du bekommst das schon hin, und keine Sorge... um das passende Outfit kümmere ich mich schon!«

»Hältst du das wirklich für eine gute Idee?«

»Ja, absolut!«

»Okay«, gebe ich klein bei.

»Dankeschön! Das bedeutet mir wirklich viel!« Er gibt mir einen Kuss auf die Stirn und ich habe so meine Zweifel daran, ob das wirklich eine gute Idee ist!

7

Der Samstagabend rückt immer näher und ich habe ehrlich gesagt absolut keine Lust, mich unter das Volk der Superreichen zu mischen! Aber Kilian zuliebe werde ich es natürlich tun!

»Es wird langsam Zeit, dass wir uns fertig machen!« Kilian betritt die Terrasse und setzt sich zu mir.

Ich schalte meinen eBook-Reader aus. »Okay. Ich bin sehr gespannt, was für ein Kleid deine Assistentin für mich ausgesucht hat!«

»Komm. Ich zeige es dir!« Er nimmt meine Hand und zieht mich hinter sich her, bis wir in seinem Ankleidezimmer stehen. »Da ist es!« Er deutet auf eine Kleiderhülle, die an einer der Kleiderstangen hängt. Vorsichtig öffnet er die Hülle und ein langes, schwarzes Abendkleid kommt zum Vorschein. »Gefällt es dir?«

»Ja, es sieht hübsch aus! Mal sehen, wie es sitzt!« Ich höre, wie es klingelt. »Willst du nicht aufmachen?«, frage ich, als er keine Regung zeigt.

»Rafael ist heute länger da!«

»Ich weiß, aber ich muss mich einfach noch daran gewöhnen, dass du jemanden hast, der für dich die Tür aufmacht!«

Kilian lächelt. »Und das hier ist auch für dich!« Er überreicht mir eine weiße Schachtel mit einem goldenen Logo darauf und ich öffne sie neugierig.

Zum Vorschein kommen in Seidenpapier eingepackte Dessous. »Unterwäsche hätte ich auch selber gehabt!«, protestiere ich, weil mir nicht wohl dabei ist, dass er mir so teure Dinge schenkt!

»Das weiß ich doch, aber ich dachte, dass du dich freust! Außerdem habe ich die selbst ausgesucht!«

»Ich freue mich ja, aber es muss einfach nicht sein!«

»Du bist die erste Frau, die sich über Geschenke von mir beschwert!«

»Ich will mich ja gar nicht beschweren... Ich... Ach, vergiss es! Vielen Dank!« Ich gebe ihm einen kurzen Kuss auf den Mund und beginne dann mich umzuziehen.

»Ich gehe mal unseren Besuch holen!« Kilian verschwindet und ich frage mich, wer der Besuch sein könnte.

Als erstes schlüpfe ich in die Panty ganz aus Spitze und den passenden BH. Vorsichtig nehme ich dann die schwarzen halterlosen Strümpfe aus ihrer Verpackung und versuche sie möglichst vorsichtig meine Beine heraufzuziehen, damit ich bloß keine Laufmasche verursache! Als nächstes nehme ich das Kleid vom Bügel, öffne den Reißverschluss am Rückenteil und steige von oben hinein.

»Hier ist jemand für dich!«, höre ich Kilians Stimme, der dann auf mich zukommt und mir den Reißverschluss am Rücken schließt.

Danach drehe ich mich um und sehe Jennifer.

»Hi, da ich mal Friseurin gelernt habe, dachte ich mir, dass ich dir mit deinen Haaren helfen könnte!« Sie kommt auf mich zu und küsst meine Wange.

»Das wäre super!«, erwidere ich wahrheitsgemäß, weil ich da selber nicht so geübt drin bin.

»Dann lasse ich euch mal alleine!« Kilian verschwindet wieder.

»Setz dich!« Jennifer zieht einen Stuhl aus der Ecke vor den großen Spiegel und ich setze mich.

Sie durchkämmt meine Haare und beginnt dann damit, sie hochzustecken. Ich beobachte sie durch den Spiegel und mir wird klar, dass wir unterschiedlicher kaum sein könnten. Optisch und auch vom Wesen her!

»Du wirst wunderschön aussehen!«, sagt Jennifer plötzlich in die Stille hinein.

»Da bin ich mir nicht so sicher!« Unsicher lächele ich sie an.

»Na klar wirst du das!«

»Wo ist Marie?«

»Die habe ich zu Kilians Eltern gebracht!«

»Ach so.« Dass sie sich anscheinend auch mit seinen Eltern gut versteht, versetzt mir einen kleinen Stich.

»Die freuen sich auch, dass du und Kilian wieder zusammen seid!«

Wieder lächele ich.

»Bist du nervös?« Sie stoppt kurz und sieht mich an.

»Ja, sehr!«, gestehe ich.

»Du machst das schon! Einfach immer freundlich lächeln und nicken.« Sie lacht kurz auf.

Bei dir reicht das sicher, um die Leute zu faszinieren!

Kurz darauf ist Jennifer fertig und ich muss wirklich zugeben, dass meine Haare noch nie so elegant aussahen. Noch nicht einmal bei meiner Hochzeit! »Danke, Jenni!«

»Gerne! Soll ich dich auch schminken?«

»Ja, aber dezent bitte!«

»Natürlich!«

Ich schließe meine Augen, als Jennifer sich an meinem Gesicht zu schaffen macht und hoffe, dass ich diesen Abend irgendwie überstehe werde!

Gemeinsam mit Jennifer laufe ich auf meinen neuen Pumps noch ein wenig wackelig die Treppe herunter und halte Ausschau nach Kilian.

Aus der Küche höre ich seine Stimme. »Das ist mir vollkommen egal! Wenn das nachher nicht läuft, rollen Köpfe! Das verspreche ich Ihnen!« Laut scheppert etwas.

»Ich gehe dann mal! Viel Glück!« Jennifer lächelt mich an, gibt mir einen Kuss auf die Wange und drückt den Öffner fürs Tor, bevor sie die Klinke der Haustür betätigt.

»Willst du dich denn nicht noch verabschieden?«

»In diesem Moment lieber nicht! Pass mir auf Kilian auf!« Und schon ist sie verschwunden.

»Vielen Dank!«, rufe ich ihr noch hinterher und mache mich dann zögerlich auf den Weg in die Küche.

Kilian hockt vor einer der Wände und sammelt die Überreste seines Handys auf. Als er mich sieht, richtet er sich auf. »Wow! Du siehst unglaublich hübsch aus!« Er legt die gesammelten Bruchstücke auf dem Küchentisch ab und mir wird klar, dass er sein Smartphone gegen die Wand geworfen haben muss!

»Das ist Jennis Werk!«

»Wo ist sie?« Er kommt auf mich zu.

»Gegangen!«

Kilian kommt näher und küsst meinen Hals, was eine Gänsehaut auf meinem gesamten Körper verursacht.

»Am liebsten würde ich mit dir hierbleiben!«, raunt er neben meinem Ohr.

Das wäre mir auch lieber!

»Ich habe auch noch was für dich!«

»Was denn noch?«

»Es ist im Wohnzimmer, aber bitte nicht wieder meckern!« Er zieht eine Augenbraue hoch.

»Ich habe doch nicht gemeckert!«, beschwere ich mich und Kilian lächelt schief.

Ich folge ihm ins Wohnzimmer. Auf dem Tisch liegt eine schwarze Clutch und eine dunkelblaue Schachtel, die mit Samt überzogen ist. Mit einer Vermutung, was in der Schachtel sein wird, nehme ich sie und öffne sie. In ihr befinden sich Ohrringe und eine passende Kette, beides mit schwarzen Steinen besetzt.

»Das kann ich nicht annehmen!«, sage ich in der Gewissheit, dass dieser Schmuck sicher mehrere Monatsgehälter von mir gekostet hat.

»Wir machen es so!« Er nimmt die Kette aus der Schatulle und beginnt sie mir anzulegen. »Du gibst mir den Schmuck zurück, wenn wir heute Abend wieder hier sind und ich trage ihn dann! Meinst du, das steht mir?« Er hält sich einen der Ohrringe ans Ohr und ich muss lachen.

»Behalten tue ich den Schmuck ganz sicher nicht!«, bestimme ich und lege mir die Ohrringe an.

»Das können wir morgen ausdiskutieren!« Er küsst meine Schulter. »Ich hole mir von oben ein neues Handy und ziehe mich um. Bin gleich wieder da!«

Hat er neue Handys auf Vorrat?

Aus meiner Handtasche, die auf der Couch liegt, hole ich die wichtigsten Sachen und verstaue sie in der kleinen Clutch.
Wer bitte kommt mit so einer Miniaturhandtasche klar?!
Schnell gehe ich ins Bad und werfe einen letzten Kontrollblick in den Spiegel, und natürlich gefällt mir, wie ich aussehe, aber zeitgleich komme ich mir irgendwie verkleidet vor und habe die ganze Zeit Angst, irgendwas an dem Kleid oder dem Schmuck kaputt zu machen!
Als ich Kilians Schritte auf der Treppe höre, komme ich heraus und sein Anblick im Smoking verschlägt mir fast die Sprache! Er sieht aus wie aus einem Katalog für einen Herrenausstatter!
»Du siehst toll aus!«, sage ich etwas verschüchtert, weil ich das Gefühl habe, dass er in einer ganz anderen Liga spielt als ich!
»Und du wirst die hübscheste Frau im Raum sein!« Zärtlich küsst er mich. »Wir müssen los!«
Kilian drückt den Öffner für das Tor und wir verlassen das Haus.
Als eine Limousine vorfährt, traue ich meinen Augen kaum.

Der Fahrer steigt aus und hält mir die Tür auf.

»Die Dame!«

Ich steige ein und rutsche etwas durch, damit Kilian Platz neben mir hat. Die Limousine setzt sich in Bewegung und Kilian öffnet ein Flasche Champagner und gießt ihn in zwei Gläser.

»Auf einen erfolgreichen Abend!« Kilian stößt mit mir an, ich nehme einen Schluck und muss einsehen, dass das absolut nichts für mich ist! Dennoch trinke ich das Glas in kleinen Schlucken aus, bis wir bei der Location angekommen sind.

Wieder hält der Fahrer uns die Tür auf und als Kilian mir aus dem Wagen hilft, traue ich meinen Augen kaum! Ich hätte gedacht, dass es sich hier um eine kleine Veranstaltung handeln wird, aber das, was ich sehe, ist alles andere als klein! Über den roten Teppich betreten wir das weiße Gebäude mit den meterhohen Steinsäulen. Kilians Blick wandert sofort durch den Raum.

»Herr Jansen! Alles ist bereit und läuft nach Plan!«, klärt uns ein ziemlich gestresst wirkender Mann auf.

»Okay, aber ich gehe mich noch mal umschauen! Bringen Sie doch bitte meine Freundin an die Bar, damit sie was zu trinken bekommt! Wo sind denn die ganzen Kellner?« Kilians Stimmlage klingt ungewohnt schroff.

»Das mache ich! Die Kellner sind alle in der Küche. Der Küchenchef erklärt gerade die einzelnen Gerichte!«

»Gut!« Kilian küsst mich zart auf die Lippen. »Ich bin gleich wieder bei dir!« Und schon ist er verschwunden.

»Hallo, ich bin Joshua Gerber«, stellt sich der junge Mann vor.

»Mira!« Ich schüttele seine Hand.

»Okay... Mira! Dort geht es zur Bar.« Er lächelt, geht vor und man merkt ihm an, wie gestresst er ist.

»Ich finde da auch alleine hin! Sie haben sicher noch einiges zu tun!«

»Wenn Herr Jansen sagt, dass ich Sie zur Bar bringen soll, dann bringe ich Sie zur Bar!«

Überrascht sehe ich ihn an. »Okay!« Ich folge ihm bis zum Tresen und nehme auf einem der Hocker Platz. »Vielen Dank, Joshua!« Ich lächele ihn freundlich an.

»Gerne!« Er lächelt zurück und ist sofort wieder verschwunden.

Neben der Bar steht tatsächlich ›Helmut‹, der hochpoliert im Scheinwerferlicht glänzt.

Ich frage mich, wie sie ›Helmut‹ hier hereinbekommen haben!

»Was darf ich der Dame denn bringen?« Der Barkeeper lächelt mich freundlich an.

»Eine Cola, bitte«, bestelle ich, da mir der Champagner bereits etwas zu Kopf gestiegen ist.

»Wir haben auch eine Cocktailkarte, wenn du also möchtest, mache ich dir einen!« Er zwinkert.

»Nein, danke! Ich vertrage Alkohol nicht allzu gut!«

Er schüttet mir eine Cola ein. »Du bist aber schon sehr früh dran!« Die Cola stellt er auf einem Untersetzer vor mir ab.

»Ja, ich bin mit Kilian, also Herrn Jansen, hier.« Ich trinke einen Schluck.

»Ach so! Dann wünsche ich Ihnen einen schönen Abend!« Reserviert lächelt er und geht sofort wieder seiner Arbeit nach. Dass er mich plötzlich siezt, verdeutlicht mir, was für eine Autorität Kilian bei der Arbeit ausstrahlen muss!

Vereinsamt nippe ich an meiner Cola und hoffe, dass ich mich nicht allzu dumm anstellen werde!

Nach etwa einer halben Stunde kommt Kilian zu mir. Er greift mir in den Nacken und steckt mir besitzergreifend seine Zunge in den Mund.

»Das ist nicht der richtige Ort für ein Vorspiel!«, scherze ich leise nach dem Kuss.

»Das brauchte ich jetzt einfach mal!« Er lächelt.

»Stress?«

»Ja, aber ab jetzt muss ich einfach hoffen, dass alles so läuft wie geplant! Die Gäste heute sind bestenfalls meine Kunden von morgen! Und auch einige Stammkunden, die ich natürlich halten möchte, sind dabei!«

»Du hast Stammkunden? Wie viele nostalgische Wünsche kann man sich denn erfüllen?«

»Du ahnst ja gar nicht, auf was für Ideen die Leute kommen, wenn sie viel mehr Geld haben, als sie eigentlich ausgeben können!«

Ich sehe die ersten Gäste eintreffen und atme tief durch.

»Trinkst du da Cola?« Kilian blickt amüsiert auf mein Glas.

»Ja«, erwidere ich und verstehe die Frage nicht.

»Ab jetzt ist Champagner unsere Brause, okay?!« Er überreicht mein noch halbvolles Glas dem Barkeeper.

Na toll!

Kilian ergreift meine Hand. »Bist du bereit?«

»Nein, aber daran wird sich auch nichts mehr ändern!« Entschuldigend lächele ich ihn an und Kilian zieht mich mit sich zu den ersten Gäste.

»Kilian, Darling!« Eine etwas schrullig wirkende ältere Dame reißt Kilian an sich, küsst ihn auf die Wange und es wirkt danach für einen Augenblick fast so, als würde sie ihn kurz festhalten, um an ihm zu riechen. Genüsslich schließt sie für eine Sekunde die Augen.

»Gloria, es freut mich, dass du es einrichten konntest!« Er hält noch kurz ihre Hand in seinen Händen, wofür er mich loslassen musste.

»Wo ist denn Jennifer? Ich wollte doch die neuesten Fotos eurer Kleinen sehen!«

Shit! Das geht ja schon gut los!

»Jennifer ist heute nicht hier, aber darf ich dir Mirabella vorstellen!«

»Freut mich sehr!« Ich schüttele ihre Hand.

»Mich auch!«, erwidert sie, ohne mich richtig anzuschauen.

»Suche dir doch schon mal deinen Platz und trinke ein Glas Champagner! Du sitzt natürlich vorne an dem mittleren Tisch vor der Bühne!«

Sie lächelt Kilian an und rauscht dann ab, um sich ihren Sitzplatz zu suchen.

Immer mehr Leute heißt Kilian willkommen und ich werde unzählige Male gemustert! Erkennen die Leute, wie fehl am Platz ich mich fühle, oder vergleichen die, die sie kennen, mich mit Jennifer und fragen sich, ob Kilian vollkommen verrückt ist, die heiße Mutter seiner Tochter gegen so einen Bauerntrampel wie mich zu tauschen?!

Ich schüttele unzählige Hände, bis wir endlich an unserem Tisch sitzen. Vor mir eine Vielzahl von verschiedenen Besteckarten.

Mist! Wie war das noch mal bei ›Pretty Woman‹?

Ich entschließe mich dazu, ganz einfach über Beobachten meiner Tischnachbarn herauszufinden, welches Besteck ich für welchen Gang nehmen muss. Dabei hoffe ich, dass das nicht auffällt!

Ein Gang nach dem anderen wird serviert und zu jedem gibt es einen passenden Wein, dabei hätte ich so gerne ganz einfach eine stinknormale Cola!

Ich lache über die Anekdoten, die am Tisch erzählt werden, auch wenn ich sie absolut nicht lustig finde! Die meiste Zeit wird über Nachbarn oder Bekannte gelästert, die wohl am Hungertuch

zu nagen scheinen, weil ihre neueste Jacht nur eine Million gekostet hat und lauter so ein Kram.
Ich will mit Kilian und einer Pizza auf mein Sofa!
Immer wieder wirft Kilian mir einen prüfenden Blick zu und ich bin mir nicht sicher, ob er überprüfen will, ob ich mich auch wohl fühle oder ob er sicher gehen will, dass ich mich auch benehme!
Nachdem ich das Sechs-Gänge-Menü hinter mich gebracht habe, ohne wirklich satt zu sein, atme ich innerlich auf!
Auf der Bühne wird das Licht eingeschaltet und Kilian erhebt sich. »Entschuldigt mich!« Er geht auf die Bühne und heißt die Gäste noch einmal offiziell willkommen und erklärt, dass es nun einen kurzen Beitrag über die Möglichkeiten geben wird, die seine Firma ihren Kunden bietet.
Als er die Bühne verlässt und einer seiner Mitarbeiter übernimmt, fällt ihm am Fuße der Bühne eine sehr hübsche Frau um den Hals, deren Hände er schnell von seinem Nacken löst. Er redet mit ihr, deutet auf mich und mir wird klar, dass er sicher schon Sex mit ihr hatte! Wäre ich nicht hier, wären die beiden jetzt sicher in der Limousine oder auf der Toilette verschwunden!

Sie lächelt Kilian sichtbar enttäuscht an und er kommt zum Tisch zurück und setzt sich, ohne mich anzusehen.

Angespannt lauscht er dem Vortrag seines Mitarbeiters und als dieser plötzlich ins Stocken kommt, springt Kilian auf und löst ihn auf galante Art und Weise ab. Man könnte fast meinen, dass es so geplant war, aber ich höre ihn jetzt schon seinen Mitarbeiter zur Sau machen!

Kilian so auf der Bühne zu sehen, ist schon sehr sexy! Mit Charme und Witz leitet er durch das Programm und es ist wirklich interessant, was für abgedrehte Wünsche seine Firma schon erfüllt hat!

Unter tosendem Applaus verlässt Kilian die Bühne, aber als er zurück am Tisch ist, sehe ich ihm an, dass er alles andere als locker ist!

Ich lege meine Hand auf seinen Oberschenkel und lächele ihn aufmunternd an. »Das war wirklich ein toller Vortrag!«

»Danke!« Er nimmt meine Hand und legt sie auf meinem Schoß wieder ab.

Okay! Das war wohl zu vertraut für solch eine Veranstaltung!

So langsam verstehe ich Jenni, warum sie Kilian anfangs nicht mochte!

»Entschuldigst du mich kurz?!« Ich stehe auf und Kilian erhebt sich ebenfalls und rückt meinen Stuhl etwas ab, um mir das Aufstehen zu erleichtern.

»Danke!« Ich mache mich auf die Suche nach einer Toilette und werde schnell fündig.

Als ich die Toilettentür hinter mir schließe, versuche ich ruhig zu atmen.

Nächstes Mal kann er wieder mit Jenni gehen!

Zwei weitere Frauen betreten den Raum und beginnen sich zu unterhalten. Ungewollt lausche ich ihrem Gespräch hinter der Kabinentür.

»Hast du den Jansen gesehen? Der ist so hot!«, schwärmt die eine.

»Ich habe schon mal mit dem...!«

»Nein!«

»Oh, doch! Der lässt doch nichts anbrennen!«

»Und wie ist der so?«

»Das war eine unvergessliche Nacht!«

Kaum traue ich mich zu atmen und wünschte, dass ich mich von hier wegbeamen könnte!

»Das glaube ich wohl!«

»Der hat mich so richtig hart rangenommen!« Sie lacht und ich bin froh, die Toilette neben mir zu haben, weil ich glaube, mich übergeben zu müssen!

»Aber er ist ja leider mit dieser Tussi hier! Was ist das überhaupt für eine? Der könnte ja wohl bessere haben!«

»Keine Ahnung! Aber versuch ruhig dein Glück! Sonst war er mit so einer superheißen Blonden hier, mit der er sogar ein Kind haben soll, und hat es trotzdem krachen lassen!«

Ich versuche die Tränen in meinen Augen wegzublinzeln.

»Dann werde ich mal schauen, ob ich mit dem netten Herrn Jansen ins Geschäft komme!«

Beide lachen und verlassen den Toilettenraum wieder. Ich öffne die Tür und trete ans Waschbecken. Schnell kontrolliere ich mein Augen-Make-up und bin erleichtert, dass es unter meinen feuchten Augen nicht gelitten hat!

Ich werde ihn eines Tages verlieren! Die Konkurrenz ist zu groß und seine gewohnten Ansprüche sind kaum zu erfüllen!

Deprimiert mache ich mich auf den Weg zurück zu Kilian, nachdem ich mir die Hände gewaschen habe! Als ich an einer leicht geöffneten Tür vorbeilaufe, greift eine Hand nach mir und ich erkenne noch die Aufschrift ›Nur für Personal‹, bevor die Tür sich hinter mir schließt.

Kilian steht mir gegenüber und sieht mich von oben bis unten an.

»Was ist?« Meine Stimme klingt unfreiwillig genervt.

Ohne etwas zu erwidern, drückt Kilian mich mit dem Rücken gegen die kalte Tür und beginnt mich gierig zu küssen.

Ich habe Mühe ihn von mir wegzuschieben. »Was soll das werden?«

»Ich brauche dich! Jetzt!« Wieder will er mich küssen.

»Das will ich hier aber nicht!«

Ich bin keine von denen, die du jederzeit zum Druckabbau benutzen kannst!

»Okay! Entschuldige, bitte!«

Ich drehe mich um und greife nach der Türklinke.

»Es tut mir leid! Es ist nur...«

»Was?« Ich schaue in seine blauen Augen, die mich fast vergessen lassen, warum ich so verletzt bin. »Dass du es gewöhnt bist, dass du nur mit den Fingern schnippen musst und schon macht eine die Beine breit, damit du runterkommst an stressigen Tagen?«

Kilian erwidert nichts und ich verlasse den Abstellraum. Für einen kurzen Moment tut es mir leid, dass ich ihn noch zusätzlich stresse an so einem Tag und er meinen Frust abbekommen hat, den das Gespräch der Frauen und die Gesamtsituation bei mir ausgelöst hat, aber er wusste vorher, dass ich hier nicht rein passen werde! Heute nicht und auch nicht in Zukunft!

Um mir die reichen Säcke an unserem Tisch zu ersparen, gehe ich an die Bar und pfeffere meine Clutch auf den Tresen.

Der Barkeeper sieht mich an. »Einen Champagner für die Dame! Lassen Sie es sich schmecken!«

Ungläubig schaue ich ihn an. »Hier tanzen wohl alle nach seiner Pfeife!«, brabbele ich leise.

»Wie bitte?«

»Ach, nichts!« Ich lächele gequält. »Könnte ich einen Wodka-Lemon bekommen?«

Unsicher sieht der Barkeeper zu Kilian, der gerade wieder Platz an unserem Tisch nimmt.

Da muss der feine Herr wohl aufpassen, dass er mit seiner Erektion, gegen die noch niemand etwas getan hat, nicht den Tisch anhebt!

»Wie heißen Sie?« Ich spreche ihn an, in der Hoffnung, dass er Kilian aus seinem Visier entlässt und es klappt.

Er sieht mich an. »Stefan Meuser.«

»Okay! Stefan! Pass auf! Ich heiße Mira und ich gehöre nicht hierher! Wirklich! Und da ich eine von Euch bin, wäre ich dir überaus dankbar, wenn du mir einen Wodka mit einem Spritzer Lemon machen könntest!«

Stefan sieht mich an, als würde er mich für verrückt halten. »Aber Herr Jansen...«

»Ich bin volljährig und Herr Jansen hat für mich gar nichts zu entscheiden!«, falle ich ihm ins Wort.

»Okay...«, gibt er nach und greift nach einen Glas.

»Ein größeres, bitte!«

Verunsichert sieht er mich an, stellt das Glas ab und greift nach einem größeren.

Zufrieden nicke ich.

Stefan macht mir eine Mischung fertig und stellt sie vor mir auf den Tresen.

»Danke! Das vergesse ich dir nie!« Sofort nehme ich einen großen Schluck.

Der Jansen kann mich mal!

Der Geschmack des Wodka-Lemon erinnert mich an das Klassentreffen und an unsere Jugend! Kurz beobachte ich Kilian, wie er mit den ganzen Bonzen lacht und Konversation betreibt!
Wenn ich ihn nicht verlieren will, muss ich irgendwas tun!
Ich nehme noch ein paar Züge, wohl wissend, dass ich das Zeug nicht vertrage!
Ein paar Tische weiter haben zwei Frauen Kilian eindeutig im Blick.
Ob das die von der Toilette sind?
Eine der beiden steht auf, steuert auf Kilian zu. Sie deutet auf meinen leeren Stuhl und ihre Geste lässt mich erahnen, dass sie fragt, ob sie sich setzen darf! Sie nimmt auf meinem Stuhl Platz und beginnt mit Kilian ein Gespräch. Sie ist sehr hübsch und plötzlich wünsche ich mir, dass ich eben gerade mit ihm geschlafen hätte! Es ist einfach so ein Gefühl, das hochkommt, weil ich solche Angst habe, ihn zu verlieren. Aber passen wir überhaupt noch zusammen?
Diese Frage könnte ich mir selbst beantworten, aber die Antwort täte zu sehr weh!
Ich leere mein Glas und strecke es Stefan entgegen. »Wärst du so lieb?«

Er nickt widerwillig und macht mir eine weitere Mischung.

»Dankeschön!« Ich nehme einen Schluck und plötzlich schießen mir Jennis Worte in den Kopf, die sie über den Darkroom gesagt hat.

Könnte ich dort Sex mit ihm haben, wo uns ja keiner sehen kann? Den Rest von dem Spießroutenlauf würde ich schon irgendwie hinbekommen!

Vielleicht könnte ich ihn so auf Dauer bei Laune halten?!

Okay! Ich gehe mit ihm in den Swingerclub! Gleich heute, bevor mich der Mut verlässt!

Entschlossen trinke ich und sehe wie Kilian seine Hand unter der der Frau neben ihm wegzieht. Sie hatte ihre soeben auf seine gelegt, die auf dem Tisch auflag.

Er deutet in meine Richtung, was mich überrascht, weil ich mir sicher war, dass er mich nicht gesehen hat! Freundlich lächelt er die blöde Kuh an, steht dann mit ihr gemeinsam auf und kommt dann auf mich zu. Sie hingegen zieht Leine, zurück zu ihrer Freundin.

Was mache ich jetzt nur?

Schief lächelnd kommt er an die Theke. »Schmeckt es?«

»Ja! Sehr lecker und sehr schwer zu bekommen!« Ich schaue zu Stefan und Kilian lacht.

Stefan verschwindet Richtung Küche.

»Ich möchte mich bei dir entschuldigen! Das war wirklich unpassend!« Tief schaut er mir in die Augen.

Ich strecke mich etwas und bringe meine Lippen so ganz nah an sein Ohr. »Ich will mit dir in den Club!«, versuche ich möglichst selbstbewusst zu sagen, auch wenn ich das nicht bin!

»In eine Disko? Heute noch?« Etwas verwirrt sieht Kilian mich an.

»Nein! Ich meine DEN Club!«

»Ohhh...! Ich verstehe! Nein, das willst du nicht!«

»Doch!« Frech lächele ich ihn an. »Ich will mit dir dort schlafen!«

Eigentlich will ich das nicht!

Kilian zieht eine Augenbraue hoch. »Wirklich? Also bist du dir ganz sicher?«

Ich nicke und trinke einen Schluck.

»Okay! Dann fahren wir da hin! Wir können aber sofort wieder gehen, wenn es dir nicht gefällt!«

»Ist gut!«

»Und du sagst es dann sofort! Keine Heldentaten!«

»Keine Heldentaten!«, wiederhole ich und fühle mich jetzt schon ganz heldenhaft, weil ich das Ganze überhaupt vorgeschlagen habe!

»Die Tische werden langsam leerer. Ich denke, dass wir bald los können!« Voller Vorfreude lächelt er und ich überlege mir, dass ich vielleicht versuchen sollte, ihn schon in der Limo zu verführen, damit wir uns den Rest sparen können!

Zwei Stunden später sind wir bereit zur Abfahrt und ich hätte jetzt zu gerne Jennis Rat!

Wir steigen ein und Kilian fährt die Trennwand zum Fahrer hoch, was mir sehr entgegen kommt! Ich hingegen wurde sicher schon rot, als Kilian dem Fahrer zugeflüstert hat, wo wir hinwollen!

Wir fahren los und ich ziehe Kilian stürmisch an mich. Leidenschaftlich erwidert er meinen Kuss und ich beginne ihn über seiner Hose zu streicheln, was ihn in meinen Mund stöhnen lässt. Seine Erektion ist mehr als nur hart und so will ich seine Hose öffnen, doch Kilian stoppt mich.

»Dann brauchen wir nicht mehr in den Club!«
Außer Atem sieht er mich an.

Genau das war der Plan! Okay, Plan B – Darkroom!

Während der Fahrt schieb Kilian seine Hand unter mein Kleid und beginnt mich zu streicheln, was auch sehr schön ist, aber die Ungewissheit lässt keine Entspannung zu!

Als wir nach längerer Fahrt halten, bin ich so was von nervös!

Kilian nimmt meine Hand, wir verlassen den Wagen und steuern auf eine Tür zu, an der nur ein kleines Schild verrät, was sich dahinter verbirgt. Er klingelt und kurz darauf wird uns geöffnet.

»Hey, Kilian!«, begrüßt ihn ein Mann, etwa Mitte 40.

»Hallo! Das ist Mirabella!« Er deutet auf mich.

»Und das ist Frank!«, stellt er mir den Typ vor.

Kilian bezahlt etwas mit seiner Kreditkarte.

»Du kennst dich ja aus!« Frank lächelt freundlich.

»Na, Klar!«

»Dann wünsche ich euch viel Spaß!«

»Danke!« Kilian nimmt meine Hand und Frank muss mich für unhöflich halten, weil ich keinen Ton herausbekommen habe.

»Hier sind die Umkleiden und die Duschen! Vorher duschen ist Pflicht!« Kilian beginnt sich auszuziehen und ich tue es ihm gleich.

Wir schließen alles in einen Spind ein und betreten die Dusche unter der zu meiner Erleichterung niemand Sex hat!

»Hier hat niemand Sex!«, sagt Kilian, als könne er meine Gedanken lesen. »Auch an der Bar oder am Büffet hat niemand Sex! Wenn wir an der Bar sitzen und du möchtest gehen, dann gehen wir!« Er lächelt, dreht das Wasser auf und ich stelle mich zu ihm.

Frisch geduscht und nur mit unserer Unterwäsche bekleidet, verlassen wir die Umkleide und gehen zur Bar.

»Das ist Lou! Und das ist Mirabella!«, stellt er der Bardame und mich einander vor.

»Hallo!«, traue ich mich zum ersten Mal etwas zu sagen und schaue mich um.

Fast bin ich mir sicher, dass das hier ein exklusiverer Club ist, da die Einrichtung einen sehr teuren Eindruck macht.

Lou nimmt Kilian den Schlüssel ab, drückt ihm einen Stempel auf die Hand und als sie den unsichtbaren Stempel unter einer kleinen

Schwarzlichtlampe überprüft, erkenne ich unsere Spindnummer.

»Magst du was essen?«, fragt Kilian mich.

»Nein, danke!« An Essen kann ich nun gerade gar nicht denken!

»Mirabella, was möchtest du denn trinken?« Lou sieht mich freundlich an und ich bestelle einen Champagner, weil ich Angst habe, mich mit der Bestellung einer Cola zu blamieren.

»Für mich bitte auch und mach uns bitte auch zwei Cola! Eine normale und eine light!«, fügt Kilian meiner Bestellung hinzu.

»Also ist Cola hier erlaubt?«

»Hier ist alles erlaubt!« Er küsst mich sanft.

Uns gegenüber sitzt ein Paar, das uns freundlich grüßt und dann rüber kommt.

Was wollen die denn?

»Hi, wir sind Bene und Patrizia. Dürfen wir uns zu euch setzen?«, fragt der Typ.

»Klar! Ich bin Kilian und das ist meine Freundin!«

»Mira«, erkläre ich und hoffe, dass Kilian keinen Partnertausch mit denen machen will!

Sie mustert Kilian, der aber auch wirklich zum Anbeißen aussieht in seiner engen Shorts. »Dich habe ich hier schon mal gesehen, oder?«

»Ja, ich war schon öfter hier, aber für Mira ist es der erste Besuch!«

»Ich kann mich noch an meinen erinnern! Super aufregend!« Sie lächelt mich an.

»Ja. Prost!« Ich erhebe mein Champagnerglas, das Lou gerade vor mir abgestellt hat, und stoße mit allen dreien an.

»Wollt ihr beide denn nur miteinander Spaß haben oder seid ihr da offen?«, fragt Bene und mir stockt kurz der Atem.

»Wir werden nur miteinander Spaß haben!«, legt Kilian fest und sorgt mit diesem Satz dafür, dass wieder Sauerstoff den Weg in meine Lungen findet.

»Dann wünschen wir euch einen spannenden Abend!«

»Ebenso!« Kilian lächelt und ich bin froh, dass die beiden verschwinden.

»Oder hättest du gerne mit Bene?«

Entsetzt sehe ich ihn an. »Nein!«

»Das wollte ich hören!« Er lacht über meinen dummen Gesichtsausdruck und küsst mich dann.

»Wollen wir uns dann mal umsehen oder hast du genug gesehen?«

Ich trinke mein Glas aus. »Ich bin bereit!« Schnell nehme ich auch noch einen Schluck Cola und ich bilde mir ein, dass sie nach Selbstbestimmung schmeckt.

Kilian nimmt meine Hand und zieht mich zu den hinteren Räumen. Es gibt eine Sauna, eine Art Liegewiese, auf der bereits ein Pärchen wild knutscht und wir gehen weiter. Mein Griff um Kilians Hand wird immer fester. Im nächsten Raum verwöhnt eine Frau einen Mann oral, während sie von einem anderen von hinten genommen wird. Ich für meinen Teil schaue lieber schnell woanders hin.

»Wollen wir es uns hier gemütlich machen?« Kilian deutet auf eine Liegefläche und ich nicke.

Er zieht mich zu sich und beginnt meinen Hals zu küssen. Ich schließe meine Augen und versuche alles andere auszublenden, was sich als schwierig gestaltet, da das Stöhnen neben uns lauter wird. Kurz öffne ich meine Augen und schaue ausgerechnet in die des Typen, der da gerade einen geblasen bekommt und mich dann auch noch zwinkernd anlächelt.

»Wollen wir vielleicht doch noch weiterschauen?« Kilian sieht mich an. »Okay!«

Wir stehen auf und an einer Tür lese ich ›Darkroom‹.

»Das klingt interessant! Wollen wir da mal rein?«

»Klar!« Kilian streichelt über die Spitze meiner halterlosen Strümpfe.

Wir betreten den Raum. Schließen die Tür und schieben den dicken Vorhang auseinander. Es ist absolut still im Raum und so dunkel, dass man die Hand vor Augen nicht sieht!

Der Raum scheint komplett mit Matratzen ausgelegt zu sein, also lassen wir uns nieder.

Kilian beginnt mich zu küssen und ich entspanne mich allmählich, da wir ja alleine hier drin sind.

Seine Hand schiebt sich in mein Höschen und ich merke ihm förmlich an, wie ungeduldig er ist und wie sehr er es braucht, nach diesem Tag! Er ist deutlich stürmischer und forscher, als ich es gewohnt bin, aber mir gefällt es, dass er so leidenschaftlich ist.

Leise beginne ich zu stöhnen. Kilian schiebt meine BH-Träger von meinen Schultern, legt meine Brüste frei und saugt gierig an ihnen. Fest umfasse ich seine Erektion und ziehe dann seine Shorts etwas herunter. Kilian schiebt mein Höschen beiseite und dringt in mich ein. Seine

festen Stöße bringen mich schnell auf Touren und ich schaffe es tatsächlich auszublenden, wo wir sind! Er saugt an meinem Hals und meine Fingernägel krallen sich in seinen Rücken.
»Ich bin gleich so weit!«, stöhne ich.
Kilian zieht mich fest an sich und dreht uns dann, sodass ich jetzt auf ihm sitze. Schnell reite ich ihn und die Hitze baut sich in meinem Becken auf und ist kaum mehr auszuhalten. Kilian knetet fest meine Brüste und gibt mit einer Hand an meinem Hintern das Tempo vor. Ganz kurz bin ich davor zu kommen!
Moment mal!
Im Geiste zähle ich durch. Eine Hand hat Kilian an meinem Po, eine weitere an meiner Brust und noch eine an meiner anderen Brust. Da Kilians linke Hand an meinem Hintern liegt, umfasse ich die Hand an meiner rechten Brust und spüre schnell, dass da ein Arm dranhängt, der von rechts nach mir greift.
Sofort stoppe ich jede Bewegung!
»Warum hörst du auf?«, stöhnt Kilian unter mir.
»Scheiße! Wer ist da?« Ich springe auf und versuche mich zu orientieren.

»Hey, alles gut! Wenn ihr nicht wollt, dass ich mitmache, gehe ich raus! Viel Spaß noch!«, sagt eine fremde Stimme und der Typ streift mich beim Rausgehen auch noch, sodass ich fast das Gleichgewicht verliere. »Sorry!«
Die Tür schließt sich und es herrscht wieder Stille, bis Kilian anfängt zu lachen.
»Das ist nicht lustig! Der hat mich angefasst!«
Kilian tastet im Dunkeln nach meinen Beinen. »Er hat gemerkt, dass du das nicht möchtest, und hat sofort aufgehört, das kann hier drin schon mal passieren! Ein ›Nein‹ ist ein ›Nein‹ und wenn du seine Hand wegschiebst, muss er das auch sofort akzeptieren und das hat er auch!«
Will der mich verarschen?
»Lass uns weitermachen!« Er streichelt meinen Unterschenkel.
»Spinnst du?! Wer weiß, wie viele Perverse noch hier drin hocken? Ist hier vielleicht noch jemand, der unaufgefordert meinen Mops kneten möchte?«
»Jetzt beruhige dich mal!«
»Sag mir nicht, dass ich mich beruhigen soll! Ich will mich nicht beruhigen!«

»Okay!« Ich höre, wie Kilian sich aufrichtet. Er nimmt meine Hand und bringt mich nach draußen, wo ich sie sofort loslasse.

Kilian holt unseren Schlüssel, wir ziehen uns an und gehen. Die ganze Zeit über würdige ich ihn keines Blickes.

Als wir in der Limousine sitzen und losfahren, dreht er sich zu mir. »Wir gehen nie wieder dahin, okay?! War keine gute Idee!«

»Du kannst weiter in den Club gehen, aber ohne mich!« Ich traue mich, ihm in die Augen zu schauen.

»Ohne dich gehe ich aber nicht!«

»Du hast mich nicht verstanden Kilian!« Tränen schießen in meine Augen. »Du kannst allein in den Club gehen, weil du niemandem mehr Rechenschaft schuldig bist!«

»Was soll das heißen?«

»Dass das mit uns nicht funktioniert!«

»Mirabella! Du willst doch nicht wirklich Schluss machen, oder?« Er legt seine Hand auf meinen Oberschenkel.

»Das mit uns war eine schöne Erinnerung und das hätte es bleiben müssen!«, schluchze ich.

»Wir lieben uns doch!« Kilians Augen werden feucht.

»Ja... Aber manchmal reicht das eben nicht!«

In diese bescheuerte Clutch passt nicht mal eine Packung Taschentücher!

»Du wolltest doch aber in den Swingerclub!«

»Weil ich Angst hatte, dich zu verlieren! Diese scheiß Tussi auf dem Klo und ihre Freundin! Die eine hatte dich schon und die andere wollte dich!«

»Was? Jetzt verstehe ich gar nichts mehr!«

»Alles bei dir dreht sich um Geld, Macht und Sex! Das Einzige, was du dazwischen kommen lässt, ist Marie!«

»Was erzählst du für einen Quatsch?«

»Ich passe nicht in deine Welt der Superreichen! Ich habe mich den ganzen Abend über unwohl gefühlt! Und dann dein Verhalten deinen Angestellten gegenüber... die haben ja schon einen Klops im Schlüpfer, wenn du dich bis auf einen Meter näherst! Und dann brauchst du Sex, wenn du so im Stress bist, und zwar sofort und hart. Schön, okay, damit könnte ich leben, aber nicht damit, wenn ich auf dem Klo mit anhören muss, wie eine andere... davon berichtet, wie du... es ihr hart... besorgt hast!« Der letzte Satz war eher unverständlich, weil alles von meinem Schluchzen übertönt wurde!

»Das tut mir leid! Ich konnte ja nicht ahnen, dass...«

»Was du brauchst... ist eine Frau wie Jenni! Und nicht eine wie mich... bei der sich alle fragen, was der potente Prinz von dem armen... hässlichen Entlein will!«, falle ich ihm ins Wort.

»Ich will aber nur dich, weil ich dich liebe und du wunderschön bist!«

»Ich kann das einfach nicht!« Ich drücke den Knopf herunter, der die Scheibe zum Fahrer bedient. »Halten Sie bitte an!«, sage ich, nachdem die Scheibe unten ist und der Wagen stoppt.

»Wo willst du denn hin? Du musst doch irgendwie nach Hause kommen!«

»Ich tue das, was normale Leute tun und nehme das Fortbewegungsmittel der ›Armen‹! Ich fahre mit dem Bus!«, erwidere ich ironisch und steige aus.

»Mirabella, warte doch!«

Ich nehme einen kleinen Fußweg und verschwinde in die Dunkelheit, ohne eine Ahnung davon zu haben, wo ich eigentlich bin! Hauptsache er kann mir mit dem Auto nicht

folgen! Aus dem Augenwinkel erkenne ich, dass Kilian auch aussteigt und ich gehe eine Abzweigung in eine noch dunklere Ecke und ducke mich hinter einer großen Mülltonne!
Ich will einfach nur weg von ihm!
Ich sehe Kilian vorbeilaufen und kurze Zeit später trottet er langsam zurück. Als ich keine Schritte mehr höre, komme ich aus meinem Versteck und halte Ausschau nach einem Straßenschild.
Als ich eines gefunden habe, nehme ich mein Handy aus dem Täschchen und wähle Viviens Nummer, da ich weder Geld noch meinen Haustürschlüssel dabei habe!
Nach einer gefühlten Ewigkeit nimmt sie endlich ab. »Ja«, brummt Vivien ins Telefon.
»Kannst du mich abholen, bitte!«, schluchze ich.
»Wo bist du denn?« Plötzlich klingt sie vollkommen wach.
»Im Rosenweg.«
»Wo ist das?«
»Ich habe keine Ahnung!«
»Aber, wie bist du... Vergiss es! Ich nehme mein Navi mit!«
»Bringst du bitte den Ersatzschlüssel für meine Wohnung mit?«

»Wurdest du ausgeraubt?«

»Nein!«

»Okay! Wir machen uns auf den Weg!« Vivien legt auf.

Wir?

Wie eine Professionelle stehe ich unter dem Straßenschild und hoffe, dass keine düsteren Gestalten vorbeikommen, während ich warte!

Vielleicht war die Idee doch nicht so gut, einfach irgendwo auszusteigen!

Nach etwa 20 Minuten hält Viviens Auto neben mir und ich erkenne Tobi auf dem Beifahrersitz.

Schnell steige ich zur hinteren Tür ein. »Danke! Hast du ein Taschentuch?«, frage ich als erstes, weil mir der Schnodder schon aus der Nase läuft.

Vivien reicht mir eine ganze Packung und ich putze als erstes meine Nase.

»Willst du nicht lieber mit zu mir kommen?« Kritisch beäugt sie mich durch den Rückspiegel.

»Nein! Ich will einfach nur nach Hause!«

»Wo warst du denn?«

»Ich war aus und was machst du hier?«, stelle ich eine Gegenfrage an Tobias.

»Ich habe bei Vivi übernachtet!«

»War heute nicht Kilians Event?«, fragt Vivien.

»Ja!«, schluchze ich.

»Aber was ist denn da passiert?«

»Ich habe Schluss... gemacht!«

»Warum denn das? Du warst doch so glücklich ihn zurückzuhaben!«

»Es ging einfach... nicht mehr!«

»Da muss doch aber irgendwas passiert sein!«

»Ich hätte nicht mit ihm in den... Club gehen sollen!«

»Ihr wart noch in der Disko?«, fragt Tobi.

Was haben die nur alle mit der Disko?

»Nein!«

»Was denn dann für ein Club?«

»Ein Swingerclub«, gestehe ich leise.

Tobi dreht sich zu mir um. »Du warst in einem Swingerclub? Wie war es da?«

»Tobi!«, ermahnt Vivien ihn. »Wolltest du da hin?«

»Nein! Aber ich habe es vorgeschlagen!«

»Warum tust du so was dann?«

»Weil ich nicht wollte, dass er sich mit mir langweilt! Er kann jede haben und hatte auch schon fast jede! Wie soll ich denn da... mithalten?« Mein Schluchzen wird wieder lauter.

»Tragen die da alle solche Masken?«, fragt Tobi weiter.

»Tobias! Halt jetzt bitte deinen Mund!«, sagt Vivien streng. »Aber dich liebt er!«

»Ich passe einfach nicht mehr in sein Leben!« Nach einiger Zeit sehe ich, dass wir bei mir zu Hause vorfahren.

»Sicher, dass du nicht mit zu uns willst?« Vivien hält mir ihren Ersatzschlüssel für meine Wohnung entgegen.

»Sicher! Danke fürs Abholen!«

»Meldest du dich, wenn du morgen wach bist?«

»Mache ich!« Ich nehme ihr den Schlüssel ab und steige aus.

In meiner Wohnung lege ich vorsichtig den Schmuck ab und befreie mich dann von diesem verdammten Kleid! Alles, was Kilian mir heute geschenkt hat, ziehe ich aus, bis ich vollkommen nackt in meinem Schlafzimmer stehe. Ich greife mir einen bequemen Slip und ein Nachthemd, ziehe beides an und lege mich auf mein Bett.

Mein Kissen wird morgen früh aussehen, als wäre ein Clown damit erstickt worden!

Ich rolle mich auf die Seite, ziehe die Beine an und hoffe, dass ich jemals in meinem Leben wieder schlafen werde! Denn im Moment ist der Schmerz einfach viel zu groß! Also starre ich in die Dunkelheit und Schlaf ist absolut das Letzte, an das ich denken kann!

8

Als ich am nächsten Morgen erwache, ist mir sofort wieder zum Heulen zumute! Ich habe in der Nacht kaum geschlafen und will es jetzt einfach nur hinter mich bringen, mein Auto und meine restlichen Sachen von Kilian abzuholen! Meine erste Überlegung war es, es morgen zu tun, wenn Kilian sicher unterwegs sein wird und nur Rafael da ist, aber so feige will ich nicht sein!

Also gehe ich duschen, ziehe mir etwas Bequemes an, das mal wieder überhaupt nicht in Kilians Welt passt, und hole aus der Zuckerdose in der Küche meine 50 Euro für den Notfall, der eindeutig eingetreten ist! Fein säuberlich lege ich das Kleid zusammen, nachdem ich es vom Boden aufgesammelt habe, und verstaue es zusammen mit der Clutch, den Pumps und dem Schmuck in einer Tasche. Die Unterwäsche werde ich natürlich erst waschen und sie ihm dann per Post schicken! Ich will Kilian absolut nichts schuldig bleiben und ich würde sie eh nie wieder tragen, da ich an den gestrigen Abend einfach nicht erinnert werden will! Ich rufe mir ein Taxi, weil ich so vollkommen übernächtigt keine Lust habe mit dem Bus zu fahren und stehe kurze Zeit später vor Kilians Tor.

Mit dem Gefühl im Bauch, dass mein Magen sich zu einem Knoten verformt hat, drücke ich die Klingel und schaue dann Richtung Kamera. Das kleine Eingangstor öffnet sich kurz darauf und ich atme einmal tief ein, bevor ich Kilians Grundstück betrete. Ich gehe auf die Haustür zu, in dessen Rahmen Kilian steht. Irgendwie sieht er genauso fertig aus wie ich.

»Hallo, komm rein.« Kilian lässt mich passieren und ich atme dabei einen Schwall seines Aftershaves ein, das mich sofort ins Wanken bringt.

»Hi, ich wollte nur meine Sachen abholen und dir das Kleid und so zurückgeben!«, erkläre ich, nachdem er die Tür geschlossen hat.

»Können wir bitte über gestern Abend sprechen?« Er deutet Richtung Wohnzimmer.

»Ich glaube, da gibt es nichts mehr zu besprechen.«

»Würdest du dir trotzdem anhören, was ich zu sagen habe?«

Wortlos folge ich ihm ins Wohnzimmer und stelle die Tasche auf dem Sessel ab.

»Ich will die Sachen nicht zurückhaben!«, protestiert er.

»Und ich möchte sie nicht behalten!«

Kilian atmet hörbar schwer aus und wir setzen uns auf die Couch, mit genügend ›Sicherheitsabstand‹.

Er sieht mir in die Augen und eigentlich will ich dieses gottverdammte Blau gar nicht sehen!

»Wie ich gestern war und was da passiert ist, tut mir wirklich leid!«, beginnt er.

»Es war ja auch...«

»Darf ich bitte?«, unterbricht Kilian mich und ich nicke, obwohl ich lieber gar nicht hören möchte, was er zu sagen hat, weil mir auch so das Ganze schon viel zu schwer fällt!

»Ich hätte es besser wissen müssen, dass das mit dem Swingerclub nichts für dich ist! Und auch wie ich mich bei dem Event verhalten habe, war absolut nicht okay! Ich hätte dich nicht bevormunden sollen und ich hätte schon gar nicht versuchen sollen, mit dir dort Sex zu haben!«

»Ja, für mich ist das mit dem Club nichts, aber ich habe es ja vorgeschlagen.«

»Aber nicht, weil du es wirklich wolltest, sondern weil du mir gefallen wolltest! Habe ich nicht recht?!«

»Ja, ich wäre niemals auf diese Idee gekommen! Sex gehört für mich zur Liebe dazu und ist etwas Intimes, was ich nicht mit fremden Menschen teilen möchte!«

»Das weiß ich ja und deswegen hätte ich gestern nicht zustimmen dürfen! Es war einfach so, dass der Gedanke mit dir dort hinzugehen, mich einfach total angemacht hat! Es war wohl zu wenig Blut in meinem Gehirn!«

»Und genau das ist das Problem! Dich macht so was an und du brauchst es! Ich kann dir nicht geben, was du willst! Mir ist klar, dass du mich als furchtbar prüde empfindest und es irgendwann eskalieren würde!«

»Ich finde doch nicht, dass du prüde bist!«

Ich ziehe meine Augenbrauen hoch und sehe ihn ungläubig an.

»Unser erstes Mal fand im Freibad statt, wo die Chance bestand, erwischt zu werden und nicht wie bei den meisten unter der Decke bei Kerzenschein! Wie oft hatten wir Sex in ›Helmut‹, in dem man ja auch reinschauen kann?! Du warst noch nie prüde!«

»Ich habe mich aber seit damals nicht gesteigert und du bist so eine Art Sexguru geworden!«

»Ein Sexguru?!« Kilian lacht und dieser Anblick brennt sich in mein Herz.

»Es ist ja auch nicht nur der gestrige Abend gewesen!«

Überrascht sieht er mich an. »Sondern?«

»Ich passe einfach nicht mehr in dein Leben!« Meine Stimme klingt gequält.

»Aber warum denn nicht? Die meisten Frauen träumen von einem Millionär. Und dir passt das nicht?«

Er ist also wirklich Millionär!

»Ja! Weil ich von dem Kilian träume, den ich mal kannte! Ich will meinen alten Kilian und nicht dich!«

Die letzten drei Worte hätte ich mir lieber sparen sollen!

»Wenn das so ist, kann ich dir leider nicht helfen! Den alten Kilian gibt es nun mal nicht mehr! Nur weil du dich in den letzten zehn Jahren nicht weiterentwickelt hast, musst du das nicht auch von mir verlangen!«

Ich kenne ihn gut genug, um an seiner Stimmlage zu erkennen, wie sehr meine Worte ihn verletzt haben!

»Da hast du recht! ...Ich bin immer noch die Alte! Und ich habe all die Jahre einen Mann geliebt, den es ganz einfach nicht mehr gibt! Es ist für uns beide das Beste, wenn wir uns... nicht mehr sehen!« Ich nehme meine Handtasche vom Sofa und stehe auf. »Holst du mir bitte meinen Rucksack von oben?«

Auch Kilian erhebt sich und geht dann die Treppe hinauf. Als ich alleine in seinem Foyer stehe, muss ich wirklich gegen die Tränen ankämpfen! Plötzlich kommt Elfriede um die Ecke getrottet, setzt sich neben mich und stupst mich mit ihrer Nase an.

»Hallo, Elfriede!«, sage ich mit brüchiger Stimme und gehe in die Hocke, um sie streicheln zu können.

Kilian kommt mit meinem Rucksack in der Hand die Treppe herunter, ich richte mich auf und nehme ihm ihn ab.

Wortlos gehe ich zur Tür und drücke die Klinke herunter, da bellt Elfriede plötzlich.

Verwundert schauen Kilian und ich sie an, doch Elfriede achtet nur auf mich. Noch nie habe ich sie bellen gehört! Fast sieht es so aus, als wolle sie mir mitteilen, dass sie nicht will, dass ich gehe.

Ich öffne die Tür und will sie hinter mir zuziehen, doch Kilian hindert mich daran. Ich gehe zu meinem Auto und er bleibt in der geöffneten Tür stehen.

»Vergiss niemals, dass ich dich liebe!«, ruft er hinter mir her, als ich gerade einsteige und die Tür schließen will.

Sofort beginnen die Tränen über meine Wangen zu fließen. Ich starte den Motor und öffne mit der Fernbedienung das Tor.

Ach, Mist! Ich hätte ihm die Fernbedienung wieder geben sollen!

Tränenüberströmt ramme ich fast seinen hässlichen Springbrunnen, verlasse dann sein Grundstück und habe für einen Augenblick das Gefühl, als würde ich einen Herzinfarkt bekommen! Jeder Schlag meines Herzens tut unendlich weh und ich habe Mühe Luft zu bekommen! Langsam tuckere ich nach Hause und alle Verkehrsteilnehmer, die auf mich treffen, hassen mich ganz sicher, aber das ist mir absolut

egal! Durch den Schleier aus Tränen kann ich kaum was sehen, aber wenn ich jetzt anhalte, habe ich Angst, nie wieder losfahren zu können!
Ich will einfach nur noch nach Hause!
Nachdem ich mindestens 100 Mal angehupt wurde und mehrere Mittelfinger und Zeigefinger, die gegen Köpfe getippt wurden, gesehen habe, bin ich endlich zu Hause! In meiner Wohnung schmeiße ich meinen Rucksack und meine Tasche in den Flur, lasse mich auf mein Sofa fallen und will einfach nur von Kilian getröstet werden. Aber den Kilian, den ich meine, gibt es nicht mehr! Das habe ich jetzt auf die harte Tour gelernt!

***

Die Woche über war ich bei der Arbeit und auch sonst zu nichts zu gebrauchen! Jeden Nachmittag habe ich mir eine Liebesschnulze nach der anderen auf DVD angesehen und bitterlich geweint! Ich fühle mich genauso wie vor zehn Jahren, nur dass ich damals nicht von Bildern aus dem Swingerclub und von Frauenarztstühlen verfolgt wurde! Kilian ist sicher schon wieder mit Jennifer fleißig dabei, das Verpasste nachzuholen, und dieser Gedanke frisst mich förmlich auf! Denn auch, wenn ich nicht mehr mit ihm zusammen sein kann, soll ihn trotzdem gefälligst keine andere anfassen! Mein Leben kotzt mich an, aber so richtig!

Vivien hingegen ist der Meinung, dass es mir helfen würde, mal unter Leute zu kommen! Zweimal war sie die Woche hier und hat versucht mich aufzumuntern und nun hat sie beschlossen, dass wir heute Abend zusammen ausgehen, da ja Samstag ist! Noch besser fand sie die Idee, dass Tobi, mit dem sie jetzt fest zusammen ist, auch mitkommt und einen Freund von sich mitbringt! Es wird also ein super Abend werden, mit einem frisch verliebten Pärchen und einem weiteren Single! Ich könnte brechen!

Widerwillig mache ich mich für den Abend fertig und nehme mir vor mich zu betrinken, was ja eigentlich gar nicht mein Ding ist! Aber viele meinen ja, dass Alkohol bei Kummer helfen würde! Okay, aus vielen, die das behauptet haben, wurde irgendwann ein Alkoholiker, aber ein einziges Frustbesäufnis wird schon nicht schaden!

Als ich zu Vivien ins Auto steige, bin ich schon genervt von der Anwesenheit des Unbekannten, auch wenn er wirklich attraktiv ist.

»Hallo!«, sage ich in die Runde und schnalle mich an.

»Hey, Mira!«, sagt Vivien.

»Wie geht es dir?«, fragt Tobi und ich werde hier sicher keinen Seelenstriptease vor dem Fremden machen.

»Gut«, lüge ich also.

»Hey, ich bin Christopher, aber alle nennen mich Chris!« Er streckt mir die Hand entgegen.

»Mirabella, aber alle nennen mich Mira«, erwidere ich, schüttele seine Hand und zwinge mir ein freundliches Lächeln auf.

ICH will DICH nicht kennenlernen!

Vivien fährt los und meine Laune befindet sich im Keller!

Ich will einfach nur zurück auf mein Sofa, in ein Meer aus benutzen Taschentüchern! Ist das denn zu viel verlangt?!

Eine halbe Stunde später betreten wir den Club, bei dem es sich dieses Mal wirklich um eine Disko handelt! Wir gehen durch bis zur Bar.

»Die erste Runde geht auf mich! Was wollt ihr?«, fragt Chris.

»Cola light«, erwidert Vivien.

»Wodka-Lemon, bitte«, bestelle ich und Vivien sieht mich überrascht an.

»Da schließe ich mich an! Wie in den guten alten Zeiten!«, schwärmt Tobi und ich hingegen will genau diese Zeit eigentlich vergessen!

Chris bestellt nach unseren Wünschen und für sich selber ein Bier. Wir suchen uns einen Stehtisch in der Ecke und stoßen dort an.

Der Geschmack des Wodkas lässt so viele gute Erinnerungen hochkommen, die sich mit den schlechten der letzten Woche mischen, sodass mir ganz schwindelig wird!

Ich lasse meinen Blick durch den Raum wandern und treffe auf ein paar Augen, die mich interessiert mustern.

Woher kenne ich den?

Er lächelt, prostet mir zu und in dem Moment bin ich mir sicher, dass auch er mich kennt! Nur woher?

Ich nehme einen Schluck und da fällt es mir ein! Schnell setze ich das Glas ab und muss fürchterlich husten, weil ich mich verschluckt habe.

Das ist der, der im Swingerclub einen geblasen bekommen hat!

»Geht es?«, fragt Vivien und blickt in die Richtung, in die ich gerade noch geschaut habe.

»Kennst du den?«, fragt sie weiter, weil der Typ immer noch zu mir schaut.

»Flüchtig«, erwidere ich, als ich wieder Luft bekomme.

»Woher?«

Ich ignoriere ihre Frage und nehme einen Schluck.

Prüfend sieht sie mich an. »Ist es ein Geheimnis, woher du den kennst?«

Genervt stöhne ich auf. »Ich kenne ihn aus dem Club!« Ich reiße die Augen weit auf.

»Aus welchem Club?« Vivien steht total auf der Leitung.

»Na, aus dem, in dem ich letzte Woche war.«

»Aus dem Swingerclub?« Tobi schaut neugierig zu dem Typen und bekommt sofort Viviens Ellbogen in die Rippen gerammt.

»Der war auch da?« Vivien schaut mich an.

Ich nicke und bin mir unsicher, ob ich mit dieser Auskunft nicht vielleicht irgendeinen Ehrencodex gebrochen habe.

»Du gehst in den Swingerclub? Und dann auch noch als Singlefrau?« Amüsiert sieht Chris mich an und ich könnte Tobi ohrfeigen!

»Danke, Tobi!« Ironisch lächele ich ihn an.

»Hey! Feel free!« Chris hebt die Hände und signalisiert mir so, dass er das ganz locker sieht.

»Ich war da nur einmal!«, stelle ich klar.

»Und? Hat es dir gefallen? Wie ist es da so?« Interessiert mustert Chris mich.

»Ehrlich gesagt, ist das nichts für mich gewesen!«

»Hast du da mit mehreren... Also gleichzeitig oder hintereinander?« Das Thema scheint seine Fantasie zu beflügeln.

»Nein! Habe ich nicht! Können wir bitte über etwas Anderes reden?« Wieder trinke ich einen Schluck.

»Klar! Sorry, das geht mich ja auch nichts an!«

»Das hast du gut erkannt! Ich gehe mal kurz zur Toilette!« Schnell verschwinde ich, weil ich befürchte, dass mein Kopf so rot ist, das ich ganz kurz davor bin, dass Rauch aus meinen Ohren aufsteigt.

Durch die Menschenmenge drängele ich mich Richtung WC, bis mir kurz davor jemand auf die Schulter tippt. Als ich mich umdrehe, erkenne ich den Typ aus dem Swingerclub.

»Hi!« Er lächelt mich an.

»Hallo!« Ich will mich umdrehen und weitergehen, aber er stoppt mich an meinem Arm.

»Schade, dass ihr letzte Woche weitergezogen seid! Ich hätte euch gerne weiterhin zugeschaut! Wann seid ihr mal wieder da? Du gefällst mir wirklich sehr gut!«

»Ich werde nicht noch mal dort hingehen!«

»Aber warum denn nicht?«

»Hey, Schatz! Kaum lässt man dich mal aus den Augen, schon wirst du angequatscht!« Chris legt seinen Arm um mich und lächelt mich an.

»Ist das dein Freund?«, fragt der Swinger.

»Ähhmm... Ja!«

»Dann will ich euch nicht weiter stören! Ich bin nur ein alter Bekannter! Macht es gut!« Er zwinkert mir zu und verschwindet in der Menge.

Wenigstens scheint er diskreter zu sein als ich!

»Danke!«, sage ich zu Chris, der breit grinst.

»Als ich gesehen habe, dass der Typ dich anquatscht, hatte ich Mitleid, weil dein Blick mehr

als tausend Worte gesagt hat!« Er lacht, nimmt seinen Arm von meinen Schultern und wir gehen zurück zu Vivien und Tobi, die wild knutschen.
Etwas verlegen lächele ich Chris an.
»Wenn du magst, dann könnten wir auch!« Er lacht und deutet auf die beiden.
»Ich habe erst mal die Schnauze voll davon, Zärtlichkeiten in der Öffentlichkeit auszutauschen!«
»Kann ich gut verstehen!« Chris erhebt sein Glas, wir stoßen erneut an und kurz darauf ist meines leer und ich gehe los und hole die nächste Runde.
Mit Mühe manövriere ich die vier Gläser an den Tisch.
Ich könnte auf keinen Fall Kellnerin werden!
»Jetzt hört mal auf mit dem Rumgeknutsche, das hält ja niemand aus!« Ich stelle die Gläser auf den Tisch und lächele Tobi und Vivien an, als ich endlich ihre Aufmerksamkeit habe.
»Sorry! Das ist sicher nicht leicht für dich!«, erahnt Tobias und reitet mich so noch tiefer in die Erklärungsnot.
»Hat da etwa jemand Liebeskummer?« Chris zieht eine Augenbraue hoch.

»Können wir nicht zur Abwechslung mal über dich sprechen? Mein Leben ist eigentlich furchtbar langweilig!«

»Klingt gar nicht so! Aber gut, was willst du wissen?« Herausfordernd blickt er zu mir.

»Wie lange bist du schon Single?«, ist die erste Frage, die mir so in den Sinn kommt.

»Seit einem Jahr. Und du?«

Schnell trinke ich einen Schluck. »Seit einer Woche«, gestehe ich danach.

»Sorry, wir wollten ja nicht mehr über dich sprechen! Also, was möchtest du noch wissen?« Chris trinkt sein erstes Bier leer und widmet sich gleich dem zweiten.

»Was arbeitest du?«

»Ich bin Orthopäde.«

»Wird man damit reich?«

»Naja... Sagen wir mal so – ich verdiene ganz gut, aber zum Millionär werde ich es wohl nicht schaffen!« Er lacht und über meine Lippen zieht sich ein bitteres Lächeln.

»So reich sollte man auch gar nicht werden!«

Überrascht sieht er mich an. »Findest du?«

»Ja!« Ich nehme einen ordentlichen Zug von meinem Mixgetränk und hoffe, so die aufkommenden Erinnerungen ertränken zu können.

Den Abend über trinke ich etwa vier Wodka-Lemon, was ausreicht, dass ich vollkommen besoffen bin. Erst fühle ich mich gut und denke bei mir, dass ich es Kilian gerade so richtig zeige, weil ich hier stehe und mit Chris flirte, aber dem Hochgefühl folgt die Depression, der ich versuche mit ein paar Schnäpsen entgegenzuwirken! Christopher ist wirklich nett, groß gewachsen und dann diese breiten Schultern, an die man sich so richtig schön anlehnen könnte! Innerhalb der letzten zwei Stunden ist mir schon aufgefallen, dass er mehr und mehr meine Nähe sucht und mir schmeichelt das! So komme ich mir wenigstens nicht mehr vor, als wäre ich die Einzige, die nicht zum Abschlussball eingeladen wurde!
»Kann ich mal mit dir sprechen?« Vivien sieht mich eindringlich an und reißt mich so aus meinen Gedanken.
»Klar!«
Wir stellen uns etwas zur Seite, damit die Männer unserem Gespräch nicht folgen können.
»Was soll das mit Chris denn werden?«

»Ihr habt ihn doch für mich mitgebracht!« In meinem Kopf fährt es Karussell.

»Ja, damit du dir nicht wie das fünfte Rad am Wagen vorkommst und etwas nette Ablenkung hast.«

»Und genau das habe ich!« Ich lächele und verliere ganz kurz das Gleichgewicht, fange mich aber sofort wieder.

»Du bist total betrunken! Hätte ich geahnt, dass du hier Komasaufen machst, hätte ich ihn nicht mitgenommen!«

»Warum denn bitte das?«

»Weil ihr euch anseht, als würdet ihr gleich hier vor Ort Sex haben wollen!«

»Nein! So was habe ich letzte Woche versucht und das ist nichts für mich!« Ich kichere.

»Wir fahren jetzt und ich bringe dich zu dir und Chris zu sich nach Hause! Das, was hier gerade läuft, passt überhaupt nicht zu dir!«

Trotzig verschränke ich die Arme vor meiner Brust. »Und wenn ich Sex mit ihm will? Ich bin nämlich nicht so prüde, wie ihr alle glaubt! Ich kann auch einen One-Night-Stand haben!«

»Du bist verletzt und traurig wegen Kilian! Und du liebst ihn noch immer! Begehe jetzt bitte keinen Fehler!«

»Kilian ist scheißegal, was ich mit wem treibe! Der ist sicher gerade mit Jenni im Club! Meinst du, der käme her, um mich abzuhalten?! Lachen würde er darüber! Laut lachen würde er!« Mit erhobenem Zeigefinger fuchtele ich vor Vivien herum.

»Wir fahren gleich und dann bringe ich dich alleine zu dir nach Hause!« Vivien dreht sich um und geht zurück zu den Männern.

Ich folge ihr, lächele Chris an und stelle mich dann auf die Zehenspitzen, um meine Lippen nah an sein Ohr zu bringen. »Ich will Sex mit dir! Ich tue gleich so, als müsse ich noch mal auf die Toilette, du wartest danach kurz und sagst, dass du auch noch mal musst und wir treffen uns draußen bei den Taxen!«, flüstere ich und Chris sieht mich mit großen Augen an.

»Bevor wir fahren, muss ich noch mal für kleine Königstiger!«, sage ich zu Vivien, die ihre Lippen kurz von Tobis löst und dann nickt.

Wieder drängele ich durch die Massen und schlage, als ich außer Sichtweite bin, den Weg

Richtung Ausgang ein. Dort bezahle ich und setze mich dann in das erste Taxi in der Reihe.

»Einen schönen guten Abend, mein Herr! Ich würde gerne eine Fahrt bei Ihnen buchen, aber wir müssen noch kurz auf meinen... einen Mann warten!«, sage ich, nachdem ich mich auf die Rückbank gesetzt habe und bin froh zu sitzen.

»Wenn Sie sich übergeben müssen, sagen Sie aber sofort Bescheid!« Er sieht mich durch den Rückspiegel hindurch an.

»Jetzt hören Sie mal!« Das Taxi beginnt sich zu drehen. »Ist gut!«, gebe ich klein bei.

Chris kommt zum Taxi und setzt sich neben mich.

»Zu dir oder zu mir?«

Ich nehme doch keine fremden Männer mit nach Hause!

»Zu dir!«

Er gibt dem Taxifahrer die Adresse durch und kommt mir dann näher, als sich das Taxi in Bewegung setzt.

»Darf ich dich küssen?«

Ich nicke und seine Lippen treffen auf meine. Der Kuss ist wirklich ganz gut, aber der erste meines Lebens, ohne dass ich nicht wenigstens ein klein wenig für den Mann, der mich da küsst, empfinde!

Seine Hand wandert zu meiner Taille und ich hoffe wirklich, dass das was ich gleich mit ihm tun werde, meinen Gemütszustand verbessert und nicht noch weiter verschlechtert.

Die ganze Fahrt über knutschen wir wild herum und lösen uns nur voneinander, um den Fahrer zu bezahlen und in seine Wohnung zu gelangen.

Dort angekommen zieht er mir mein Shirt über den Kopf und versenkt sein Gesicht zwischen meinen Brüsten. Ich streiche durch seine blonden Haare und werfe den Kopf zurück.

Ich bin nicht prüde! ICH bin NICHT prüde!

Chris schubst mich rückwärts auf seine riesige Couch, ich kicke meine Ballerinas von den Füßen und er zieht mir sofort meinen Rock samt Strumpfhose und Höschen herunter. Etwas schäme ich mich, als ich nur noch mit meinem BH bekleidet vor ihm liege. Immerhin kenne ich ihn erst seit ein paar Stunden!

»Jetzt bist du aber erst mal dran mit ausziehen!«

Verlegen lächele ich.

Chris beginnt zu tanzen und zieht sich langsam dabei aus, was mich zum Lachen bringt.

Als er komplett nackt vor mir steht, reckt sich sein Penis mir schon entgegen. Ich öffne den Verschluss meines BHs und bewerfe ihn damit.

»Wer wird denn da frech werden?« Breit grinsend kommt er auf mich zu und legt sich dann zwischen meine Beine. Stürmisch küssen wir uns und Chris will in mich eindringen.

»Stopp!«, sage ich außer Atem in einer fast klaren Sekunde.

»Was?«

»Wir sollten ein Gummi benutzen!«

»Verdammt! Ja, du hast recht! Das ist der Alkohol!« Er steht auf und verschwindet kurz.

»Dadaaa!« Er hält die Kondomverpackung hoch, reißt sie dann auf und zieht es sich über.

Ich scheine echt die Einzige zu sein, die keine Kondome zu Hause hat!

Chris zieht mich an meiner Hand hoch. »Dreh dich!«, raunt er ungeduldig.

Ich stelle mich hin, drehe mich und Chris beugt mich nach vorne über. Kurz streichelt er mich zwischen meinen Beinen und dringt dann in mich ein. Fest umfasst er meine Hüften und stößt mich.

Ich habe einen One-Night-Stand! Ich kann das auch! Ich habe gerade wirklich einen One-Night-Stand! Fuck!

Ich schließe die Augen und bin froh, dass Chris mir nicht ins Gesicht schauen kann! Sein Atem geht immer schneller und ich versuche das Beste daraus zu machen. Langsam breitet sich ein angenehmes Gefühl in mir aus, als er immer wieder über meinen G-Punkt reibt.

Okay! Ich kriege das hin!

Leise beginne ich zu stöhnen und ich öffne die Augen wieder, weil sich sonst alles noch schneller dreht!

»Ist es gut so?«, stöhnt Chris hinter mir.

»Ja.« Dass ich kommen werde, halte ich für ziemlich ausgeschlossen, aber das Gefühl, das er mir bereitet, ist auch nicht schlecht.

Fester stößt er mich und plötzlich spüre ich seine Hand an meinem Hintern. Ehe ich weiß, wie mir geschieht, steckt er mir einen Finger in den Po.

»Was machst du denn da?« Erschrocken richte ich mich auf.

»Ich dachte, du stehst auf so was, weil du doch auch schon im Swingerclub warst!«, rechtfertigt er sich.

Meine Erregung sinkt unter den Gefrierpunkt!
»Könntest du bitte...«
»Klar! Sorry!« Er zieht seinen Finger zurück.
Hätte Kilian das getan, okay, aber bei ihm?! Niemals!
Chris beugt mich wieder nach vorne über und beginnt sich erneut zu bewegen. Ich lasse das Ganze mehr oder weniger über mich ergehen, weil der Ofen endgültig aus war, als er den Swingerclub erwähnt hat!
»Ist es gut für dich?« An seiner Stimme erkenne ich, dass er bald so weit sein wird.
»Ja«, flunkere ich, weil er jetzt tun könnte, was er will. Niemals kämen wir zu einem für mich befriedigenden Ergebnis!
Chris beginnt laut zu stöhnen und steigert sein Tempo. Nach kurzer Zeit kommt er in mir und ich will einfach nur nach Hause!
»Ich bin gleich zurück!« Er zieht sich aus mir zurück und verschwindet.
Händewaschen nicht vergessen!
Schnell ziehe ich mich an und entschließe mich dazu, abzuhauen, bevor er zurück ist, auch wenn das nicht die feine Art ist und er es sicher nicht

verdient hat. Also schicke ich Tobi eine Nachricht, dass er Chris schreiben soll, dass es mir leidtut.

Ich ziehe seine Tür leise ins Schloss und merke schon, wie mir die Tränen in die Augen steigen, als ich die Treppe hinunter laufe.

Schnell öffne ich die Haustür und hole draußen erst einmal tief Luft. An einem parkenden Auto lehnt ein Mann und ich beeile mich von hier wegzukommen, weil der mir unheimlich vorkommt.

Warum lehnt man mitten in der Nacht an seinem Auto!? Bloß nicht hinsehen!

»Was wolltest du dir damit denn beweisen?«, höre ich eine sehr vertraute Stimme.

Mit dem Handrücken wische ich meine Tränen weg und drehe mich langsam um. »Was machst du hier?«, frage ich Kilian.

»Vivien hat mir übers Netz die Adresse geschickt und mich gebeten dich abzufangen, wenn ihr ankommt! Und dir zu sagen, dass es mir nicht egal ist, wenn du das tust! Als ich ankam, wart ihr wohl schon oben. Da wollte ich mich wenigstens vergewissern, dass du heile nach Hause kommst!«

Er stößt sich von seinem Wagen ab und kommt auf mich zu.

Ich schäme mich so sehr!
»Mir geht es gut! Du kannst also abhauen!«, schniefe ich.

»Und warum weinst du dann?« Er kommt noch näher und ich bin unfähig, mich vom Fleck zu bewegen.

»Tue ich doch gar nicht!« Wieder versuche ich die Tränen wegzuwischen. »Und woher wusstest du überhaupt, dass ich bei ihm bin? Wir hätten ja auch zu mir fahren können!«, frage ich, um von meinen Tränen abzulenken.

»Weil du niemals einen fremden Mann in dein Bett lassen würdest!«

»Bis heute Abend dachte ich auch, dass ich niemals einen One-Night-Stand haben werde!«

»Also siehst du ihn nicht wieder?« Er wirkt erleichtert.

»Ganz sicher nicht, um Sex mit ihm zu haben!« Ich muss daran denken, wo sein Finger gerade steckte.

»Darf ich dich nach Hause fahren?«

»Nicht nötig! Wie du siehst, geht es mir gut, und ich bin anscheinend immer noch extrem durchschaubar. Du kannst also nach Hause fahren oder dahin zurück, wo du gerade hergekommen bist!«

»Was glaubst du denn, wo ich gerade herkomme?«

»Keine Ahnung! Aus deinem Spielzimmer oder vom Swingen und wir wissen beide, dass ich nicht von Musik spreche!«

»Ich komme von zu Hause und dort war ich alleine! Mir hat meine Ex-Freundin letzte Woche erst das Herz gebrochen, meinst du, dass ich da dieses Wochenende schon wieder Sex mit anderen Frauen habe?«

»Du meinst so, wie ich Sex mit einem anderen Mann hatte?!«

»Nein! So meinte ich das nicht! Lass mich dich bitte nach Hause fahren und dann bist du mich los! Ich will mir einfach keine Sorgen machen müssen!«

»Okay«, gebe ich nach, weil mir gerade ziemlich übel wird.

Wir steigen in seinen sicher sehr teuren Sportwagen und ich hoffe, dass mir der Alkohol nicht hochkommt, bevor wir angekommen sind!

Schweigend fahren wir bis zu mir nach Hause.

»So, da wären wir!« Kilian stoppt vor meiner Haustür und ich spüre schon, dass ich mich gleich übergeben muss.

Schnell halte ich mir die Hand vor den Mund, springe aus seinem Wagen und schaffe es gerade noch bis zum nächsten Busch.

Musste das jetzt auch noch sein?!

Ich höre Kilian aussteigen und kurz danach steht er hinter mir und hält meine Haare. Bei dem Gedanken, dass Chris vorhin hinter mir ›stand‹, kommt es mir gleich noch mal hoch. Geduldig streichelt Kilian mir über den Rücken, bis nichts mehr kommt.

»Besser?«, fragt er, als ich mich aufrichte.

»Nicht wirklich!« Meine Beine sacken kurz zusammen, aber Kilian hält mich.

»Ich bringe dich wohl lieber hoch!«

»Das schaffe ich schon!«, protestiere ich, aber in dem Moment, als er mich loslässt, wird mir so schwindelig, dass ich mich an seinem Arm festhalte.

»Ich bringe dich hoch! Keine Widerworte!« Er fasst unter meine Kniekehlen und unter meinen Rücken und trägt mich bis zur Haustür, wo ich eine gefühlte Ewigkeit brauche, um den Schlüssel ins Schloss zu stecken.

»Ab ins Bett mit dir«, sagt Kilian in meiner Wohnung. Doch ich halte mir erneut die Hand vor den Mund und schüttele den Kopf.

Kilian stellt mich vor der Toilette auf meine Füße, ich öffne den Deckel und er hält erneut meine Haare. Nachdem mein Magen leer zu sein scheint, geht es mir etwas besser. Ich richte mich auf, betätige die Spülung und wanke zum Waschbecken, um mir die Zähne zu putzen. Beim ersten Versuch mir die Bürste in den Mund zu stecken, treffe ich meine Nase.

»Mist!«, brabbele ich und schaffe es dann mit Ach und Krach mir die Zähne zu putzen.

Von Wand zu Wand taumelnd schleppe ich mich in mein Schlafzimmer und lasse mich aufs Bett fallen. Ich schließe meine Augen und merke, wie Kilian mich auszieht.

»Aber nicht den Finger in Po stecken! Über solche Sachen sollten wir vorher sprechen!«

»Was redest du denn da?« Er schiebt meine nackten Beine, die über das Bett ragen, auf die Matratze und deckt mich zu.

»Ich liebe dich!« Ich versuche mich auf die Seite zu drehen, bekomme das aber irgendwie nicht mehr so richtig hin. »Ich habe immer nur dich geliebt! Aber ich verstehe nicht, wie du all die Jahre Sex ohne Gefühle haben konntest! Das ist doch totaler Scheiß!«, stammele ich mit geschlossenen Augen. Kurz öffne ich sie und sehe, dass Kilian mein Schlafzimmer verlässt. »Du darfst nicht einfach gehen! Das ist nicht gut!«

»Ich hole dir einen Eimer und bin gleich wieder da, okay!?«

Wieder versuche ich mich zu drehen und Kilian bekommt mich gerade noch zu fassen, bevor ich aus dem Bett falle.

»Du bist so stark!«, lalle ich.

Er schiebt mich zurück auf die Matratze und kurz darauf spüre ich, wie er unter meine Decke schlüpft und sich hinter mich legt. Sein nackter Oberkörper berührt meine nackte Haut und ich wünsche mir, dass es jeden Abend so sein könnte! Mal abgesehen von der Kotzrei!

Kilian schaltet die Nachttischlampe aus und ich bin zu müde, um noch irgendetwas zu sagen oder zu tun!

Am nächsten Morgen öffne ich langsam die Augen und es geht mir sogar einigermaßen gut, bis auf das Grummeln in meinem Bauch. Auf lange Frist gesehen ist es wohl besser, wenn der Alkohol rauskommt, auch wenn die Art, wie er rauskommt, überhaupt nicht angenehm ist!

Ich drehe mich und mir fällt ein, dass Kilian bei mir im Bett lag, und wie gewohnt liegt er dort nicht mehr.

Wäre ja auch zu schön gewesen, auch nur einmal neben ihm aufzuwachen! Er ist sicher schon weg!

Da ich wahnsinnigen Durst habe, treibt es mich als erstes in die Küche. Schon auf dem Flur bemerke ich, dass es nach Kaffee riecht.

Immerhin hat er Kaffee gekocht, bevor er gegangen ist!

In der Küche sehe ich tatsächlich Kilian, der mit dem Rücken zu mir gewandt steht und sich gerade Kaffee einschenkt.

»Guten Morgen«, sage ich leise.

Er dreht sich um. »Guten Morgen! Kaffee?«

»Nein, danke! Ich trinke erst mal Wasser!« Aus dem Kühlschrank nehme ich mir eine Flasche und traue mich kaum in Kilians Augen zu schauen, weil mir gerade klar geworden ist, dass er weiß, dass ich Sex mit Chris hatte.

»Und? Wie geht es deinem Po?«

Fast verschlucke ich mich. »Was meinst du?«

Habe ich ihm davon erzählt?

»Du wirktest etwas verstört darüber, dass du Angst hast, dass ich dir den Finger in den Po stecken könnte.«

»Betrunkenengequatsche!«

Prüfend sieht er mich an. »Ich denke eher, dass dein neuer Bekannter sich schneller ›vorgearbeitet‹ hat als ich.«

Mal wieder spüre ich, wie ich rot werde. »Willst du wirklich von mir hören, was da los war?«

»Nein! Eigentlich nicht!« Er trinkt einen Schluck Kaffee.

»Ich sollte mir kurz was überziehen!«, sage ich, weil mir in diesem Moment klar wird, dass ich nur in Unterwäsche vor ihm stehe.

»Warte kurz!« Kilian kommt auf mich zu, macht ein Stück Haushaltsrolle nass und reibt damit über meine Nase. »Du hast da Zahnpasta!« Er lacht leise und seine Nähe überfordert mich. »Das tut mir leid!«

»Was jetzt? Dass ich Zahnpasta auf der Nase habe?« Ich schaue in seine Auge, die so dicht vor meinen sind.

»Nein! Ich meine das!« Er zieht mich an sich und küsst mich.

Okay! Genauso sollte sich ein Kuss anfühlen!

Ich schließe meine Augen und dieser Kuss ist so perfekt, so sinnlich und so erregend, dass er eigentlich verboten gehört, aber ist er das nicht auch?! Wir sollten das wirklich nicht tun!

Ich schiebe ihn weg von mir. »Wir sollten das lassen!«

Außer Atem stehen wir uns gegenüber!

»Mir ist gerade absolut egal, was wir sollten oder nicht!« Kilian will mich erneut küssen, aber ich wende mich ab.

»Ich kann dich aber einfach nicht so nah an mich heranlassen!«

Kilian schaut mir tief in die Augen und schiebt dann überraschend seine Hand in mein Höschen.

»Ich kann das nicht!«, stöhne ich, als er meinen Kitzler berührt.

Aber ich will das!

Sanft drängt er mich mit dem Rücken gegen den Kühlschrank und schaut mir weiterhin in die

Augen, während ich langsam beginne mich unter seiner Hand zu winden.

»Hör auf. Bitte...«, flüstere ich, aber mein Körper signalisiert etwas vollkommen anderes.

Langsam lässt er seine Finger in mich eindringen und als er meinen G-Punkt trifft, stöhne ich auf. Er bringt seine Lippen nah an mein Ohr. »Wenn du wirklich willst, dass ich aufhöre, dann sag es jetzt und ich lasse sofort meine Finger von dir!«, raunt er leise und ich will, dass er aufhört und gleichzeitig ist es auch das Letzte, was ich will!

Noch nie habe ich einen Mann so sehr begehrt wie ihn! Das war schon immer so! Keiner hat mich jemals so befriedigt und niemand hat mich je so leicht kommen lassen! Also schalte ich meinen Verstand ab, auch wenn mir das ganz sicher das Genick brechen wird!

»Hast du mir irgendwas zu sagen?« Er sieht mich an und bewegt gleichzeitig seine Finger so geschickt in mir, dass ich nicht anders kann und den Kopf schüttele.

Meine Hände lege ich über meinen Kopf und halte mich dann am Kühlschrank fest, weil meine Beine langsam zu zittern beginnen. Kilian küsst meinen Hals und seine Nähe macht mich so unglaublich an. Immer wieder trifft er genau die richtige Stelle in mir und mein Stöhnen wird lauter.

»Ich bin gleich so weit!« Die Vorboten eines Orgasmus breiten sich sanft und warm in meinem Körper aus.

»Noch nicht!« Kilian lächelt mich an und zieht seine Hand aus mir und meinem Höschen, was mich seufzen lässt.

Wir gehen ins Schlafzimmer, wo ich ihm sein Shirt ausziehe und er mir meinen BH öffnet. Ich lege mich auf mein Bett, Kilian zieht seine Boxershorts aus und legt sich zu mir. Leidenschaftlich küsse ich ihn und irgendwie fühlt sich dieser Kuss wie ein Abschied an! Breitbeinig knie ich mich über ihn und will mein Höschen gerade zur Seite schieben, da drückt Kilian mich sanft von sich herunter.

»Ich will dir noch einmal ganz nah sein!« Er dreht mich auf die Seite und beginnt zärtlich meine Schulter zu küssen.

Ich greife hinter mich, nach seiner Erektion, aber er schiebt meine Hand weg. »Und ich will es so lange genießen wie möglich!«

Eng kuschelt er sich an mich, knetet sanft meine Brüste und küsst meinen Rücken. Zärtlich schiebt er meine Haare beiseite und seine Lippen finden meinen Nacken. Leise stöhne ich und gebe mich ihm vollkommen hin! Er könnte mir jetzt was auch immer wo auch immer reinstecken! Ihm vertraue ich 100%ig!

Sein harter Penis reibt an meinem Hintern und ich will ihn so sehr in mir spüren, aber ich überlasse ihm die Führung! Seine Finger gleiten meine Seite hinab. Sanft streichelt er über meinen Po. Jeder Millimeter meines Körpers ist mit Gänsehaut überzogen!

»Du wirst mir unendlich fehlen!«, spricht er leise in mein Ohr und küsst mich dann dahinter. Seine Hand schiebt mein Höschen etwas zur Seite und sein Penis drängt sich in meinen Slip und reibt dort an meinen Schamlippen.

Und sofort bin ich wieder ganz kurz davor, dass meine Erregung sich bis zum Höhepunkt steigert, aber vielleicht hat er recht und wir sollten es ein letztes Mal genießen.

»Stopp!«, stöhne ich und Kilian hält inne, bis ich mich etwas beruhigt habe.

Er umfasst seine Härte und dringt dann ganz langsam in mich ein. Mit jedem Zentimeter, mit dem er mich mehr ausfüllt, beschleunigt sich mein Atem. Allerdings ist das Reiben über meinen G-Punkt besser im Griff zu behalten, als wenn er meinen Kitzler berührt.

Noch niemals habe ich mich ihm so nah gefühlt, was absolut verrückt ist, weil wir beide wissen, dass das mit uns vorbei ist!

Langsam bewegt Kilian sich in mir und hält mich dabei fest. Meine Nippel zwirbelt er zwischen seinen Fingern und saugt sanft an meinem Nacken. Immer weiter weg trägt er mich von der harten Realität und ich genieße es, mich so fallen lassen zu können! Nichts ist in diesem Moment wichtig, außer der Moment selbst!

Kilians Atem an meinem Nacken geht schneller und er hält ganz still, sicher um zu verhindern, dass er kommt. Doch meiner Erregung tut das keinen Abbruch, weil er mich weiterhin überall streichelt und sanft küsst. Ich winde mich unter seinen Händen.

»Du solltest dich besser mal kurz nicht bewegen!« Kilian schiebt seine Hand hinten in mein Höschen und beginnt meine Pobacke zu kneten.

Ich hingegen traue mich kaum zu atmen, weil ich unter allen Umständen verhindern will, dass er kommt. Ein wenig will ich seine Nähe noch spüren! Ich bin absolut nicht bereit dazu, ihn gehen zu lassen!

Kilian beginnt sich wieder in mir zu bewegen und ich gebe mich meinen Gefühlen einfach hin. Entspanne mich vollkommen und schon rollt der Orgasmus durch meinen Körper. Ich greife nach Kilians Hand, die gerade meinen Busen knetet, und halte sie fest gedrückt, weil der Höhepunkt gerade so heftig Besitz von mir ergreift, dass ich das Gefühl habe, mich selbst zu verlieren! Noch niemals zuvor hatte ich so intensiven Sex! So voller Gefühl, sexueller Anziehung, Nähe, Zuneigung, Geborgenheit und Liebe! Immer fester drücke ich Kilians Hand und stöhne ungehemmt, als dieser unglaubliche Orgasmus durch meinen Körper rauscht.

Als sicher ist, dass es bei mir kein Zurück mehr gibt, beginnt Kilian sich schneller in mir zu bewegen, was das Gefühl in mir noch mehr puscht.

Seine Bewegungen werden langsamer, als wir beide gekommen sind. Außer Atem und vollkommen euphorisiert liege ich in seinen Armen. Ganz fest hält Kilian mich! Noch etwa eine Stunde lang.

»Ich muss los! Ich kann Rafael nicht ewig Überstunden machen lassen! Marie ist bei mir«, sagt er leise und mir wird klar, dass jetzt die Zeit des Abschieds gekommen ist!

Jeder der uns so sehen würde, würde uns für vollkommen bescheuert halten, aber wir wissen beide, dass das mit uns auf Dauer nicht funktionieren würde!

Kilian steht auf und zieht sich seine Klamotten an. Ich hole mir ein großes Shirt, aus dem Kleiderschrank und ziehe es über.

»Mach es gut!« Er sieht mir in die Augen und küsst mich ein letztes Mal, als wir an meiner Wohnungstür stehen.

»Du auch!« Ich schaue ihm zu, wie er geht, ohne all das zu sagen, was ich für ihn empfinde, weil ich weiß, dass es keinen Sinn machen würde!

Ich schließe die Tür, ziehe mein Shirt aus, drehe das Wasser in meiner Dusche auf und stelle mich darunter. Die Tränen beginnen schneller zu laufen, als das Wasser aus der Brause auf meine Haut trifft und so lasse ich mich auf den Boden sinken, umklammere meine Knie und wünsche mir zum mindestens tausensten Mal, dass Kilian und ich uns damals nicht getrennt hätten! Doch jetzt sind wir einfach zu verschieden!

9

Die vergangene Woche habe ich es, anstatt ununterbrochen zu heulen, mit Verdrängung versucht! Das funktioniert mal weniger gut und mal gar nicht, aber mein Taschentuchkonsum hat sich reduziert und das zähle ich schon mal als Erfolg!

Mein größtes Problem ist Tobis dreißigster Geburtstag, der eine Party heute Abend zur Folge hat, auf der auch Chris sein wird. Alkohol ist für mich absolut tabu und ich hoffe, dass ich die Farbe meiner Gesichtshaut unter Kontrolle haben werde, wenn ich auf ihn treffe!

Mit unwohlem Gefühl steige ich in mein Auto und mache mich auf den Weg, nachdem ich überlegt habe, irgendetwas wie eine Magen-Darm-Grippe oder so vorzuschieben.

Ich steige am Dorfgemeinschaftshaus aus, wo Tobi feiert, und muss etwas schmunzeln, weil ich genau hier damals meinen achtzehnten Geburtstag gefeiert habe.

Mit dem Geschenk für Tobi in den Händen öffne ich die Eingangstür und weiß, dass es jetzt kein Zurück mehr gibt.

»Hey, Tobi! Alles Gute noch mal!« Ich umarme ihn und überreiche das Geschenk.

»Du hättest doch kein Geschenk mitbringen brauchen!« Tobi strahlt mich an.

»Na, das gehört ja wohl dazu!«

»Ich freue mich, dass du da bist! Vivien ist noch in der Küche, kommt aber sicher jeden Moment!«

»Dann schaue ich mal, ob ich ihr was helfen kann!« Ich lasse meinen Blick durch den Raum gleiten und erkenne kein bekanntes Gesicht, also gehe ich in die Küche zu Vivien und sehe, dass Chris bei ihr steht.

»Hallo!« Ich umarme sie und habe absolut keine Ahnung, wie ich Chris begrüßen soll!

»Hey, schön, dass du da bist!« Vivien gibt mir einen Kuss auf die Wange.

»Hi!« Chris lächelt mich an.

»Braucht ihr noch Hilfe?«, frage ich.

»Könntest du mit Chris kurz die Käsepieker fertig machen? Das Essen wird gerade geliefert. Da würde ich mich drum kümmern, wenn ich euch kurz alleine lassen kann?!« Sie schaut zwischen uns hin und her.

»Natürlich!« Ich versuche Chris' Blick standzuhalten.

Als Vivien die Küche verlassen hat, streckt Chris mir die Hand entgegen. »Ich bin übrigens Chris!« Er lacht.

»Mira. Freut mich dich kennenzulernen!« Innerlich atme ich auf, dass er nicht sauer zu sein scheint.

Wir waschen uns die Hände und beginnen dann Käse und Ananas aufzuspießen.

»Ich hoffe, du bist mir nicht böse!«, sagt er plötzlich.

»Ich dachte eher, dass du sauer auf mich bist, weil ich einfach abgehauen bin!« Ich schaue in seine grünen Augen.

»Ich hätte vielleicht nicht tun sollen, was ich getan habe!«

»Ich muss zugeben, dass du mich damit... sagen wir mal, überrascht hast, aber ich glaube, das größte Problem lag bei mir selbst! Ich hatte noch nie einen One-Night-Stand und war irgendwie überfordert!«

»Hattest du wirklich nicht?«

»Nein! Hör zu!« Ich lege den Spieß beiseite, den ich gerade bestücken wollte, und blicke zu Chris. »Das mit dem Club... also du weißt schon.«

Er nickt.

»So bin ich nicht!«

»Okay!«, erwidert er knapp und wir machen die Pieker zurecht.

Als wir fertig sind, gehen wir zu den anderen und erkennen, dass der Saal bereits gut gefüllt ist.

»Auftrag ausgeführt!«, sage ich zu Vivien, die mich irgendwie komisch anguckt.

»Ich wusste davon nichts! Wirklich!« Sie schaut in eine Ecke zu Tobi, der sich gerade mit Kilian unterhält.

»Warum macht Tobi so was?«, beschwere ich mich.

»Was ist denn los?«, fragt Chris.

»Ach, nichts!« Verzweiflung macht sich in mir breit.

So werde ich niemals von ihm loskommen!

»Das tut mir leid! Hätte ich das gewusst, hätte ich es dir gesagt! Wirklich!«

»Ich weiß!«, beruhige ich Vivi, atme tief ein und sie zieht mich etwas weg von Chris.

»Als er dich am Samstag nach Hause gefahren hat, war er da sauer? Ich meine, weil er zu spät kam?«
»Nein, nicht wirklich!«
»Also könnt ihr normal miteinander umgehen!«
»Es ist so kompliziert!«
»Ich wollte es am Samstag wirklich nicht noch komplizierter machen! Ich dachte nur, dass er der Einzige ist, der dich von dieser Dummheit mit Chris abhalten kann!«
»Ich weiß, aber er hat bei mir übernachtet, weil es mir so schlecht ging!«
»Das hast du mir gar nicht erzählt!«
»Ich hatte Sex mit ihm!« Ich schaue ihr in die Augen. »So eine Art Abschiedssex!«
»Und wie war das?«
»Unglaublich! Es war so... Ich kann es gar nicht beschreiben... Der beste Sex, den ich jemals hatte!«
»Shit!«
»Richtig!«
»Er hat dich, glaube ich, noch nicht gesehen, wenn du also lieber gehen möchtest?!«
»Nein, schon okay! Ich gehe mal rüber und sage ›hallo‹!«
»Wie du meinst!«

Nervös gehe ich auf Kilian zu, aber er hätte sich ja denken können, dass ich auch hier sein werde!

»Hi«, begrüße ich ihn knapp und als er mir in die Augen sieht, bleibt mir kurz die Luft weg.

»Hey!«

»Ah, da kommen noch neue Gäste! Die gehe ich mal begrüßen!« Tobi verschwindet und ich fühle mich so sehr zu Kilian hingezogen, dass ich am liebsten weglaufen würde, um keine weiteren Fehler zu begehen!

»Wie geht es dir?« Er wirft einen kurzen Blick auf mein Dekolleté, was ausreicht, um meinen Atem zu beschleunigen!

»Ganz gut! Ich wusste gar nicht, dass du auch eingeladen bist!« Ich lächele ihn an.

»Tobi hat Dennis und mich noch spontan eingeladen! Ich hoffe, dass das okay für dich ist?!«

»Klar!« Meine Stimme klingt ungewollt piepsig.

»Was macht Marie denn so?«, versuche ich Smalltalk zu führen.

»Der geht es gut! Sie wollte am Sonntag Elfriede davon überzeugen, mit in den Pool zu kommen, aber die hat davon gar nichts gehalten!« Er lacht kurz auf. »Und sie hat mich gefragt, ob ich bei dir übernachtet habe, da ich ja die Nacht nicht zu

Hause war! Sie würde nächstes Mal gerne mitkommen!«

Ich muss schwer schlucken. »Und, was hast du ihr gesagt?«

»Dass ich aus war! Ich will sie nicht allzu sehr verwirren! Sie ist es nicht gewöhnt, dass ich das Haus ohne sie verlasse, wenn sie bei mir ist!«

»Es tut mir leid, dass du deine wenige Zeit mit ihr für mich opfern musstest!« Ich beiße mir auf die Unterlippe.

»Musste ich ja nicht!« Kilian lächelt schief und wie auf Kommando fängt es zwischen meinen Beinen an zu kribbeln.

Nimmt seine Wirkung auf mich denn niemals ein Ende?

»Ist er denn heute auch hier?« Kilian lässt seinen Blick durch die Menge gleiten.

»Wer?«, frage ich, obwohl ich mir sicher bin, dass er Chris meint.

»Na, der!« Er formt zwei Finger zu einem Kreis und steckt dann den Zeigefinger seiner anderen Hand hindurch.

»Witzig!« Ich schenke ihm ein ironisches Lächeln. »Ja, der ist auch hier«, versuche ich möglichst selbstbewusst zu sagen.

»Na dann...« Er lächelt mich an, aber dieses Lächeln erreicht seine Augen nicht.

»So ihr Lieben!«, ertönt Tobis Stimme und ich bin froh, dass er uns aus diesem Gespräch reißt. »Ich freue mich, dass ihr so zahlreich erschienen seid! Um es kurz zu halten - das Buffet ist nun eröffnet!«

»Magst du neben mir sitzen?«, fragt Kilian zu meinem Erstaunen.

»Ja, klar, warum denn nicht?!«

»Such du uns doch zwei Plätze und ich hole uns was zu trinken! Wodka-Lemon für dich?« Mit hochgezogenen Augenbrauen sieht er mich an.

»Cola!« Ich ignoriere seinen Blick und setze mich. Kaum sitze ich, kommt Chris zu mir. »Ist hier noch frei?« Er deutet auf einen der leeren Stühle neben mir.

»Klar!«, antworte ich. Was soll ich auch anderes sagen, wenn mindestens fünf Stühle um mich herum frei sind?

»Soll ich dir auch was zu trinken holen?« Chris stellt sein Glas auf dem Tisch ab.

»Ich bekomme gleich was. Danke.«

Das könnte ein verdammt unangenehmer Abend werden!

Chris setzt sich. »Ich warte erst mal, bis der erste große Ansturm am Buffet vorbei ist!«

»Gute Idee!« Ich schenke ihm ein Lächeln und als dann noch Kilian zurückkommt, würde ich am liebsten im Erdboden versinken!

»Eine Cola für die Dame!« Er stellt mein Glas vor mich auf den Tisch und setzt sich neben mich.

»Danke!« Schnell trinke ich einen Schluck, weil meine Kehle sich staubtrocken anfühlt.

»Na, heute keinen Wodka?« Chris sieht mich amüsiert an und Kilian beugt sich vor, um ihn ansehen zu können.

»Neee, lieber nicht!«

»Du verträgst ja auch wirklich nicht viel!« Chris zwinkert mir zu.

»Hat sie noch nie!«, gibt Kilian zum Besten und schaut zu Chris.

»Ihr kennt euch wohl schon länger!?«

»Ja, wir sind beide, zusammen mit Tobi zur Schule gegangen! Ich bin Kilian!« Er streckt seine Hand über mich hinweg und ich weiß ganz genau, dass er weiß, dass Chris der Typ ist, der seinen Finger in meinem Po hatte!

»Chris! Freut mich! Dann kannst du mir sicher ein paar spannende Geschichten aus Miras Jugend erzählen!« Er lacht.

»Oh, ja, das könnte ich!«

Ich werde dich schlagen, wenn du das tust!

Hilfesuchend schaue ich zu Vivien, die mich mitleidig ansieht.

»Hilfe!«, forme ich lautlos mit meinen Lippen und sie zuckt mit den Schultern.

Na, vielen Dank auch!

»Geschichten über mich sind doch furchtbar langweilig!«, versuche ich von mir abzulenken.

»Glaube ich nicht!« Chris sieht mich an und sein doppeldeutiger Blick gefällt mir gar nicht.

»Mit Mirabella war es niemals langweilig!« Kilian legt einen Arm um mich und als ich seine Körperwärme durch meine Klamotten spüre, wird mir heiß! Sehr heiß!

»Wollen wir uns nicht was zu essen holen?« Ich schaue von einem zum anderen.

»Okay, aber wir werden das Thema später noch mal aufgreifen!« Chris sieht Kilian an.

»Unbedingt!«, erwidert dieser und ich funkele ihn böse an.

Wir stehen auf und stellen uns am Buffet an. Kilian steht vor mir und Chris hinter mir. Sanft streift Chris' Hand meinen Hintern.
Ich beuge mich zu Kilians Ohr vor. »Dafür wirst du büßen, Jansen!«, flüstere ich hinein.
»Natürlich lasse ich die Dame vor!« Er stellt sich hinter mich und ich bin froh, ihn zwischen Chris' Fingern und meinem Po zu wissen!
»Der ist doch ganz nett!«, flüstert jetzt Kilian von hinten in mein Ohr und diese Worte tun mir weh, weil ich von ihm nicht ermutigt werden möchte, was mit einem anderen anzufangen!
Als ich an der Reihe bin, tue ich mir schnell etwas auf meinen Teller auf und gehe zurück zu meinem Platz, wo mir mittlerweile Vivien gegenübersitzt.
»Ich will hier weg!«, sage ich zu ihr.
»Wie bist du denn zwischen die beiden geraten?«
»Das ist einfach so passiert! Das Schlimmste ist, dass Kilian sehr genau weiß, wer Chris ist, und sich auch noch einen Spaß daraus macht!«
»Autsch!«
»Ja! Autsch!«
Schnell schweigen wir, weil Kilian und Chris zurückkommen und sich dabei auch noch sehr angeregt unterhalten.

Wortlos schaufele ich mein Essen in mich hinein, obwohl der Appetit mir eigentlich vergangen ist!

»Super, dass Tobi auch einen DJ hat! Wir müssen später unbedingt tanzen!« Kilian sieht mich an.

»Du willst tanzen?« Ich ziehe die Augenbrauen zusammen.

»Ich habe mehrere Tanzkurse besucht!«

Laut lache ich, weil er früher höchstens mal zu ganz langsamen Liedern mit mir getanzt hat, wobei eh mehr gekuschelt wurde!

»Habe ich wirklich! Ich kann gut tanzen!«, versichert er mir.

»Wir werden sehen!« Der Gedanke, mit ihm zu tanzen, macht mich noch nervöser!

»Dann schwingen wir zwei aber auch noch das Tanzbein!« Chris lächelt mich von der anderen Seite aus an.

»Klar!« Kurz lächele ich zurück und wünsche mich ganz weit weg von hier!

Nachdem das Buffet abgeräumt wurde, eröffnen Vivien und Tobi den Tanz und Chris sieht mich sofort auffordernd an.

»Darf ich bitten?« Er steht auf und streckt mir seine Hand entgegen.

Ich ergreife sie und schaue zu Kilian, während ich aufstehe. Chris führt mich zur Tanzfläche und es wird ein schneller Diskofox gespielt. Es macht Spaß, mit Chris zu tanzen, aber der Gedanke, dass auch Kilian mit mir tanzen möchte, ist übermächtig in meinem Kopf.

Chris' Hand rutscht immer tiefer an meinem Rücken, bis sie auf meinem Po aufliegt. Ich schaue zu Kilian, der sich aber mit Dennis unterhält, der gerade eingetroffen ist.

Ihn scheint es gar nicht zu stören, dass ich mit Chris tanze!?

Drei weitere Lieder tanze ich mit ihm, bis mein untrainierter Körper eine Pause braucht.

»Ich muss was trinken gehen!«, sage ich laut zu Chris, um die Musik zu übertönen, die aus der Box genau neben uns kommt.

»Okay! Ich komme mit!«

Wir gehen zurück zum Tisch und da kommt Vivien uns entgegen. »Darf ich abklatschen?«, fragt sie mich.

»Sicher!« Ich lächele sie dankbar an und gehe alleine zurück zu meinem Platz neben Kilian.

»Hey, Dennis!« Ich winke ihm kurz.

»Hi, ihr entschuldigt mich kurz?! Ich muss Tobi unbedingt erzählen, was ich über Friederike gehört habe!«

Die Plätze neben Kilian und mir sind nun frei und ich mache den Fehler, ihm in die Augen zu schauen. Verschüchtert lächele ich und schaue auf mein Glas, aus dem ich durstig einen großen Schluck trinke.

»Wenn du wieder etwas Puste hast, würde ich gerne mit dir tanzen!« Kilian sieht mich an.

»Okay! Meinetwegen sofort!«

Das bringe ich lieber schnell hinter mich!

Er nimmt meine Hand und führt mich daran zur Tanzfläche. Mein Bauch kribbelt, als hätte ich 20 Pakete Brausepulver gegessen!

Froh darüber, dass immer noch ein Diskofox gespielt wird, lasse ich mich von Kilian führen. Die beste Tänzerin bin ich nämlich auch nicht! Ich bemerke allerdings schnell, dass Kilian nicht übertrieben hat, was seine Tanzkünste angeht! Gekonnt wirbelt er mich über die Tanzfläche, bis das Lied endet.

»Jetzt kommt ein langsamerer Song, den sich der Gastgeber extra für seine ehemaligen

Klassenkameraden gewünscht hat, in Gedenken an alte Zeiten!«

Ich schaue zu Tobi, der neben dem DJ steht und breit grinst. Und als dann die ersten Töne von ›With or without you‹ von ›U2‹ erklingen, könnte ich ihn ein weiteres Mal ohrfeigen, weil er ganz genau weiß, dass dieses Lied damals ständig auf Wunsch von Kilian und mir lief!

Ich schaue in Kilians Augen und kann darin förmlich die Erinnerungen an diesen Song sich spiegeln sehen. Er zieht mich näher an sich heran und ich lege meine Hände um seinen Nacken. Wir beginnen uns langsam zu der Hymne unserer Beziehung zu bewegen, die ganz genau den Nagel auf den Kopf trifft, denn ich kann nicht mit Kilian und schon gar nicht ohne ihn!

Lächelnd streift er mir eine Haarsträhne hinters Ohr und diese Vertrautheit, die sofort zwischen uns schwingt, ist fast schon beängstigend! Er streichelt sanft über meinen Rücken und ich spüre, wie mein Höschen feucht wird! Das ist das Letzte, was ich will, aber so reagiert mein Körper ganz einfach auf ihn! Ich lege meinen Kopf auf seiner Schulter ab und kann so an seinem Hals riechen. Automatisch schließe ich die Augen und die Menge, die den Refrain lauthals mitschmettert, blende ich vollkommen aus! Noch fester zieht Kilian mich an sich heran und als ich kurz in sein Gesicht schaue, weiß ich 100%ig, dass er mich genauso sehr küssen will wie ich ihn! Die Spannung zwischen uns ist kaum mehr auszuhalten! Meine Brüste reiben an seinem Oberkörper und ich spüre, wie sich meine Brustwarzen aufrichten! Das Lied endet und ich muss ganz dringend hier weg! Weg von ihm!

»Ich habe was in meinem Auto vergessen! Ich bin gleich zurück!« Ich löse mich von einem verdutzt schauenden Kilian und stürme nach draußen.

In der lauen Sommernachtsluft versuche ich irgendwie herunterzukommen und abzukühlen, aber das würde mir jetzt auch bei zehn Grad minus schwer fallen!

Plötzlich schlingen sich von hinten Arme um mich herum und ich weiß, dass ich ihn küssen werde, wenn ich es wage mich jetzt umzudrehen! Doch genau das will ich! Also drehe ich mich, mehr als bereit dazu, Kilian zu küssen, und stoppe fast schon entsetzt, als ich Chris erkenne!

»Na, so ganz allein hier draußen?« Er lächelt und entlässt mich aus seiner Umarmung.

»Ich brauchte mal kurz frische Luft!«

Und ein frisches Höschen!

»Kilian scheint sehr nett zu sein! Wart ihr während eurer Schulzeit ein Paar? Ihr macht irgendwie so einen vertrauten Eindruck.«

»Ja, wir waren ein Paar.«

»Habe ich mir fast gedacht.« Er lächelt mich an.

»Hättest du mal Lust, dich mit mir zu treffen? Also zu einer Art Date!?«

»Eine Art Date?«

»Naja, da wir ja schon Sex hatten... Es wäre ja kein klassisches erstes Date!«

»Du weißt ja, dass ich erst seit kurzem Single bin! Wir können das gerne irgendwann mal machen, aber momentan habe ich den Kopf noch nicht frei für etwas Neues!«

»Das verstehe ich, aber wir können ja in Kontakt bleiben, also wenn du magst!«

»Sehr gerne! Ich gebe dir nachher meine Nummer!«

»Ich werde dich daran erinnern!« Er lächelt schief.

»Das darfst du auch! Wollen wir wieder reingehen?«

»Können wir machen!« Chris geht vor und hält mir die Tür auf.

»Dankeschön!« Ich gehe an ihm vorbei und sehe Kilian auf der Tanzfläche mit einer anderen Frau tanzen.

Kaum bin ich raus...!

»Ich gehe dann mal an die Theke, da steht ein Kumpel von mir!« Chris deutet in die Richtung und ich gehe frustriert zurück zu meinem Platz und trinke etwas, während ich meinen Blick immer wieder auf Kilian und die Tussi richte.

Wer auch immer sie ist, ich mag sie nicht!

Die beiden scheinen sich auf der Tanzfläche zu amüsieren und ich sitze alleine hier, da die meisten an der Theke stehen oder tanzen.

Das Lied endet und Kilian löst sich von der Unbekannten, kommt auf mich zu und lässt sich auf den Stuhl neben meinem fallen. »Geht es dir jetzt besser, nachdem du an der frischen Luft warst?«

»Ja, und du hattest ja sofort eine neue Tanzpartnerin!« Leider kann ich mir diesen Kommentar nicht verkneifen.

»Und dir ist sofort ein großer, blonder, gut aussehender Typ gefolgt, als du rausgegangen bist!« Kilian zieht die Augenbrauen zusammen.

»Du bist wohl eifersüchtig?!«, erwidere ich ironisch, obwohl ich eindeutig die bin, die eifersüchtig ist!

»Wenn du eine ehrliche Antwort willst... Ja, das bin ich!«

Ungläubig sehe ich ihn an.

»Überrascht dich das jetzt?«

»Ja!«

Er beugt sich vor und kommt meinem Gesicht mit seinem sehr nah. »Du hast Schluss gemacht! Vergiss das nicht!«

»Sag das nicht so!«

»Was? Dass du Schluss gemacht hast?!« Er legt seinen Arm auf der Rückenlehne meines Stuhls ab.

»Ich habe nicht Schluss gemacht!«

»Wie würdest du es denn sonst nennen?«

»Keine Ahnung! Ich dachte, dass uns beiden klar wäre, dass wir nicht mehr zusammen passen!«

»Das tun wir auch nicht!« Kilian zieht seinen Arm zurück und lehnt sich mit dem Rücken an die Stuhllehne an.

»Also sind wir uns doch einig!« Dieser Satz klingt verdammt bitter, als er meine Lippen verlässt.

»Nein! Einig sind wir uns nicht!«

Will der mich hier verarschen?

»Ehrlich gesagt kann ich dir nicht mehr folgen!«

»Ich wollte nicht, dass Schluss zwischen uns ist!«

»Was wolltest du denn sonst?« Herausfordernd blicke ich in seine Augen.

»Das weiß ich auch nicht, aber ich weiß 100%ig, was ich genau in diesem Moment will!« Er lächelt schief und macht mich so langsam wahnsinnig!

»Und was wäre das?« Ich wende mich ihm zu und stütze meinen Unterarm auf dem Tisch ab.

Kilian rückt mit seinem Stuhl etwas näher an den Tisch und mich heran. »Ich werde es dir zeigen!« Kurz schaut er sich um und schiebt dann eine Hand unter die weiße Tischdecke, die auf meinem Schoß aufliegt.

Er schaut mir tief in die Augen und schon spüre ich seine Hand auf der nackten Haut meines Oberschenkels. Da es heute sehr warm ist, habe ich auf eine Strumpfhose unter meinem Jeansrock verzichtet. Seine Hand wandert weiter nach oben und mein Herzschlag beschleunigt sich.

»Kilian, lass das!«, sage ich leise, stoppe aber seine Hand nicht, die meinen Rock bereits ein ordentliches Stück nach oben geschoben hat, was aber dank der Tischdecke niemand sehen kann.

Sanft streichelt er über den Stoff meines Höschens und neben meinem Herzschlag beschleunigt sich jetzt auch noch mein Atem.

Ein Lächeln zieht sich über seine Lippen. »Dein Slip ist ganz feucht!«

Ja, seit wir vorhin getanzt haben!

Seine Finger bauen mehr Druck auf und meine Hand krallt sich um mein Glas auf dem Tisch.

»Du solltest wirklich... Oh, verdammt!«, keuche ich, als er einen Finger an der Seite meines Slips hineinschiebt.

Sein Gesichtsausdruck verrät absolut nichts! Kilian sieht mich an, als würden wir gerade über das Wetter sprechen.

»Alles gut bei dir?« Sein Grinsen wird breiter und ich beginne mich unter seinen Fingern leicht zu bewegen. Ich kann einfach nicht stillhalten!

»Hör auf!«, sage ich leise und schiebe dann seine Hand weg, weil ich nicht hier vor allen Leuten kommen will!

Kilian zieht seine Hand zurück und ich richte möglichst unauffällig meinen Rock. Mein Kitzler pocht wie verrückt und ich kann keinen klaren Gedanken fassen!

»Würdest du mich kurz begleiten?« Kilian deutet nach draußen und ich kann nicht anders und nicke.

Mit sicherlich hochrotem Kopf folge ich ihm, frei davon, auch nur eine vage Vorstellung zu haben, was er vorhat!

Wir verlassen das Dorfgemeinschaftshaus unter dem prüfenden Blick von Vivien, die Tobi etwas ins Ohr flüstert.

Auf dem Parkplatz sehe ich ›Helmut‹ stehen.

»Vergiss es!«, platzt es aus mir heraus, als mir in einem kurzen Augenblick der Erleuchtung klar wird, was Kilian vorhat. Ich drehe mich um und will zurückgehen, doch Kilian greift nach meiner Hand und zieht mich an sich. Bevor ich protestieren kann, küsst er mich und mit einem Schlag weicht jede Anspannung aus meinem Körper!

»Ich kann das nicht!«, brabbele ich nach dem Kuss und meine Libido zeigt mir einen ›Vogel‹.

»Du hast ja recht! Wenn wir ständig miteinander schlafen, obwohl wir nicht zusammen sind, macht es das für uns beide nicht leichter!« Kilian entlässt mich aus seiner Umarmung und sofort bereue ich, dass ich den Mund aufgemacht habe! »Es ist nur, dass du mir so wahnsinnig fehlst! Deswegen bin ich heute auch hierhergekommen! Ich kann dich nicht so einfach aus meinem Leben streichen! Das war damals falsch und heute fühlt es sich ebenso wenig richtig an!«

»Aber wie stellst du dir das vor?«

»Wenn ich das nur wüsste!« Seine Stimme klingt gequält. »Ich sollte jetzt besser nach Hause fahren!«

Ich gehe auf Kilian zu, schlinge meine Arme um seine Mitte und lege meine Wange an seine Brust.

»Lass uns schaukeln!«

»Was?« Er lacht leise.

»Als wir meinen achtzehnten Geburtstag damals hier gefeiert haben, haben wir nachts geschaukelt!« Ich schaue auf, in sein Gesicht.

»Okay!« Kilian nimmt meine Hand und wir gehen auf den Spielplatz neben dem Dorfgemeinschaftshaus.

Jeder setzt sich auf eine Schaukel und wir nehmen Anschwung.

»Das habe ich ewig nicht getan!« Kilian lacht leise in der Dunkelheit.

»Auch nicht mit Marie?«

»Der Platz auf der zweiten Schaukel gehört eindeutig Rafael!«

»Und du würdest sicher nicht vor deinem Personal schaukeln!«

»Nein! Das ganz sicher nicht, aber erstens ist Rafael ja nicht immer da, wenn Marie da ist, und zweitens ist das mit ihm auch etwas ganz anderes als mit den Angestellten meiner Firma!«

»Stimmt! Er schmeißt ja immerhin deine Betthasen morgens raus, damit du dich darum nicht kümmern musst! Deswegen hast du dich auch sicher für einen Mann entschieden! Ihr Männer habt dafür mehr Verständnis untereinander!« Das musste jetzt einfach raus!

»Ja, mit einem Mann ist so was tatsächlich einfacher zu besprechen!«, gesteht er. »Allerdings hatte ich wegen Marie erst eine Frau eingestellt, aber das passte einfach nicht! Rafael hat selber zwei Töchter, die mittlerweile erwachsen sind, und somit konnte er von der ersten Sekunde an super mit Marie!«

Fast ist mir meine Aussage jetzt peinlich. »Das stelle ich mir schwierig vor, jemanden zu finden, dem man sein eigenes Kind anvertraut!«

»Ja, das ist es!« Kilian nimmt keinen neuen Anschwung und auch ich lasse die Schaukel langsam ausschwingen.

Im Mondschein sieht er zu mir. »Was soll aus uns beiden nur werden?«

»Ich weiß es nicht!«, erwidere ich leise.

»Wenn du mich nicht mehr sehen willst, dann sag es mir jetzt und ich verschwinde wieder aus deinem Leben, auch wenn mir das schwer fallen wird!«

»Ich will dich ja in meinem Leben, aber ich... es... es tut so weh dich zu sehen und dir nicht nah sein zu können!«

»Du darfst mir jederzeit nah sein!« Er legt seine Hand um meine, die die Kette der Schaukel umgreift.

»Deine Nähe ist aber nicht gut für mich!«

Sofort löst Kilian seine Hand von meiner und ich würde am liebsten nach ihr greifen, um weiterhin seine warme Haut auf meiner zu spüren.

»Ich glaube, dass ich jetzt lieber nach Hause fahre.« Kilian steht auf.

Sofort schreit eine Stimme in mir, dass ich ihn aufhalten soll, aber ich richte mich ebenfalls auf und folge ihm wortlos zu ›Helmut‹.

Er wendet sich mir zu. »Bitte, richte Tobi und Vivi einen lieben Gruß aus! Ich melde mich morgen bei Tobi.« Er steckt den Schlüssel in das Türschloss.

»Bleib doch noch!«, bricht es aus mir heraus, weil ich plötzlich so eine Art Panik in mir spüre, da mir ganz genau klar ist, wie sehr ich ihn in der Sekunde, wenn er einsteigt, bereits vermissen werde!

»Besser nicht!« Er macht einen Schritt auf mich zu, umfasst sanft meinen Nacken und drückt seine Lippen auf meine. Nur ganz kurz, aber sofort will ich mehr davon!

»Ich werde niemals meinen Blick von dir nehmen können, niemals meine Finger und meine Lippen von dir lassen können! Du warst und bist immer die Eine für mich und ich denke, dass es vielleicht doch das Beste sein wird, wenn wir etwas Abstand voneinander haben.«

»Also willst du mich nicht mehr sehen?«

»Oh, doch das will ich, nichts will ich mehr!« Zärtlich legt er seine Hand an meine Wange und ich schmiege mich daran wie ein kleines Kätzchen. »Aber wir drehen uns doch nur im Kreis und ich will dir nicht immer wieder wehtun!« Kilian zieht seine Hand weg und mir ist mal wieder zum Heulen zumute!

»Aber ich...«

...liebe dich doch!!

Kilian versiegelt meine Lippen mit einem letzten zarten Kuss. »Wir sehen uns... irgendwann!«, haucht er danach und in mir macht sich Verzweiflung breit.

Ich schaue ihm zu, wie er einsteigt und losfährt. Bis ›Helmuts‹ Rücklichter um die nächste Kurve verschwunden sind, starre ich hinter ihm her und könnte schreien, heulen, irgendwas kaputt treten oder in Embryonalstellung auf dem Boden meiner Dusche kauern!

Er ist weg!

Hinter mir höre ich, wie sich die Tür des Dorfgemeinschaftshauses öffnet.

»Mira?«, höre ich Tobis Stimme, drehe mich aber nicht um.

»Ich wollte nur kurz was aus meinem Auto holen!« Tobis Schritte kommen näher und dann legt sich seine Hand auf meine Schulter. »Wo ist denn Kilian?«

»Er meldet sich morgen bei dir! Ich soll dir viele Grüße ausrichten!«, stammele ich, ohne mich umzudrehen.

Tobi geht um mich herum und schaut mir ins Gesicht. »Du weinst ja!«

Tue ich gar nicht!

Zögerlich fasse ich an meine Wange und muss Tobi zustimmen!

Ich weine tatsächlich...

Er zieht mich in seine Arme und in dem Augenblick, als mein Kopf auf seine Schulter trifft, schluchze ich laut.

»Ich hätte Kilian nicht einfach einladen sollen! Das tut mir leid!«, flüstert Tobi.

Ich schlinge meine Arme um ihn. »Scho... n g... ut«, stottere ich.

»Und dann noch, wenn Chris auch da ist... Das habe ich wohl nicht richtig durchdacht!« Fürsorglich streichelt er mir über den Rücken und lässt mich dann eine Zeit lang an seiner Schulter weinen, bis ich mich etwas beruhigt habe.

Er drückt mich etwas von sich ab, damit er mich ansehen kann. »Geht es jetzt etwas besser?«
Ich nicke und wische an dem nassen Fleck an seiner Schulter herum, den ich im blassen Schein einer entfernten Straßenlaterne erkennen kann.
»Darf ich dich mal was fragen?«
Wieder nicke ich und schaue ihm in die Augen.
»Hat dich Chris tatsächlich in den Po gefingert?« Er zieht eine Augenbraue hoch, grinst breit und ich muss kurz lachen.
»Das hat er dir erzählt?« Ich wische mit einem Finger unter meinen Augen entlang.
»Ja! Er glaubt, dass er es damit versaut hat! Ich denke, ihm tut es sehr leid!«
»Machst du hier gerade Werbung für deinen Kumpel?«
»Vielleicht?!«
»Das Hauptproblem liegt wohl eher bei mir!«
»Kilian?!«
»Messerscharf erkannt!«
»Wollen wir wieder reingehen?« Er deutet auf die Tür.
»Ich glaube, ich fahre lieber nach Hause.«
»Och, komm schon! Nur noch eine Stunde oder so!«

»Okay. Kannst du mir Vivien mit meiner Handtasche aufs Klo schicken?«

»Klar! Ich hole nur noch kurz etwas aus meinem Auto!« Er geht zu seinem Wagen.

»Ach, und Tobi!«

Er dreht sich zu mir um.

»Danke!«

»Immer wieder gerne!«

Ich gehe zurück in das Gebäude, sofort zur Toilette und kurz darauf kommt Vivien mit meiner Handtasche hinein.

»Was ist denn passiert?« Prüfend sieht sie mich an.

Ich schaue nach oben und blinzele schnell, damit mir nicht sofort wieder die Tränen in die Augen schießen.

»Ist er weg?«

»Ja«, presse ich hervor.

Vivien will mich in den Arm nehmen, aber ich wehre sie ab.

»Wenn du mich jetzt umarmst, weine ich sofort wieder!«

»Okay!«

»Tobi hat mich schon getröstet!« Ich schenke ihr ein kurzes Lächeln.

»Er ist toll, oder?« In ihren Blick legt sich etwas, das ich bei ihr noch nie gesehen habe.

»Ja! Das ist er!« Ich nehme ihr meine Tasche ab, hole ein feuchtes Tuch heraus, wische mein verschmiertes Augen-Make-up weg und tusche mir danach die Wimpern neu. »Kann ich so wieder unter die Leute gehen?«

Vivien sieht mich an. »Ich denke, dass es so geht.« Ich schaue in den Spiegel und muss feststellen, dass ich wirklich schon besser ausgesehen habe! Wir verlassen den Toilettenraum und setzen uns zurück an den Tisch. Schnell nehme ich einen Schluck von meiner Cola, die mittlerweile etwas abgestanden schmeckt, und es dauert nicht lange und Chris gesellt sich zu uns.

»Ich dachte schon, dass du gegangen bist, ohne dich zu verabschieden!« Er setzt sich und schaut mir in die Augen.

»Nein, ich war nur draußen auf dem Spielplatz!« Ich versuche zu lächeln.

»Hättest du was gesagt, hätte ich dich gerne begleitet!« Chris lächelt schief.

»Darf ich mal kurz um eure Aufmerksamkeit bitten?«, ertönt Tobis Stimme und ich bin froh, dass Chris seinen Blick von mir löst.

»Vivi, darf ich dich mal nach vorne zu mir bitten?«

Vivien sieht mich irritiert an, steht dann auf und geht nach vorne zu Tobi, der auf der Tanzfläche steht. Als sie vor ihm steht, nimmt Tobi ihre Hand und geht vor ihr auf die Knie.

Instinktiv schlage ich meine Hand vor meinen Mund.

»Vivien! Wir sind zwar erst seit kurzem ein Paar, aber wir kennen uns schon ewig! Als ich dich beim Klassentreffen sah, habe ich sofort Schmetterlinge im Bauch gehabt, auch wenn ich erst mit deiner besten Freundin geflirtet habe, in der Hoffnung, dass du eifersüchtig wirst!« Tobi grinst breit. »Da für mich die Vorstellung, dass ich noch einmal ohne dich sein könnte, so schrecklich ist, will ich dich fragen, ob du meine Frau werden möchtest?« Aus seiner Hosentasche holt Tobi eine kleine Schatulle mit einem Ring darin und auch Vivien schlägt jetzt ihre Hand vor ihren Mund, nimmt sie dann aber herunter.

»Ja! Ich will!«, antwortet sie laut und deutlich und Tobi steckt ihr sichtlich glücklich den Ring an.

»Dass Tobi mal heiratet, wer hätte das gedacht?« Chris sieht mich an und ich stehe auf. »Naja, für die Richtige ändert man wohl gerne seine Meinung!«, ergänzt er und steht ebenfalls auf.

Ist das wirklich so, dass man für die Richtige alles über den Haufen werfen würde?

Zusammen gehen wir nach vorne, um den frisch Verlobten zu gratulieren.

»Ich freue mich so für euch!« Fest drücke ich Vivien an mich und bekomme etwas feuchte Augen, aber dieses Mal aus Freude, weil ich weiß, wie sehr sie in den letzten Jahren von genau diesem Moment geträumt hat!

»Danke!« Noch einmal drückt sie mich fest und ich kann noch sehen, wie sie kurz ihren Ring bewundert, bevor sie Chris umarmt und ich zu Tobi gehe.

»Herzlichen Glückwunsch! Das war es also, das du aus dem Auto holen musstest?!« Fest drücke ich ihn.

»Ja! Da lag der Ring und ich wollte natürlich, dass du dabei bist, wenn ich den Antrag mache! Ich bin ehrlich gesagt etwas hektisch geworden, als du gesagt hast, dass du gehen willst!« Tobi lächelt mich an.

»Das hast du dir aber nicht anmerken lassen! Behandele meine Vivi gut! Verstanden?!« Gespielt ernst sehe ich ihn an.
»Das werde ich! Versprochen!«
Wir lächeln uns an und ich mache Platz für den nächsten Gratulanten.
Chris stellt sich zu mir. »Wow! Die Einschläge kommen immer näher! Ich sollte mir auch was Festes suchen!« Er sieht mich an.
»Dann steck der aber nicht gleich beim ersten Mal den Finger dorthin, wo keine Sonne hin scheint, außer sie bittet dich darum!« Ich lache.
»Bei dir ist es dafür ja bereits zu spät!« Er zieht eine Augenbraue hoch und lächelt.
»Richtig!«
»Ich würde mich aber trotzdem freuen, wenn ich noch eine Chance bekäme! Also für ein Date! Ich meine jetzt nicht Sex! Außer du möchtest das!« Über sein Gestotter muss ich grinsen.
»Zurzeit weiß ich nicht so recht, was ich will! Aber ich würde dir meine Nummer geben und vielleicht treffen wir uns dann mal. Wäre das so erst mal okay für dich?«
»Ich nehme, was ich kriegen kann!« Mit einem breiten Lächeln auf den Lippen reicht er mir sein

Handy. »Speicherst du mir bitte gleich deine Nummer ein? Ich habe etwas Angst, dass du es dir sonst doch noch anders überlegen könntest!«

Ich nehme ihm sein Smartphone ab und speichere meine Nummer in sein Telefonbuch. »Bitte sehr!« Als ich fertig bin, strecke ich es ihm entgegen und er verstaut es wieder in seiner Hosentasche.

»Na, ihr zwei! Amüsiert ihr euch?« Tobi stellt sich bestens gelaunt zu uns und Vivien folgt kurz darauf.

»Ich habe eine super Idee! Wir vier gehen nächstes Wochenende ins Open-Air-Kino! Schön mit einer Wolldecke und einem Glas Vino auf der Wiese sitzen und einen Klassiker schauen...«

»Das ist eine super Idee!« Chris sieht mich begeistert an.

»Können wir machen«, erwidere ich, obwohl mir momentan eher danach ist, nie wieder meine Wohnung zu verlassen!

»Super!« Tobi schaut zufrieden.

»Wenn du aber lieber nicht möchtest...«, flüstert Vivien mir ins Ohr.

»Schon okay!« Ich lächele sie an und meine Gedanken sind eh schon wieder bei Kilian.

Da immer mehr Leute nach und nach die Party verlassen, entschließe ich, doch noch etwas zu bleiben und den beiden beim Aufräumen zu helfen. Auch Chris scheint das für eine gute Idee zu halten und beginnt gemeinsam mit mir die leeren Gläser und Flaschen von den Tischen abzuräumen.

Der DJ schleppt gerade mit Tobis Hilfe die letzten Teile seines Equipments in sein Auto und als er verschwunden ist, spielt Tobi Musik von seinem Handy ab.

»An Tagen wie diesen...«, schmettert er lauthals mit und Chris und ich müssen über seine Gesangseinlage lachen.

»Da bluten einem ja die Ohren!«, stänkere ich gegen Tobi und halte mir die Ohren zu.

»Du willst ja wohl nicht sagen, dass ich nicht singen kann?«

»Doch, genau das wollte ich sagen! Und sieh es positiv, denn wahre Freunde sagen so was! So erspare ich dir den Gang in eine Castingshow, wo du dich dann zum Horst machst, weil alle dir immer vorgelogen haben, dass du singen könntest!« Ich lache, Tobi kommt auf mich zu und nimmt meine Hand.

»Vielen Dank für deine offenen Worte!« Er hat eindeutig zu viel getrunken! »Und da wir ja so gute Freunde sind, darfst du mir jetzt helfen, meine Geschenke ins Auto zu bringen!« Er grinst von einem Ohr zum anderen.

»Aber gerne doch!«

Wir nehmen jeder so viel, wie wir tragen können, und gehen zu Tobis Auto, das auf dem Parkplatz steht und verstauen seine Geschenke im Kofferraum.

»Weißt du noch, was wir früher immer gemacht haben?« Er schaut zum Spielplatz.

»Ja, ich denke ich weiß, worauf du hinauswillst!« Ich will zurückgehen, um die restlichen Geschenke zu holen.

»Nein! Komm!« Tobi nimmt meine Hand und zieht mich Richtung Spielplatz.

»Tobi, lass den Scheiß! Du hast viel zu viel getrunken!«

»Ach, quatsch! Ich habe das noch voll im Griff!« Er geht auf das Klettergerüst zu, lässt meine Hand los und umfasst die Stange.

»Ich meine es ernst! Du hast zu viel getrunken und bist über zehn Jahre älter als beim letzten

Mal, als du das gemacht hast!«, ermahne ich ihn, aber er lacht nur.

»Mach dich locker!« Er schwingt seine Beine hoch und klemmt die Stange unter seinen Kniekehlen ein. »Als dir das eine Mal dabei das Shirt über den Kopf gerutscht ist, weil du vergessen hattest es in die Hose zu stecken, habe ich zum ersten Mal einen BH live gesehen! Vielen Dank noch mal!« Er lacht erneut, lässt die Stange los und hängt nun mit dem Kopf nach unten etwa einen Meter über dem Boden. »Siehst du! Ich kann es noch!« Kaum hat er es ausgesprochen, kracht er auch schon mit dem Kopf voran auf dem Boden auf.

»Tobi!«, schreie ich und versuche seinen Sturz noch irgendwie abzufangen, weiß aber, dass ich eigentlich schon zu spät bin!

Da er, bevor er auf dem Boden aufgekommen ist, erst noch mit dem Kopf gegen eine der Stangen geknallt ist, erkenne ich im Halbdunkeln, dass Blut über sein Gesicht läuft.

»Tobi?« Vorsichtig stupse ich ihn an, aber er reagiert nicht. »Tobi!«, schreie ich. Da er wieder keine Regung zeigt, ziehe ich vorsichtig seine Beine gerade, sodass er plan auf dem Rücken aufliegt und überstrecke dann möglichst vorsichtig seinen Kopf, um seine Atmung zu überprüfen.

Bitte, atme!!!

Selber halte ich die Luft an, mein Ohr an seinen Mund und schaue auf seinen Oberkörper. Weder kann ich ihn atmen hören noch kann ich erkennen, dass sein Brustkorb sich hebt oder senkt.

Scheiße! Er atmet nicht!

Ich sehe Chris aus der Tür kommen.

»Chris! Ruf einen Krankenwagen, sag denen, dass ich bereits reanimiere und bring mir den Verbandskasten aus Tobis Kofferraum!«, schreie ich ihn an und zu meiner Erleichterung reagiert er sofort und kommt nicht erst, um Fragen zu stellen.

Okay! Wie war das im Erste-Hilfe-Kurs?

Ich reiße Tobis Shirt hoch, drücke seine Nase zu, beatme ihn zwei Mal und beobachte dabei, ob sich sein Brustkorb hebt, was er auch tut. Danach beginne ich damit 30 Mal sein Herz zu ›massieren‹, was deutlich schwerer geht als bei der Übungspuppe.

»Ha, ha, ha, ha, staying alive, staying alive…«, summe ich mir selber vor, um den richtigen Takt

zu finden und kurz drauf knackt es gewaltig unter meinen Händen, was mich kurz innehalten lässt.
Ich habe ihm die Rippen gebrochen!
Mich kostet es Überwindung auf seinen gebrochenen Rippen weiter herumzudrücken, aber ich weiß, dass das seine einzige Chance ist!
»Der Krankenwagen kommt gleich! Was soll ich machen?« Chris lässt sich neben mir auf die Knie fallen und öffnet den Verbandskasten.
»Er hat eine Platzwunde am Kopf, nimm eine sterile Kompresse und ein Dreieckstuch, und wenn ich ihn gleich beatmet habe, versuche die Wunde abzudecken! Vergiss die Handschuhe nicht!«
»Okay!« Er schaltet die Taschenlampe an seinem Handy ein und kramt in dem Erste-Hilfe-Kasten.
Ich beatme Tobi erneut zweimal und als ich mit der Herzdruckmassage fortfahre, schaut Chris nach seinem Kopf.
»Pass auf, dass der Kopf überstreckt bleibt, und sei vorsichtig mit seiner Halswirbelsäule!«, sage ich und es kommt mir so vor, als würde ich schon seit Stunden hier knien!
Du darfst nicht sterben!

Wieder beatme ich Tobi und hoffe, dass ich alles richtig mache! Chris verknotet den notdürftigen Verband und plötzlich steht Vivien neben uns.
»Was ist denn passiert?« Sie sinkt neben mich.
»Tobi!«, schreit sie hysterisch und beginnt zu weinen.
Irgendwie versuche ich sie auszublenden, um nicht durcheinander zu kommen.
»Ich mache die nächste Runde!« Chris kniet sich auf die gegenüberliegende Seite und ich nicke.
»Wie oft muss ich drücken?«
»30 Mal.« Wieder beatme ich Tobi und bin dankbar, dass Chris mich ablöst, da mich so langsam die Kräfte verlassen.
»Was ist denn mit ihm?«, flüstert Vivien, die vollkommen in sich zusammengesackt ist, und ich befürchte, dass sie unter Schock steht.
»Er ist vom Klettergerüst gefallen!«, erkläre ich ihr möglichst ruhig und beobachte dabei Chris ganz genau. Als er stoppt, beatme ich Tobi.
»Ich hole ihm was zu trinken!« Vivien will aufstehen, aber ich fasse sie am Arm und halte sie fest, weil dieser Satz ganz deutlich signalisiert, dass sie einen Schock hat und, dass ich sie so nicht alleine loslaufen lassen sollte!

»Halte doch am besten seine Hand!«, schlage ich vor, weil ich mich absolut überfordert und hilflos fühle! Ich will aber um jeden Preis verhindern, dass sie abhaut!

Als ich endlich das Blaulicht im Dunkeln aufflackern sehe, bin ich heilfroh!

»Ich mache weiter! Geh du den Krankenwagen einweisen!«, sage ich zu Chris und übernehme die Herzdruckmassage, nachdem ich Tobi beatmet habe.

»Wir kümmern uns jetzt!« Ein Sanitäter kniet sich mir kurz darauf gegenüber und setzt Tobi eine Atemmaske auf.

»27, 28, 29, 30!«, sage ich laut und danach übernehmen die Sanitäter und der Notarzt, der auch soeben eingetroffen ist.

Einer der Männer kümmert sich um Vivien, als sie merken, wie es um sie steht.

Ich gehe weg, suche in der Küche nach dem Schlüssel vom Dorfgemeinschaftshaus, hole meine Handtasche und schließe ab. Da ich Tobis Autoschlüssel noch in seinem offenen Kofferraum liegen sehe, verschließe ich auch sein Auto und stecke beide Schlüssel erst mal ein. Ich lehne mich mit dem Rücken an mein Auto und beobachte das

Ganze, als hätte ich meinen Körper verlassen. Chris hält einen Strahler und ein zweiter Krankenwagen trifft ein, in den Vivien gesetzt wird, die nun bitterlich weint und hyperventiliert. Wie in Trance gehe ich zu ihr. »Alles wird gut!«, leiere ich, wie von einem Tonbandgerät abgespielt, herunter und greife ihre Hand, als sie mit der Liege in den Wagen geschoben wird.
»Fahren Sie mit?«, fragt mich der Sanitäter, ich nicke und bekomme einen Sitzplatz zugewiesen.
Während der ganzen Fahrt über versuche ich Vivien zu beruhigen, auch wenn ich selber eine übermächtige Angst spüre, dass Tobi sterben könnte!
Als wir am Krankenhaus aussteigen, wird Vivien in ein Zimmer der Notaufnahme gebracht und kurz darauf bekommt sie etwas zur Beruhigung von einem Arzt gespritzt. Keine fünf Minuten später schläft sie.
»Sie sollten nach Hause gehen!« Eine der Schwestern legt eine Hand auf meine Schulter.
»Wissen Sie, was mit ihrem Verlobten ist?« Verzweifelt sehe ich sie an.
»Selbst wenn ich es wüsste, dürfte ich es Ihnen leider nicht sagen!« Sie lächelt entschuldigend.

»Trotzdem vielen Dank!« Ich lasse Viviens Hand los, stecke Tobis Autoschlüssel und den vom Dorfgemeinschaftshaus in ihre Handtasche, nehme meine Tasche und stehe auf. Schnellen Schrittes verlasse ich die Notaufnahme und hole draußen vor dem Krankenhaus erst einmal tief Luft. Ich schaue an mir herunter und sehe, dass ich voller Blut bin. Mein Rock, mein Shirt und meine Hände sind rot verfärbt. Bei dem Anblick beginne ich zu zittern. Aus meiner Handtasche hole ich mein Handy und wähle Kilians Nummer. In dem Moment, als es klingelt, lege ich aber sofort wieder auf.

Keine gute Idee!

Tränen drängen sich in meine Augen und ich weiß nicht, was ich machen soll! Da vibriert mein Handy in meiner Hand. Bei einem Blick auf mein Display erkenne ich, dass Kilian mich gerade versucht zurückzurufen. Mit zittrigen Fingern drücke ich ihn weg, aber sofort vibriert es erneut, also hebe ich ab.

»Kilian!«, versuche ich möglichst unbeeindruckt zu sagen. »Sorry, ich hatte mich nur verwählt!« Meine Stimme zittert genauso wie meine Hände.

»Wo bist du?«, fragt er, als das Martinshorn eines Krankenwagens in nicht allzu weiter Ferne erklingt.

»Noch unterwegs!« Ich hole viel zu laut stotternd Luft.

»Ist alles in Ordnung?«

Ich weiß ganz genau, dass ich, wenn ich jetzt antworte, sofort losheulen werde!

»Mirabella?«, fragt Kilian, da ich nichts erwidere.

»Soll ich zu dir kommen?«

Die Vorstellung jetzt von ihm getröstet zu werden, ist das Einzige, das mich gerade am kompletten Durchdrehen hindert!

»Ja«, antworte ich daher knapp, um irgendwie noch ein wenig Macht über meine Tränen zu behalten.

»Wo bist du?«

»Klinikum!«

Ich höre ihn schwer Schlucken. »Ich hole dich an der Bushaltestelle dort ab, okay?«

»Ja.« Ich bin ihm dankbar, dass er mich nicht gefragt hat, was ich hier mache!

»Ich bin gleich da!« Kilian legt auf und ich gehe die wenigen Meter bis zur Bushaltestelle und setze mich dort hin, weil meine Beine etwas wackelig sind.

Bis Kilian vor mir anhält, starre ich in die Nacht.

Er steigt aus und kommt auf mich zu, als ich aufstehe, stoppt er kurz. »Bist du verletzt?« Er schaut an mir rauf und runter.

»Nein!« Gedankenverloren schüttele ich den Kopf.

Kilian hält mir die Tür auf und ich steige ein. Während der Fahrt zu ihm nach Hause sieht er mich immer wieder mit besorgtem Blick an, als wolle er sichergehen, dass ich noch atme.

In seinem Haus führt er mich hoch bis in sein Schlafzimmer. Aus seinem begehbaren Kleiderschrank holt er eine Boxershorts und ein Shirt und reicht mir beides.

»Ist es okay, wenn ich mit im Bad bin, wenn du duschst? Ich möchte dich gerade nicht alleine lassen!«

Ich nicke und als wir vor seiner Dusche stehen, beginne ich mich auszuziehen. Achtlos schmeiße ich die blutverschmierten Klamotten auf den Boden und habe das Gefühl, dass Kilian jedes Stück Haut, das ich so freilege, ganz genau beobachtet! Es ist kein lüsterner Blick, sondern ein prüfender! So als wolle er sichergehen, dass ich auch wirklich nirgends eine Wunde habe.

Ich trete unter seine Regenschauerdusche und versuche als erstes das Blut von meinen Händen zu waschen, aber es will einfach nicht abgehen! Immer hektischer schrubbe ich und breche dann in Tränen aus! Wie bei einem Schnellkochtopf, bei dem sich das Überdruckventil öffnet, muss auch bei mir der Druck in Form von Tränen raus!

Kilian zieht seine Jeans und seine Socken aus, tritt an die ebenerdige Dusche heran und nimmt meine Hände in seine. Er schäumt etwas Duschgel zwischen unseren Händen auf. Sein enges weißes Shirt wird durch die Sprenkel der Dusche langsam immer feuchter.

»Du wirst noch ganz nass!«, schluchze ich leise.

»Magst du mir erzählen, was passiert ist?« Er sieht mir nicht in die Augen, sondern kümmert sich nur darum, das Blut von meinen Händen zu bekommen.

»Das ist Tobis Blut!« Mein Schluchzen wird lauter.

Kilian hält unsere Hände unters Wasser, das sich auf dem Weg zum Abfluss rötlich verfärbt.

Er schaut mich an. »Was ist Tobi passiert?«

»Er hat sich kopfüber an das Klettergerüst gehängt, so wie früher. Er konnte sich nicht halten, hat sich den Kopf angeschlagen und ist dann auf den Boden geknallt.«

»Platzwunden am Kopf bluten nun mal heftig! Morgen geht es ihm sicher besser!«, versucht Kilian mich zu beruhigen und streicht mir eine nasse Haarsträhne aus dem Gesicht.

»Er hat nicht mehr geatmet, Kilian! Er hat nicht nur eine Platzwunde! Was wäre, wenn er stirbt?«, frage ich weinerlich.

Kilians Augen weiten sich, er kommt näher und nimmt mich fest in den Arm, ungeachtet dessen, dass er gerade total nass wird. »Tobi packt das schon!« Kilians Stimme klingt nicht so optimistisch wie sonst in solchen Situationen.

»Er hat Vivi einen Antrag gemacht und ein paar Stunden später kämpft er um sein Leben und dann auch noch wegen so einem Scheiß! Das ist doch nicht fair!« Mein Schluchzen wird wieder lauter und Kilian streichelt mir über den Rücken.

»Wir fahren morgen früh hin und sehen nach, wie es ihm geht, okay?« Er schiebt mich etwas von sich ab und sieht mir in die Augen.

»Die sagen einem da ja nichts!«

»Es wird alles wieder gut werden! Hörst du?!«

Ich nicke und bin froh, dass Kilian bei mir ist!

»Den Rest schaffe ich alleine.«

Kilian drückt mir einen Kuss auf die Stirn und tritt aus der Dusche heraus, zieht seine nassen Klamotten aus, trocknet sich ab und verlässt das Bad, um kurz darauf, nur mit engen Shorts bekleidet, zurückzukehren. Als ich das Wasser abdrehe, reicht er mir zwei Handtücher, wovon ich mir eines wie einen Turban um den Kopf wickele und mich mit dem anderen abtrockne. Danach schlüpfe ich in sein Shirt und seine Boxershorts, die mir zu groß sind, aber allemal besser als meine blutverschmierten Klamotten!

Wir gehen in sein Schlafzimmer und setzen uns auf die Kante seines Bettes.

»Meinst du, dass du schlafen kannst?« Kilian legt mir eine Hand auf die Schulter.

»Keine Ahnung! Ich bekomme diese Bilder einfach nicht aus dem Kopf, wie Tobi da reglos lag!«

»Und er hat Vivien wirklich einen Antrag gemacht?«

»Ja! Sie war so glücklich und jetzt das!«

Ich höre mein Handy in meiner Handtasche vibrieren und mein Magen verkrampft sich.

»Ist das dein Handy?«

»Ja!« Ich stehe auf, greife in meine Handtasche und sehe, dass eine unbekannte Nummer anruft.

»Hallo«, melde ich mich.

»Hey, hier ist Chris!«

»Oh, hi! Weißt du schon irgendwas?«

»Ja. Tobi ist wieder wach. Der Atemstillstand wurde vermutlich durch eine Gehirnprellung ausgelöst und deswegen war er auch so lange bewusstlos!«

»Und wie geht es ihm jetzt?« Ich halte instinktiv die Luft an und male mir die schlimmsten Dinge aus.

»Naja, er ist noch ziemlich benommen. Aber er hat wohl keine Ausfallerscheinungen oder so! Die gebrochenen Rippen sind sehr schmerzhaft!«

»Das hört sich ja schon mal ganz gut an, bis auf die Rippen.«

»Ja, ich denke auch! Die Rippen werden wieder heilen! Gut, dass du so schnell reagiert hast. Mein letzter Erste-Hilfe-Kurs ist so alt wie mein Führerschein. Wie konntest du dir das nur alles merken?«

»Ich bin betriebliche Ersthelferin und muss alle zwei Jahre einen Kurs machen.«

»Der Aufwand hat sich auf jeden Fall gelohnt!«

»Das stimmt.« Ich schaue zu Kilian, der mich ungeduldig ansieht. »Wie kommt es, dass die Ärzte dir was gesagt haben?«

»Falls jemand fragt, ich bin Tobis Bruder!« Chris lacht leise. »Hast du was von Vivien gehört?«

»Sie haben ihr etwas zur Beruhigung gegeben und dann ist sie ziemlich schnell eingeschlafen.«

»Okay. Ich hatte noch in der Notaufnahme nach dir gesucht!«

»Kilian war so lieb mich abzuholen!« Ich schaue ihm in die Augen.

»Ach so... Na dann sehen wir uns sicher mal im Krankenhaus die nächsten Tage.«

»Ja, bestimmt. Und vielen Dank für deinen Anruf!«

»Kein Problem! Bis dann!«

»Bis dann!« Ich lege auf und stecke mein Handy zurück in die Tasche.

»Tobi ist wieder wach!« Erleichtert lächele ich Kilian an und er steht auf und kommt auf mich zu.

»Habe ich dir doch gesagt, dass alles gut wird!« Er zieht mich in seine Arme. »Wer hat dich denn da angerufen?«

»Das war Chris.«

»Mmmmmhhhmm...«

Ich drücke mich etwas von ihm ab und sehe ihn an. »Was sollte mir denn dieses grummelige Geräusch sagen?«

»Nichts!«

Mit zusammengezogenen Augenbrauen mustere ich ihn.

»Du hast ihm also deine Nummer gegeben?«

»Ja, sonst hätte er mich ja nicht anrufen können!«

»Geht mich ja auch nichts an...«

»Warum hört sich dieser Satz so an, als hättest du gerne noch ein ›Aber‹ drangehängt?«

»In Anbetracht der heutigen Ereignisse erspare ich mir den Kommentar!« Er zieht eine Augenbraue hoch.

»Seit wann bist du denn so zurückhaltend?«

»Bin ich nicht, aber ich will dich nicht noch zusätzlich verärgern!« Immer noch hält er mich fest in seinen Armen und ich baue etwas Widerstand gegen seine Umarmung auf.

»Du brauchst auf mich keine Rücksicht zu nehmen!«, herausfordernd schaue ich in seine Augen und so langsam fällt die Anspannung von mir ab.

»Gut! Wenn du also an meinen Gedanken unbedingt teilhaben möchtest... Ich habe nur gedacht, wenn du etwas in den Po geschoben bekommen möchtest, könntest du auch mich darum bitten!« Ohne eine Miene zu verziehen, sieht er mich an, und ich mustere ihn noch einen kurzen Augenblick, weil ich mir nicht ganz sicher bin, was ich darauf antworten soll! Mein Körper reagiert allerdings sofort mit roten Wangen!

»Du siehst so verdammt süß aus, wenn du rot wirst!«, sagt Kilian leise und feuert meine Röte damit nur noch mehr an. »Nur warum wirst du gerade rot?«

»Ich bin überhaupt nicht rot!«, protestiere ich, obwohl ich die Hitze in meinen Wangen deutlich spüren kann.

Kilian grinst breit. »Ist es, weil ich weiß, dass er es getan hat, oder ist es, weil du dir es mit mir vorgestellt hast?«

»Ich bin keiner deiner Betthasen! Mit mir brauchst du keine Spielchen spielen, schon gar keine aus Eifersucht!« Ich versuche seinem Blick nicht auszuweichen.

»Okay! Du hast mich erwischt!«, gibt er ohne Umschweife zu und der Gedanke, dass er wirklich eifersüchtig auf Chris ist, gefällt mir, so ungern ich mir das auch eingestehen möchte.

»Soll ich dich jetzt nach Hause fahren? Also ich meine, weil mit Tobi ja alles wieder in Ordnung kommt, brauchst du meinen Trost ja nicht mehr.« Kilian entlässt mich aus seiner Umarmung und es fällt mir schwer, eine passende Antwort zu formulieren, wenn er fast nackt vor mir steht.

»Was willst du denn?«, stelle ich eine wenig sinnvolle Gegenfrage.

»Ich will nicht, dass du gehst! Aber darum geht es gerade nicht!«

»Wenn ich jetzt alleine wäre, würde ich nur zu viel darüber grübeln, was ich tun musste. Und ich möchte absolut nicht mehr darüber nachdenken müssen, wie Tobis Rippen unter meinen Händen gebrochen sind!«

»Autsch!« Kilian verzieht sein Gesicht.

»Richtig! Also wäre ich dir dankbar für etwas Ablenkung!«

Als Kilian mich mit einer hochgezogenen Augenbraue ansieht, weiß ich sofort, an welche Art von Ablenkung er denkt.

»Sieh mich nicht so an!«

»Wie soll ich dich nicht ansehen? So!« Wieder zieht er eine Augenbraue hoch und sieht dabei unheimlich sexy aus. Er macht einen Schritt auf mich zu.

»Du weißt, dass wir das nicht tun sollten!«

»Dass wir was nicht tun sollten?« Kilian kommt noch näher und ich muss lachen, vor allem wohl aus Verlegenheit.

»Wir sollten nicht miteinander schlafen!«

»Das scheinen die beiden aber ganz anders zu sehen!« Kilian deutet auf meine Brüste und ich sehe, dass meine Brustwarzen sich hart durch den Stoff seines Shirts abzeichnen. »Aber du hast recht! Wenn wir jetzt wieder Sex haben, machen wir alles nur noch komplizierter!« Er sieht mich kurz prüfend an, als würde er auf Widerworte warten. »Lass uns versuchen zu schlafen!« Er deutet auf sein Bett und ich bin enttäuscht und erleichtert zur selben Zeit.

»Okay.«

Kilian legt sich unter die Decke und hält eine Seite für mich hoch. Ich schlüpfe hinunter, er schaltet das Licht aus und kuschelt sich von hinten an mich heran.

»Nachti Nacht!«, spricht er leise in mein Ohr und schlingt einen Arm um mich herum.

»Nachti Nacht!«, erwidere ich und ein Grinsen legt sich auf meine Lippen.

Kilians Umarmung und sein warmer Körper an meinem bringen mich dazu, dass auch noch das letzte bisschen Anspannung aus meinem Körper weicht. Seine Hand streichelt sanft über meinen Unterarm und ich spüre seinen warmen Atem an meinem Nacken. Ich schließe meine Augen und genieße seine Nähe und das Gefühl von Geborgenheit, das nur Kilian mir geben kann! Dass mein Atem sich etwas beschleunigt, kann ich nicht unterdrücken und hoffe, dass er es nicht bemerkt!

Seine Nase drückt er zart an meinem Nacken, fast so, als wolle er an mir riechen. Als auch seine Lippen mich dabei streifen, stockt mir ganz kurz, aber gut hörbar der Atem!

»Alles in Ordnung?«, flüstert Kilian in der Dunkelheit hinter mir.

»Ja...«, hauche ich zurück und ich bin mir fast sicher, dass er sich seiner Wirkung auf mich sehr wohl bewusst ist. Dafür kennt er mich einfach zu gut!

Seine Hand gleitet meinen Arm hoch und schiebt sich etwas unter den Ärmel des Shirts, das ich mir von ihm geliehen habe, und gleitet dann wieder hinab. Insgeheim bin ich froh, dass er keine Sicht auf meine Brüste hat, weil ich jetzt deutlich spüre, wie sich meine Brustwarzen zusammenziehen.

Kilian lässt seine Fingerspitzen die Außenseite meines Oberschenkels hinaufgleiten, wobei er die Boxershorts so weit nach oben schiebt, dass er bis zu meiner Hüfte gelangt. Dann streichelt er wieder Richtung Knie. Es fällt mir zunehmend schwerer, mich nicht unter seinen Streicheleinheiten zu rühren. Ganz still versuche ich liegen zu bleiben, um ihm bloß nicht zu zeigen, wie sehr mich seine zärtlichen Berührungen erregen! Immerhin habe ich ihm vor ein paar Minuten einen Vortrag darüber gehalten, dass wir keinen Sex haben sollten. Aber am liebsten würde ich mich gerade auf den Rücken drehen, um meine Beine etwas spreizen zu können, in der Hoffnung, dass seine Finger dort als nächstes hingleiten. Ich kann an absolut nichts anderes mehr denken, als an seine Finger auf meinem Körper, die sich gerade die Hinterseite meines Schenkels bis an die Stelle, wo mein Po beginnt, hochschieben. Mein Herz rast und ich sollte ihm sagen, dass er das lassen soll, kann es aber nicht!

Seine Hand lässt von mir ab und ich hole tief Luft, als er mir plötzlich das Handtuch vom Kopf wickelt und es sich so anhört, als würde er es neben das Bett fallen lassen. Kilian schiebt mein feuchtes Haar zur Seite und seine Lippen hauchen einen Kuss auf meinen Nacken, was mich dazu bringt, meinen angehaltenen Atem stoßartig herauszulassen.

Er schiebt seine Hand unter das T-Shirt und streichelt meinen Bauch. Immer wieder umkreist er meinen Bauchnabel, doch er endet jedes Mal unterhalb meiner Brüste und knapp oberhalb des sehr tief sitzenden Saums der Shorts, die ich geradezu durchnässe.

Warum kann ich mich ihm nicht einfach entziehen?

Mit einem Finger zeichnet er sanft die Kontur unterhalb meines Busens nach und ich kann ganz einfach nicht mehr stillhalten und rekel mich kurz unter seiner Berührung, auch wenn ich das eigentlich unterdrücken wollte! Und da spüre ich an meinem Hals, wie sich auch Kilians Atem beschleunigt. Er umfasst kurz meine Hüfte, zieht mich daran fester an seinen Schritt und ich spüre, wie hart er ist. Er ist verdammt hart, was mich leise seufzen lässt!

Von meiner Hüfte findet er schnell den Weg zu meinen Brüsten. Sanft umfasst er eine, knetet sie und beginnt dann meinen Nacken zu küssen. Ich hebe meinen Arm und umfasse seinen Hinterkopf, um seine Lippen zu der Seite meines Halses zu führen, wo er sanft zu saugen beginnt, was mich kurz aufstöhnen lässt!

Wir sollten das nicht...!

Eine Hand dringt ein kleines Stück unter den Saum der Shorts. Ich habe das Gefühl, zu explodieren, und doch wird mir klar, dass das absolut keine gute Idee ist! Auch wenn es sich so richtig und unfassbar gut anfühlt!

»Stopp, stopp!«, stöhne ich und richte mich auf.

Es ist stockdunkel und außer unseren schnellen Atemgeräuschen ist nichts zu hören!

Kilians Hand hat sich nicht bewegt und verharrt nun dort, wo sie gerade war. Kurz wartet er und schiebt sie dann etwa einen Zentimeter tiefer in die Shorts hinein.

»Kilian!«, stammele ich außer Atem.

Ich spüre, wie er sich neben mir aufsetzt, und kurz darauf sind seine Lippen ganz nah neben meinem Ohr. »Entweder sagst du mir jetzt klar und deutlich, dass ich aufhören soll, oder ich mache weiter!« Wieder rutscht seine Hand ein wenig tiefer und ich bekomme meine Gedanken nicht sortiert.

»Ich...«, versuche ich mich zu ›wehren‹.

»Was, Mirabella?« Seine Hand arbeitet sich bis zu meinem Kitzler vor, verweilt dort aber ganz ruhig. Da ich nichts erwidere, beginnt er seine Finger kreisen zu lassen und mir entfährt ein leises Stöhnen. Er lässt sie in meine Feuchte eintauchen und ich drücke meinen Rücken durch, in der Gewissheit, dass ich ihm nicht widerstehen kann! Mit seiner freien Hand drückt er mich sanft auf die Matratze herunter, schiebt das Shirt hoch und seine Lippen legen sich um meine Brustwarzen. Ich ziehe ihm seine Shorts etwas herunter und umfasse seine Erektion. Als ich meine Hand rauf und runter bewege, stöhnt Kilian gegen meinen Nippel. Er presst seine Lippen auf meine und seine Zunge schiebt sich in meinen Mund. Hektisch zerrt er erst mir die Shorts und dann sich selbst seine herunter. Kurz darauf spüre ich, wie sein harter Penis meine Schamlippen auseinander drängt. Noch ein paar Mal reibt er fest über meinen Kitzler, was mich bis kurz vor einen Orgasmus treibt, und dann dringt er in mich ein. Ich ziehe mir das Shirt über den Kopf hinweg aus, weil ich seine nackte Haut auf meiner spüren will! Ganz langsam bewegt sich Kilian in mir und ich bin wieder an dem Punkt, an dem ich eigentlich nicht noch einmal sein wollte... Ich bin ihm komplett verfallen und gebe mich ihm so hin wie keinem anderen Mann! Bei Kilian kann ich mich 100%ig fallen lassen und deswegen stöhne ich ungehemmt, als er immer wieder fest über meinen G-Punkt reibt und mir damit den Verstand raubt!

»Ich liebe dich!«, stöhne ich, ohne darüber nachdenken zu müssen, als meine Beine zu zittern beginnen.

Plötzlich hält Kilian inne. »Du hast recht. Wir sollten das nicht immer wieder tun!«, sagt er außer Atem.

»Was?«, frage ich verwirrt, weil ich so kurz davor war, unter seinen Stößen zu kommen.

»Es tut mir leid, aber ich kann das nicht!«

Ich taste nach dem Lichtschalter neben dem Bett und betätige ihn. Als das Licht angeht, blinzele ich dagegen an und schaue dann in Kilians unfassbar blaue Augen.

Er zieht sich aus mir zurück und setzt sich auf.

Ich schließe meine Schenkel und sehe ihn voller Unverständnis an, weil immerhin er es war, der mich verführt hat.

»Du wirst morgen wieder gehen und mir sagen, dass wir nicht mehr zusammen passen! Ich kann das nicht noch mal! Glaub mir, ich will dich so sehr, dass es schon fast wehtut, aber du brichst mir mit jedem Mal das Herz ein wenig mehr!«

»Du hast doch aber angefangen«, versuche ich mich zu rechtfertigen.

»Ja! Das weiß ich doch!« Sein Blick wirkt verzweifelt.

»Ich sollte jetzt gehen!« Ich springe auf.

»Aber das musst du doch nicht!« Kilian stellt sich neben mich und hat immer noch eine Erektion, was mir irgendwie unwirklich vorkommt.

»Doch! Vielleicht muss ich genau das! Wir sollten es beenden! Jetzt! Damit dieses ganze Hin und Her ein Ende hat!«

»Aber...«

»Was ABER, Kilian? Du kannst mit 2000 Frauen schlafen, ABER nicht mit mir?« Meine Stimme klingt bitter.

»Jetzt wirst du unfair!«

»Warum ist das nicht fair?« So langsam komme ich mir albern vor, hier nackt zu stehen und zu streiten.

»Weil du nicht irgendeine Frau bist! Du bist die einzige, die ich jemals geliebt habe! Es ist halt nicht einfach nur Sex! Ich kann das nicht mehr!« Sein Blick wirkt gequält und mir wird klar, dass er genauso leidet wie ich!

»Das tut mir leid!« Ich greife nach dem T-Shirt, das auf dem Boden liegt, und ziehe es mir über.

»Bitte, geh nicht!«, fleht Kilian, als ich in seine Boxershorts schlüpfe.

»Wie stellst du dir das vor?«

»Keine Ahnung!« Er zieht sich seine Shorts an und ich greife meine Handtasche, stürme ins Bad, sammele meine Klamotten vom Boden auf und schlüpfe in meine Ballerinas.

Kilian folgt mir und bekommt mich kurz vor der Treppe am Arm zu fassen. »Wo willst du denn jetzt hin?«

»Nach Hause!« Ich will weiter, aber er hält mich fest.

»Warte doch mal kurz!«

Ich schaue ihn an und erkenne, wie sehr er mit sich ringt. Er öffnet seine Lippen, als wolle er etwas sagen, doch bleibt stumm und zieht mich plötzlich so stürmisch an sich, dass mir ein paar meiner Sachen herunter fallen. »Lass es uns doch einfach zusammen versuchen!«

Ehe ich ihm antworten kann, küsst er mich und ich schmelze geradezu dahin. Kilian kann so unglaublich gut küssen und so versuche ich erst gar nicht, mich dagegen zu wehren! Wie ferngesteuert lasse ich auch noch meine restlichen Sachen fallen und schlinge meine Arme um seinen nackten Oberkörper!

Warum bin ich in seiner Gegenwart immer so willenlos?

»Glaub bloß nicht, dass ich gerade aufgehört habe, weil du mich nicht anmachst! Du machst mich schärfer als jede andere!« Er nimmt meine Hand und schiebt sie zu der schon wieder sehr ausgeprägten Beule unter seiner Shorts.

Kurz umfasse ich seine harte Männlichkeit, doch ich bin einfach zu gekränkt, dass er gerade einfach aufgehört hat! Also ziehe ich meine Hand weg.

»Ich rufe mir ein Taxi!«

»Warte bitte kurz!«

»Worauf denn?« Ich beginne damit, meine Sachen einzusammeln.

»Kannst du mich kurz ansehen?«

Ich richte mich auf und schaue in seine Augen, die es mir nur noch schwerer machen, zu gehen!

»Ich will mit dir zusammen sein! So richtig! Mit allem, was dazu gehört! Ich brauche keinen Swingerclub und du müsstest mich auch nie wieder zu Events begleiten...«

»Aber du...«, falle ich ihm ins Wort.

»Lässt du mich bitte aussprechen?«

Kurz nicke ich.

»Bitte, denke darüber nach und so lange wir nicht fest zusammen sind, möchte ich auch keinen Sex mehr mit dir haben! Wenn wir aber zusammen sind, musst du absolut keine Angst haben, dass ich betrüge – egal wie groß der Stress ist!«

»Meinst du, dass ich das geplant habe, Sex mit dir zu haben? Du weißt ganz genau, dass das einfach so passiert, wenn wir zusammen sind!«

Kilian lächelt schief und ich könnte es sofort schon wieder tun! »Dann müssen wir uns halt zusammenreißen!«

Seit wann bist du der Meister der Selbstbeherrschung?!

»Und bevor du dich entscheidest, muss ich dir noch eine Sache beichten!«

Was um alles in der Welt kommt jetzt?

»Nachdem das mit Marie ›passiert‹ ist, habe ich mich sterilisieren lassen.« Unsicher sieht er mich an.

»Du hast was?« Mit weit aufgerissenen Augen blicke ich zu ihm.

»Ich hätte es dir eher sagen müssen – ich weiß! Hätte ich auch nur im Ansatz geahnt, dass wir beide mal wieder zusammen kommen könnten, hätte ich das niemals getan!«

Ich könnte niemals ein Kind mit ihm haben!

»Ich muss hier raus!« Schnell krame ich meine Sachen zusammen und stürme die Treppe hinunter.

»Mirabella, warte doch!« Kilian folgt mir. »Ich fahre dich!«

»Nicht nötig!« Ich schlage seine Haustür hinter mir zu und beeile mich von seinem Grundstück herunter zu kommen.

Wie konnte er mir das nur verheimlichen?

Draußen auf dem Bürgersteig krame ich nach meinem Handy und wähle die Nummer der Taxizentrale. Als ich Kilian nur in Unterhose bekleidet auf das Tor zukommen sehe, renne ich los, weil ich absolut nichts mehr hören will. Nachdem, was mit Tobi war und was er mir gerade gesagt hat, war das zu viel negativer Input für nur einen Tag!

Ich bestelle ein Taxi zu der nächsten Bushaltestelle und bin froh, als es kurz darauf da ist, und darüber, dass Kilian seine Verfolgung anscheinend abgebrochen hat!

»Morgen! Wo soll es denn hingehen?«, fragt der Taxifahrer und mustert dann kritisch mein Outfit und die blutigen Klamotten auf meinen Armen, als ich mich anschnalle.

Ich gebe ihm meine Adresse und als ich kurz darauf in meiner Wohnung bin, könnte ich schreien vor Wut, Trauer und Enttäuschung! Die

Klamotten schleudere ich in eine Ecke und meine Tasche fliegt in die andere.

Wie kann er mich erst so unter Druck setzen, dass ich mich entscheiden muss, und mir dann auch noch so ein Geständnis reindrücken?!

Schnell befreie ich mich von den geliehenen Klamotten und ziehe mir einen Slip und ein Nachthemd an.

Warum kann nicht einfach alles zwischen uns so sein wie früher?!

Noch niemals wollte ich etwas so sehr wie ihn und noch niemals war mir so klar, dass das ein Fehler ist! Ich fühle mich in seinem Leben einfach nicht wohl! Dazu wäre ich dauereifersüchtig und ich würde niemals ein Baby bekommen, wenn ich mich für ihn entscheide!

Die Contra-Liste ist eindeutig länger als die Pro-Liste, aber kann man das, was ich für ihn empfinde, überhaupt gegen irgendetwas aufwiegen?

Verzweifelt gehe ich Zähneputzen, danach ins Bett und fast kann ich seine Hände auf meinem Körper und seine Lippen noch auf meinen spüren. Doch so sehr ich ihn auch liebe – könnte ich mit ihm überhaupt glücklich werden?

10

Am nächsten Morgen springe ich mürrisch unter die Dusche und mache mich dann auf den Weg ins Krankenhaus. Ich bin aber bis jetzt immer noch absolut unfähig eine Entscheidung zu treffen, was Kilian angeht!

In der Hoffnung irgendetwas herauszubekommen, gehe ich zur Information des Krankenhauses, wo mir mitgeteilt wird, dass Tobi immer noch auf der Intensivstation liegt. Also mache ich mich auf den Weg dorthin, in der Hoffnung, im Wartebereich vielleicht auf Vivien oder Chris zu treffen.

Und tatsächlich habe ich Glück und laufe Chris schon fast in die Arme, als ich um eine Ecke gehe.

»Hey, mal nicht so stürmisch!«, lacht er und sieht mich dann an. »Mira, hi! Du bist es!«

»Hallo!« Unsicher beiße ich mir auf die Unterlippe. »Weißt du was Neues?«

»Ich wollte gerade zu ihm. Komm doch mit!«

»Was soll ich denen denn erzählen, wer ich bin?«

Chris nimmt meine Hand in seine. »Meine Frau! Also Tobis Schwägerin!« Wieder lacht er und zwinkert dabei.

»Okay, wenn du meinst, dass das klappt.«

»Die glauben ja bereits, dass ich sein Bruder bin, also warum sollte das nicht auch klappen? Und wir schauen ja nur ganz kurz nach ihm!« Chris zieht mich an seiner Hand hinter sich her, klingelt dann bei der Intensivstation und kurz darauf meldet sich eine Frauenstimme durch eine Gegensprechanlage.

»Hallo, zu wem möchten Sie?«

»Zu Tobias Meier bitte!«, spricht Chris in die Anlage.

»Sind Sie Verwandte?«

»Ja, ich bin sein Bruder und meine Frau ist noch dabei!« Er lächelt mich an.

»Okay. Kennen Sie sich mit der Schutzkleidung aus?«

»Ja.«

»Dann kommen Sie rein!«

Der Türöffner summt, Chris stemmt sich gegen die Tür und hält sie mir dann auf.

»Danke!«, sage ich leise.

»So wir brauchen – das, das und das!« Er nimmt für uns beide je einen Kittel, Handschuhe und Schuhüberzieher und reicht mir dann ein Set davon.

Wir ziehen uns erst die Schuhüberzieher, dann die Handschuhe an und schlüpfen als letztes in die Kittel.

»Warte ich binde ihn dir hinten zu.« Chris tritt hinter mich, schiebt vorsichtig meine Haare nach vorne über meine Schulter und bindet dann die Schnüre von dem Kittel in meinem Nacken zusammen.

»Danke! Dreh dich!«

Chris dreht sich um und auch ich mache eine Schleife aus den Schnüren.

»Dann wollen wir mal!« Er nimmt meine Hand und ich schaue ihn kritisch an. »Wir wollen doch glaubwürdig wirken!« Chris lächelt schief.

Gemeinsam gehen wir in das Zimmer, wo Tobi seit gestern Nacht liegt.

Vivien sitzt an seinem Bett und umklammert seinen Arm, als würde er einfach verschwinden, wenn sie es nicht täte.

»Hallo«, sagt Chris leise und die beiden schauen uns an.

»Hi!«, erwidert Tobi, der einen Verband um den Kopf hat. »Habe ich was verpasst?« Er schaut auf unsere Hände, die sich immer noch halten.

»Na, mein lieber ›Bruder‹, ich habe natürlich meine ›Frau‹ mitgebracht!«

Tobi sieht Vivien an. »Wie lange war ich weg und seit wann ist klar, dass Chris mein Bruder ist?« Er lächelt, was aber noch etwas gequält wirkt.

Vivien steht auf, kommt auf mich zu und umarmt mich fest. »Danke!«, flüstert sie, sieht mich dann mit feuchten Augen an und bedankt sich danach auch noch bei Chris.

»Das ist doch selbstverständlich!«, sage ich etwas verschämt, weil ich ja nur das getan habe, was wohl fast jeder getan hätte!

»Ganz im Ernst! Wenn ihr nicht da gewesen wärt, hätte das böse enden können!« Tobi schaut zwischen Chris und mir hin und her.

»Für meinen Bruder tue ich doch fast alles!« Chris zwinkert.

»Wenn ich hier raus bin, will ich unbedingt eure Hochzeitsfotos sehen!« Tobi lacht leise und verzieht dann das Gesicht. »Mein Kopf und meine Rippen bringen mich noch um!« Er schließt kurz die Augen.

»Wir wollten auch nur kurz nach dir sehen!«, erkläre ich. »Wir machen uns jetzt auch schon wieder auf den Weg!«

»Genau!« Chris greift wieder nach meiner Hand, da ich seine für die Umarmung mit Vivien losgelassen hatte.

»Macht es gut!« Vivien umarmt mich noch einmal und gibt Chris einen Kuss auf die Wange!

»Tschüss, ihr zwei!« Man kann deutlich erkennen, dass Tobi gegen den Schlaf kämpft.

Chris und ich verlassen Hand in Hand die Intensivstation und befreien uns im Vorraum von der Krankenhauskluft.

Als wir in den Gang treten, greift Chris erneut nach meiner Hand und ich will sie ihm entziehen.

»Ey, hier sieht uns niemand mehr von der Station!«, protestiere ich.

»Und wenn doch?« Er lächelt und nimmt sie erneut. »Außerdem hat es sich gerade so verdammt gut angefühlt!« Chris lacht.

»Vergiss es!« Ich muss mitlachen, löse aber meine Hand aus seinem Griff.

Gemeinsam gehen wir erst zum Kassenautomaten, um die Parkgebühren zu bezahlen, und dann auf den Parkplatz.

»Ich stehe da vorne!« Ich deute nach rechts.

»Und ich muss in die andere Richtung!«

»Na dann, mach es gut!« Kurz drücke ich ihn an mich.

»Bleibt es denn dabei, dass wir Samstag zusammen zum Open-Air-Kino gehen?«, fragt er plötzlich.

»Tobi wird bis dahin wohl kaum wieder fit sein!«

»Das ist mir schon klar! Ich habe auch von uns beiden gesprochen!« Chris zieht eine Augenbraue hoch.

»Oh, okay...«, erwidere ich, weil ich irgendwie überrumpelt wurde.

Ich habe ja noch fast eine ganze Woche, um mir eine Ausrede auszudenken!

»Super! Dann hole ich dich Samstag um 19 Uhr ab. Du müsstest mir nur noch deine Adresse schicken.«

»Mache ich!«

Oder auch nicht! Verdammt bin ich gemein!

»Dann bis nächste Woche!«

»Ja, bis dann...« Schnell gehe ich zu meinem Wagen und greife mir nach dem Einsteigen mein Handy, um Kilian zu schreiben, dass es Tobi besser geht. Da ich mich noch nicht entschieden habe, wie es mit uns weitergehen soll, ist das vielleicht nicht die beste Idee, aber ich denke, dass er gerne wüsste, wie es um Tobi steht!

Mein Smartphone zeigt mir zwei neue Nachrichten an und als ich meine Chatapp öffne, sehe ich, dass sie von Kilian sind.

>Kilian: Schade, dass du einfach gegangen bist! Ich hoffe, dass du jetzt nicht allzu sauer bist, dass ich dir das mit der Sterilisation nicht eher gesagt habe! Ich liebe dich einfach viel zu sehr, um dich immer wieder zu verlieren! Ich hoffe, dass du Verständnis dafür hast, dass ich klare Verhältnisse möchte!

>Kilian: Ich konnte die ganze Nacht nicht schlafen und habe etwas im Internet nachgelesen... Es gibt zwei Möglichkeiten, ein Kind nach einer Sterilisation zu zeugen! Das hört sich beides unangenehm an, aber ich will, dass du glücklich bist, und ich hätte gerne ein Kind von der Frau, die ich liebe! Sollte es also nur am Kinderwunsch scheitern, wäre ich bereit, alles dafür zu tun, dass wir beide ein Baby bekommen! Ich liebe dich, vergiss das niemals! Ein Leben ohne dich kann ich mir einfach nicht vorstellen! Wir werden für alles

eine Lösung finden! Bitte, komm vorbei und sag mir, dass du das auch willst!

Mit großen Augen schaue ich auf die letzte Nachricht!
Er wäre wirklich bereit, sich einer unangenehmen Behandlung zu unterziehen, um mit mir ein Baby zu bekommen?! Und wenn er bereit ist, dass zu tun, könnten wir uns dann auch so weit annähern, dass wir wirklich auch für den Rest eine Lösung finden könnten?
Mein Herz macht einen ordentlichen Hüpfer bei dem Gedanken daran, mit ihm zusammen zu sein! Meine Finger beginnen zu tippen, was ich Kilian zu sagen habe, aber mir wird schnell klar, dass ich ihm dabei in die Augen schauen möchte! Also starte ich mein Auto und mache mich auf den Weg zu ihm.
Da die Fernbedienung für sein Tor immer noch in meinem Wagen liegt, fahre ich durch und parke vor seinem Haus, in der Hoffnung, dass er auch da ist!
Als ich aussteige, höre ich Geräusche vom Pool und gehe mit Kribbeln im Bauch um sein Haus herum. In dem Moment als ich um die Ecke

komme, erkenne ich eine Rothaarige, die im Pool plantscht. Schnell gehe ich außer Sichtweite und mir ist mit einem Schlag nur noch zum Heulen zumute!

Heute Morgen noch schreibt er, wie sehr er mich liebt und dass er ein Kind mit mir möchte, und jetzt poppt er schon eine Andere im Pool!

»Wo bleibt ihr beide denn? Mir ist schon ganz heiß und ich könnte eine Abkühlung vertragen!«, höre ich eine lachende Frauenstimme und kann nicht glauben, dass er nicht nur eine, sondern zwei Frauen zu Besuch haben muss!

Der hat hier echt in aller Ruhe einen flotten Dreier! So ein Arschloch!

Schnellen Schrittes gehe ich zurück zu meinem Auto, öffne das Tor und sehe zu, so schnell wie möglich von hier wegzukommen! Fast kann ich hören, wie mein Herz bricht! Gerade erst hatte ich alle Bruchstücke zusammengesetzt und jetzt zerspringt es in tausende Einzelteile, die sich unmöglich jemals wieder zusammenfügen lassen!

Die Tränen laufen meine Wangen hinab und ich will nur noch eines - nach Hause!

Dort angekommen schmeiße ich mich auf mein Bett und heule ungehemmt, mit der Gewissheit, dass ich Kilian nie wieder sehen will! Spätestens jetzt bin ich mir sicher, dass er ein komplett anderer ist! Hätte er nicht wenigstens meine Antwort abwarten können? Wäre diese negativ gewesen, hätte er sich immer noch zwei scheiß Schlampen nach Hause bestellen können! Das Schlimmste ist, dass meine Antwort ja gar nicht negativ gewesen wäre! Ich wollte ihn so sehr und es war unausweichlich, mit ihm fest zusammen zu sein, weil ich ihn über alles liebe! Aber jetzt ist alles kaputt zwischen uns, nur weil er seinen Prengel nicht einen Tag lang in der Hose behalten kann! Das war es also! Schluss, aus, vorbei... Wenn das nur nicht so verdammt wehtun würde!

Am Abend schaue ich in den Spiegel und sehe vollkommen aufgequollen aus. Resigniert greife ich mein Handy und sperre Kilians Nummer in der Chatapp, denn eine Erklärung hat er nicht verdient!
Der wird blöd gucken, wenn er nicht mehr mein Profilbild und meinen Status sehen kann!
Zu gerne würde ich seinen dämlichen Gesichtsausdruck in diesem Moment sehen, wenn er kapiert, dass ich ihn gesperrt habe, aber da ich

ihn nie wieder sehen will, wird sich diese Chance nicht ergeben! Fast zehn Jahre lang habe ich vor lauter Denken an ihn fast vergessen mein Leben zu leben, aber damit ist jetzt Schluss! Ich werde einen anderen Mann finden, der meine Liebe auch verdient hat!

Vielleicht ist Chris ja gar nicht so schlecht!

Auch wenn ich weiß, dass dieser Gedanke hauptsächlich von Enttäuschung, Wut und Trauer genährt wird, muss ich zugeben, dass Chris sicher nicht die schlechteste Partie wäre! Ob er eine gute ist, werde ich nächsten Samstag herausfinden! Entschlossen schaue ich auf mein Handy und dann breche ich doch wieder in Tränen aus!

Wie konnte Kilian so was nur tun?

11

Kilian hat die Woche über mehrfach versucht mich anzurufen und hat mir dann irgendwann eine altmodische SMS geschickt, warum ich mich nicht melde. Einen Tag später kam noch eine, dass er mir Zeit geben würde, um eine Entscheidung zu treffen. Ich ignoriere ihn weiter und gleich holt Chris mich ab. Fest entschlossen einen schönen Abend zu haben gehe ich runter, um vorm Haus auf ihn zu warten.

Kurz darauf hält er vor mir an, steigt aus, kommt herum und hält mir die Tür auf. »Hallo!« Er drückt mir einen Kuss auf die Wange.

»Hi«, erwidere ich und steige ein.

»Bist du bereit?«, fragt Chris, nachdem er sich angeschnallt hat und fährt los.

»Klar!« Ich schenke ihm ein Lächeln.

Als wir uns in dem Freibad, in dem das Open-Air-Kino stattfindet, einen Platz für unsere Wolldecke suchen, muss ich an Kilian denken! Mir war ehrlich gesagt nicht klar, dass ich heute Abend mit

Chris auf der Wiese sitzen werde, auf der Kilian mir damals die Unschuld genommen hat.

»Alles klar?« Chris sieht mich prüfend an und setzt sich zu mir auf die Decke.

»Natürlich!« Ich versuche die hochkommenden Erinnerungen zu verdrängen und schenke ihm ein Lächeln.

»Magst du was trinken? Ich habe Wasser, Cola, Bier und Wein.«

»Du weißt, dass ich nichts vertrage?!«

»Also Wasser oder Cola?« Chris lächelt schief.

»Ein Glas Wein ist okay, aber danach trinke ich Cola.«

»Super!« Grinsend schenkt er in einen Plastikbecher Wein und in einen anderen Cola ein.

»Trinkst du keinen Wein?« Ich nehme ihm den Becher ab.

»Nein! Ich muss ja noch fahren. Dann trinke ich gar nichts!«, erklärt Chris.

»Das finde ich gut! Wenn ich fahre, trinke ich auch nichts!«

»Na, dann... Auf einen schönen Abend!« Er erhebt seinen Becher und wir stoßen an.

»Prost!« Ich trinke einen Schluck Wein.

»Tobi soll Mitte der nächsten Woche entlassen werden!« Chris sieht mich in der Dämmerung an.

»Das hat Vivien mir auch schon erzählt! Ich bin so froh, dass er es ohne bleibende Schäden überstanden hat!«

»Ja! Dank dir!« Er schaut mir in die Augen.

»Dank uns, den Sanitätern und dem Notarzt!«, korrigiere ich ihn.

»Aber hättest du nicht sofort mit der Beatmung angefangen, wäre es sicher anders ausgegangen!«

»Lass uns nicht mehr davon reden!«, schlage ich vor, weil ich einfach nicht gerne darüber spreche.

»Okay! Wie sieht es denn mit deinem Ex aus? Schon über ihn hinweg?« Er zieht beide Augenbrauen hoch und sieht mich mit amüsiertem Blick an.

»Das ist auch kein gutes Thema!« Mein Blick wandert auf den Wein in meinem Becher.

»Sorry!«, entschuldigt er sich.

»Schon gut!«

Auf der Leinwand beginnt sich etwas zu tun.

»Oh, es geht los!« Chris sieht mich an. »Wollen wir doch noch etwas näher ran?«, fragt er, da wir uns abseits der Massen einen Platz gesucht haben.

»Nein! Mir gefällt es hier eigentlich ganz gut!« Ich trinke noch einen Schluck.

»Ich freue mich wirklich, dass du mit mir hier bist!« Er sieht mich an und nimmt dann meine Hand. »Ich mag dich wirklich und sollte ich dir zu forsch sein, dann haue mir einfach auf die Finger!«

»Da werde ich dich beim Wort nehmen!« Ich lächele, lege meinen leeren Becher in den Korb und Chris tut es mir gleich.

»Gut, also kann ich tun, was ich will, bis du mir auf die Finger haust?«, prüfend sieht er mich an und als Antwort lache ich nur, weil ich davon ausgehe, dass das nur ein Scherz sein soll. Doch plötzlich packt Chris mich, drückt mich sanft auf die Decke hinunter und ehe ich weiß, wie mir geschieht, küsst er mich zärtlich.

Okay... Vielleicht ist ein bisschen Rumknutschen mit Chris genau das richtige Mittel, um Kilian aus meinem Kopf zu verdrängen!

Da ich ihm nicht auf die Finger haue und auch sonst keine Gegenwehr zeige, schiebt er seine Hand langsam unter mein Shirt, was zur Folge hat, dass ich ihm doch kurz einen Klapps auf die Finger gebe. Chris zieht seine Hand zurück und lacht kurz gegen meine Lippen. Einen Augenblick lang schaut er mir in die Augen und senkt dann seine Lippen wieder auf meine.

Innerlich versuche ich Kilian in eine kleine Schachtel zu stopfen und diese dann ganz, ganz tief in einem der tiefen Risse in meinem Herzen zu vergraben. Aber ob mir das jemals zu 100% gelingen wird, bleibt fraglich.

Entschlossen lege ich meine Hand in Chris' Nacken und er schiebt seine Zunge zu meiner. Doch immer wieder sehe ich Kilian über mir anstelle von Chris! Dabei ist Chris absolut nicht verkehrt! Viele Frauen würden sich sicher über seine Zuneigung freuen, da er groß, gut gebaut und attraktiv ist. Er hat eindeutig sexy, breite Schultern, an die man sich super anlehnen könnte, wenn man das möchte!

Wird der Rest meines Lebens genauso aussehen wie die letzten zehn Jahre?

Ich hoffe so sehr, dass ich endlich mit Kilian abschließen kann, nachdem, was ich am letzten Wochenende sehen musste! Doch reicht es mir noch, mit einem Mann einfach nur zufrieden zu sein und zu hoffen, dass ich mich schon irgendwann verlieben werde, wie bei Leo?

Ich muss diesen verdammten Sockel, auf den ich Kilian gestellt habe, endgültig abreißen!

Chris hört auf mich zu küssen und reißt mich so aus meinen Gedanken. Er lächelt mich an und streichelt mir zart über die Wange. »Wenn wir noch etwas vom Film mitbekommen wollen, sollten wir wohl aufhören...«, sagt er leise.

An diesem Ort fällt es mir sowieso mehr als schwer, mich auf etwas zu konzentrieren!

Ich lächele ihn an, weil ich erst mal mit meinen Gedanken zurück in die Realität kommen muss.

»Ach, was soll's!« Erneut küsst Chris mich und ich schließe meine Augen.

Vielleicht sollte ich ihm einfach eine Chance geben!?

Seine Hand schiebt sich an meiner Hüfte entlang unter mich, bis sie meinen Po findet und ihn sanft knetet. Chris zieht mich näher an sich und ich spüre an meinem Oberschenkel, dass er bereits etwas hart ist.

»Wir sollten wohl wirklich besser aufhören!« Chris sieht mich mit beschleunigtem Atem an.

»Wenn du magst, dann kannst du nach dem Film noch mit zu mir kommen«, schlägt der Teil von mir vor, der um jeden Preis über Kilian hinweg kommen will.

»Das würde ich sehr gerne!« Breit grinst er.

»Ich behalte mir aber das Recht, dir auf die Finger zu hauen, weiterhin vor!«

»Kein Problem!« Chris setzt sich auf und zuppelt an seiner Hose herum.

»Na, drückt da was?« Mit hochgezogenen Augenbrauen und einem Lächeln auf den Lippen schaue ich ihn an.

»Ja! Und daran bist du schuld!« Er lacht, schüttet dann Cola in unsere Becher und überreicht mir meinen.

»Dankeschön.« Ich trinke einen Schluck und werfe einen Blick auf die Leinwand. »Hast du eine Ahnung, worum es geht?«

»Nicht die leiseste!«

»Naja, wir werden schon noch dahinter kommen!« Ich schenke Chris ein Lächeln und versuche dann dem Film zu folgen.

Nachdem der Film geendet hat, packen wir alles zusammen und ich gehe noch kurz zur Toilette, bevor wir zu mir nach Hause fahren.

Als ich aus der Toilettenkabine heraus komme, sehe ich an der Wand einen Kondomautomaten hängen.
Sollte ich vielleicht eines mitnehmen?
Grübelnd wasche ich mir die Hände und entschließe dann vorsichtshalber eines zu kaufen, weil ich wie immer keine zu Hause habe.
Was soll der Geiz?!
Schnell ziehe ich noch ein zweites und verstaue beide in meiner Handtasche, ehe ich zurück zu Chris gehe.
»Wir können los!«, sage ich und spüre, wie ich etwas rot werde, als könnte Chris mir ansehen, dass ich gerade zwei Kondome gekauft habe.

»Magst du die Flasche Wein mit hoch nehmen? Du könntest bei mir übernachten!«, schlage ich vor meiner Haustür vor und Chris sieht mich überrascht an.
»Wenn das okay für dich ist?!«
»Sicher! Sonst hätte ich es ja nicht vorgeschlagen!«
Mit der Flasche Wein in der Hand folgt Chris mir die Treppe rauf und ich führe ihn durch bis ins Wohnzimmer.

»Setz dich doch schon mal! Ich hole uns Gläser aus der Küche!«

Kurz darauf bin ich zurück und Chris schenkt uns Wein ein.

»Na, dann noch mal ›Prost‹!«

»Prost!«, erwidere ich, stoße an und trinke einen Schluck. »So viel Alkohol wie in den letzten Wochen habe ich im ganzen Jahr davor nicht getrunken!«

»Ich finde, dass du heute auch nicht allzu viel trinken solltest!«

»Und warum findest du das?« Interessiert schaue ich ihn an.

»Weil ich will, dass du dieses Mal mit klarem Verstand entscheidest, wie weit du gehen möchtest!« Er stellt sein Glas auf dem Tisch ab und ich tue es ihm gleich.

»Wer sagt denn, dass überhaupt irgendetwas laufen wird?«

»Ob wir miteinander schlafen werden – keine Ahnung, aber küssen wird ja wohl erlaubt sein?!« Herausfordernd guckt er mich an.

»Wenn du zu weit gehst, werde ich dich hauen!«, drohe ich ihm spaßig.

»Vielleicht möchte ich ja genau das?!«

»Dass ich dich verhaue?« Ich muss lachen.

»Was gibt es da zu lachen?« Chris verschränkt seine Arme vor seiner Brust.

»Dann bist du bei mir an der falschen Adresse! Ich mag es lieber, wenn der Mann etwas dominanter ist!«

»Ist das so?« Er zieht eine Augenbraue hoch.

»Ja! Absolut!« Tief schaue ich in seine grünen Augen und mir ist total klar, wo dieses ›Spielchen‹ hinführen wird! Alles, was mich irgendwie von Kilian ablenkt, ist mir momentan recht!

Chris drängt mich auf mein Sofa herunter, legt sich auf mich und küsst mich dann stürmisch.

»Dominant kannst du gerne haben!«, raunt er zwischen zwei Küssen und ich bin absolut bereit dazu, mich von ihm leiten zu lassen, solange seine Finger nicht Abzweigungen nehmen, die sie noch nicht nehmen sollten!

Wieder schiebt seine Hand sich unter mein Shirt und dieses Mal lasse ich ihn gewähren. Als er bemerkt, dass ich ihn nicht stoppe, gleiten seine Finger zu meinen Brüsten. Ungeduldig richtet er sich auf, zieht mir mein Shirt über den Kopf hinweg aus und macht sich dann an meinen Jeansshorts zu schaffen. Meine Ballerinas zieht er mir in diesem Zug gleich mit von den Füßen und kickt dann seine Turnschuhe beiseite, ehe auch er sich seines T-Shirts entledigt.

Chris hat kein Sixpack, aber seine gut trainierten Brustmuskeln im Zusammenspiel mit seinen muskulösen Armen und breiten Schultern sind schon verdammt sexy!

Etwas schäme ich mich, nur in Unterwäsche vor ihm zu liegen! Er ist nun mal nicht Kilian!

Und schon ist Kilian wieder in meinen Gedanken!

Chris legt sich zwischen meine Beine und die Beule, die sich deutlich unter seiner Jeans abzeichnet, spüre ich an meinem Slip.

»Haue mir einfach auf die Finger!«, säuselt er, bevor seine Lippen meinen Hals herunter wandern und weiter südlich nach meinen Brustwarzen suchen.

Chris schiebt die Träger meines BHs meine Schultern herunter und leckt dann sanft über meine Nippel, die sich unter den Berührungen seiner Zunge aufrichten. Küssend und saugend wandert sein Mund weiter abwärts und als er am Saum meines Höschens angekommen ist, zieht Chris es meine Beine hinunter. Ich setze mich auf, als er sich hinstellt, und öffne ganz langsam erst den Knopf seiner Jeans und dann den Reißverschluss. Er zieht sich seine Hose zusammen mit seinen Boxershorts herunter und seine Erektion baut sich vor mir auf, was kurz Zweifel in mir auslöst, ob das wirklich der richtige Weg ist, um Kilian zu vergessen. Aber wenn ich es nicht versuche, werde ich es auch nicht herausfinden! Letztes Mal war ich immerhin total betrunken!

Also hauche ich einen zarten Kuss auf seine Penisspitze, was seine Männlichkeit zucken und Chris kurz aufstöhnen lässt. Sanft knabbere ich an der Seite seiner Härte entlang, bis Chris vor meiner Couch in die Knie geht.

»Wo hast du Kondome?« Gierig küsst er mich und ich bin froh, im Freibad welche gekauft zu haben. Somit muss ich jetzt nicht zugeben, dass ich so was normalerweise nicht im Haus habe.

Schnell greife ich in meine Handtasche, die gleich neben dem Sofa steht, und hole eines heraus.

»Hast du immer welche dabei?« mit überraschtem Gesichtsausdruck nimmt Chris mir das Gummi ab und reißt die Verpackung auf.

»Die habe ich gerade gekauft!«, gestehe ich kleinlaut und beiße mir dann auf die Unterlippe.

Chris sieht mich mit einem breiten Grinsen auf den Lippen an und zieht es sich dann über. »Noch kannst du zurück!«

Ich richte mich etwas auf und küsse ihn als Antwort. Chris spreizt meine Beine weiter und reibt mit seiner Erektion über meinen Kitzler. Ich lasse mich gegen die Rückenlehne fallen und versuche es zu genießen. Er beugt sich vor, saugt an meinen Brustwarzen und ich vergrabe meine Hände in seinem Haar. So langsam beginnt sich das, was er da tut, gut anzufühlen und ein Kribbeln breitet sich in meinem Unterleib aus. Chris dringt ein kleines Stück in mich ein, zieht sich dann aber wieder zurück und stimuliert weiter meinen Kitzler mit seiner Härte. Leise beginne ich zu stöhnen und da gibt es für ihn kein Halten mehr. Chris dringt mit einem festen Stoß in mich ein und ich brauche ein paar Stöße lang, bis ich mich daran gewöhne. Doch dann fängt es an, sich gut anzufühlen. Sein Daumen findet meinen Kitzler, der sich ihm geschwollen entgegenreckt.

»Dieses Mal wirst du kommen! Das verspreche ich dir!«, raunt Chris und küsst mich dann leidenschaftlich.

Seine Erektion reibt immer wieder fest über meinen G-Punkt, sein Daumen streichelt genau die richtige Stelle, aber es fällt mir schwer, mich komplett fallen zu lassen. Das geht nun mal nur bei Kilian! Aber ich hatte in den letzten Jahren ja auch Orgasmen mit anderen Männern, also wird das schon klappen! Mein Atem geht schneller und ich spüre, dass sein Penis es immer leichter hat, in mich zu stoßen, da ich zunehmend feuchter werde.

»Du machst mich so an!«, stöhnt Chris und küsst mich dann an meinem Hals.

Ich schlinge meine Arme um ihn und spüre, dass sich da so langsam etwas in mir aufbaut. Die Mischung aus seiner Penetration und der Massage zwischen meinen Beinen lassen selbige zittern. Meine Hände umklammern seinen Rücken und ich halte mich an seinen Schultern fest, als Chris mich kommen lässt. Außer Atem stoppe ich seine Finger an meinem überreizten Kitzler und er zieht sich aus mir zurück und setzt sich neben mich.

»Das war unglaublich scharf, dich kommen zu sehen!«

Ich knie mich zwischen seine Beine, küsse über seine Brust und seine Erektion reibt dabei an meinem Brüsten. Schneller als ich gucken kann, zieht Chris mich auf seinen Schoß. Ich umfasse seinen Penis und lasse mich auf ihn hinunter.

»Deine Brüste sind der Hammer!« Fest umfasst er sie und ich beginne damit, mich auf ihm zu bewegen.

Erst ganz langsam, aber es dauert nicht lange bis Chris meine Hüfte umfasst und das Tempo so steigert. Ich halte mich an seinen starken Schultern fest und werfe den Kopf zurück. Überreizt bewege ich mich auf ihm, bis er zu stöhnen beginnt und sich kurz darauf in mir ergießt.

Außer Atem schauen wir uns in die Augen und ich gebe ihm einen Klaps auf seine Hand, was Chris zum Lachen bringt.

»Ich hoffe, dass du das nicht zwischendurch schon mal getan hast und ich es nicht gemerkt habe!«

»Nein! Alles gut!« Ich lächele, aber zeitgleich wünschte ich mir, dass er Kilian wäre!

Wenn Kilian zwei Frauen gleichzeitig in seinem Pool nimmt, kann ich auch Sex mit Chris haben!

Das Kondom halte ich am unteren Ende fest und steige dann von ihm herunter. »Wie wäre es mit einer Dusche?«

»Gute Idee!« Chris folgt mir ins Bad und zieht sich das Kondom herunter, bevor wir unter die Dusche gehen.

Er nimmt mich unter dem warmen Wasserstrahl in den Arm und plötzlich wird es mir zu vertraulich! Klar, wir hatten gerade Sex, aber diese innige Nähe überfordert mich jetzt irgendwie! Mag komisch klingen, ist aber so!

»Möchtest du etwas Duschgel haben?« Schnell greife ich nach der Flasche und halte sie zwischen uns, sodass er von mir ablassen muss.

»Klar. Danke.« Meine Reaktion auf seine Zärtlichkeiten scheint ihn zu irritieren, aber ich kann das jetzt einfach nicht!

Während wir duschen, bleibt jeder auf seiner Seite der Dusche und ich reiche Chris ein frisches Handtuch, als wir fertig sind.

»Soll ich doch lieber fahren? Also ich habe ja nur einen kleinen Schluck Wein getrunken!« Prüfend schaut er mich an und sieht nur mit einem Handtuch um die Hüften aus wie aus einem Fotokalender.

»Nein! Quatsch! Ich will nicht, dass du dir vorkommst, als hätte ich dich nur benutzt!«, versuche ich die Situation ins Lächerliche zu ziehen.

»Wenn dir das zu viel ist, wäre es aber okay!«

Er ist schon süß!

»Du kannst hier schlafen! Ist schon gut.«

»Das mit deinem Ex hat dir ganz schön zugesetzt, oder?«

»Ja!«, gebe ich zu.

»Du sollst dich wirklich nicht unter Druck gesetzt fühlen! Wir können es ganz locker halten und sehen, wo es hinführt! Ich verbringe gerne Zeit mit dir und das sage ich nicht nur, weil wir Sex hatten!«

»Also wärst du auch hiergeblieben, wenn wir nur gequatscht hätten?«

»Natürlich! Ehrlich gesagt war ich überrascht, dass wir es überhaupt getan haben! Ich hoffe, dass du es auch genossen hast und dir damit nicht nur etwas beweisen wolltest!«

Ich wickele das Handtuch fest um meinen Körper und fühle mich ertappt. »Wenn ich es nicht genossen hätte, wäre ich ja nicht gekommen!«

»Dann will ich das mal als Antwort gelten lassen!« Chris kneift die Augen zusammen und ich kann mir denken, dass er mich durchschaut hat.
»Ich gehe mir kurz was Frisches anziehen und dann können wir noch den Rest Wein trinken - Deal?«
»Deal!« Chris verlässt das Bad und ich bin sofort wieder in Gedanken bei Kilian!

***

Am nächsten Morgen glaube ich ein Klingeln zu hören, drehe mich grummelig um und stoße mit Chris zusammen, der ohne Kuscheln und ›Nachti Nacht‹ in meinem Bett geschlafen hat.
»Es hat geklingelt!«, brummt er und bei einem Blick auf meinen Wecker sehe ich, dass es schon 11:42 Uhr ist.
Wehe, da will wieder jemand mit mir über seine Religion sprechen!
Da es noch zwei Mal klingelt, quäle ich mich hoch, gehe zur Tür und drücke im Halbschlaf den Türöffner, ohne überhaupt zu fragen, wer da ist!

Als ich meine Wohnungstür öffne und ein paar Sekunden später Kilian vor mir steht, rutscht mir mein Herz in die Hose!

»Was willst du hier?« Schnell fahre ich mir durch die Haare und bin mit einem Schlag hellwach!

»Dir auch einen schönen guten Morgen! Darf ich reinkommen?« Er lächelt mich an und mein zerbrochenes Herz beginnt etwas zu schmelzen. Kurz keimt in mir die Hoffnung auf, dass mein Herz sich vielleicht verhält wie ein ›Terminator‹ und aus einer großen zusammengeschmolzenen Pfütze heil und unversehrt empor steigt!

»Nein!«, entgegne ich fast schon empört klingend, obwohl es vielleicht gar nicht so schlecht wäre, wenn er Chris sehen würde! Er hat ja zuerst mit anderen Frauen Sex gehabt!

»Ookaayy...« Verunsichert sieht er mich an.

»Dann verrate mir doch bitte zwischen Tür und Angel, warum du mich in der App gesperrt hast und mich ansonsten ignorierst!«

Meine Augen, diese miesen Verräter, beginnen feucht zu werden und ich schaue schnell zu Boden. »Weil Schluss ist zwischen uns!«

»Du hast aber meine Nachricht zum Thema Sterilisation erhalten, oder?«

»Ja!«, antworte ich knapp und schaue weiterhin auf meine Füße.

»Und du hast es nicht für nötig gehalten, mir wenigstens einen kurzen Zweizeiler zu schreiben, ob es mit uns ernst wird oder nicht?!«

»Weißt du was, Kilian! Vergiss es!«, erwidere ich, weil ich mich in die Ecke gedrängt fühle und einfach nur will, dass er geht!

Kilian nimmt mein Kinn zwischen seine Finger, hebt es an und zwingt mich so, in seine Augen zu sehen, die mich schwer schlucken lassen! »Was ist denn nur los mit dir?«, verlangt er nach einer Erklärung, als er meine feuchten Augen sieht.

»Du wirst dich niemals ändern!« Ich schiebe seine Hand weg.

»Ich habe mich bereits verändert! Du ahnst ja gar nicht wie sehr!«

Ein ironisches Lachen zieht sich kurz über meine Lippen. »Ach so, früher hättest du wohl drei Tussis auf einmal in deinem Pool verwöhnt!«

»Wovon sprichst du?«

»Das weißt du ganz genau! Also hau ab!« Ich will meine Tür schließen, aber er stellt seinen Fuß dazwischen und drückt sie wieder auf.

»Mirabella, bitte!«

»Ich wollte zu dir, nach der Nachricht, die du geschrieben hattest, und da habe ich die Rothaarige im Pool gesehen, die schon sehnsüchtig auf dich und die andere gewartet hat!« Mit weit aufgerissenen Augen sehe ich ihn an und Kilian beginnt tatsächlich zu lachen!

»Hast du mir zugehört?«, frage ich vorsichtshalber, weil er mir grenzdebil vorkommt.

»Ja, das habe ich! Die Rothaarige war Jenni!«

»Erstens – kenne ich Jenni und sie ist blond! Zweitens – hat sie ja nach euch gerufen, weil ihr ja so heiß war und sie dringend eine Abkühlung braucht!« Mit verstellter Stimme äffe ich den Rotschopf nach.

Kilian holt mit einem Lächeln auf den Lippen sein Handy aus seiner Hosentasche und zeigt mir kurz darauf Jennifers Profilbild, das sie mit roten Haaren zeigt.

»Okay! Dann hattest du halt mit Jenni und einer anderen Sex!«

»Ich hatte seit dem Klassentreffen mit keiner Sex außer mit dir!« Eindringlich sieht er mich an. »Marie und ich haben aus der Küche ein Eis geholt und Jenni hat im Pool auf uns gewartet!

Die beiden waren in der Nähe und sind kurz zum Baden vorbeigekommen!«

›Wo bleibt ihr beide denn? Mir ist schon ganz heiß und ich könnte eine Abkühlung vertragen!‹, dröhnt es in meinem Kopf und plötzlich bekommt der Satz eine ganz andere Bedeutung!

»Ohhh...!« Unsicher schaue ich Richtung Schlafzimmer.

»Ja, genau! Das war ein dummes Missverständnis! Warum bist du nicht einfach zum Pool gekommen?«

»Keine Ahnung... Weil...«

»Du mir nicht vertraust?!«, vervollständigt er meinen Satz.

»Es tut mir leid!« Ist das Einzige, was mir einfällt.

»Alles okay?«, höre ich Chris' Stimme hinter mir und könnte mich selbst ohrfeigen! »Oh, hi, Kilian!« Chris stellt sich nur mit Boxershorts bekleidet neben mich.

»Hallo, Chris!«, erwidert Kilian, schaut dabei aber nur auf mich.

»Kilian, es tut mir...«

»Ich wünsche euch noch einen schönen Sonntag«, fällt er mir ins Wort und geht dann die Treppe hinunter.

Gerne würde ich ihm etwas hinterherrufen, aber ich bin mir darüber im Klaren, dass es jetzt absolut egal ist, was ich sage!

»Was wollte er?« Chris sieht mich an, nachdem ich die Tür geschlossen habe. »Er ist dein Ex, oder?«, fragt er, als er meine Tränen sieht.

»Ja.«

»Warum hast du mich auf Tobis Party angelogen?«

»Das habe ich nicht! Kilian und ich waren wirklich zu Schulzeiten ein Paar, aber wir waren auch bis vor kurzem eines!« Ich versuche mich zusammenzureißen, was mir verdammt schwer fällt.

»Ich denke, es wäre besser, wenn ich jetzt gehe.«

Tief hole ich Luft in der Hoffnung, irgendwie die Kontrolle über mich zu behalten, und nicke.

Chris zieht sich an und drückt mir dann einen Kuss auf die Stirn. »Melde dich, wenn du den Kopf frei für mich hast!«

»Okay!«, murmele ich und schaue ihm zu, wie er meine Wohnung verlässt.

Der Schmerz, der von meinem Herz ausgeht, ist erst stechend und ändert sich dann in ein dumpfes Gefühl, das sich über meinen ganzen

Körper legt und meine Beine versagen lässt. In meinem Flur falle ich auf die Knie, sacke dann in mich zusammen und bin zu fassungslos, um weinen zu können. Nach Luft ringend stütze ich meine Hände auf dem Boden ab und weiß absolut nicht, wie ich jemals in meinem Leben wieder glücklich werden soll!

12

Kennst du das Gefühl, wenn du morgens wach wirst und dir in diesem Moment klar wird, dass ER nicht da ist und es auch nie wieder sein wird! Dann fühlt es sich jedes Mal so an, als würde es dir gerade zum ersten Mal klar werden! Wer meint, dass ein gebrochenes Herz der Worst Case ist, der kennt die Morgen danach noch nicht!

<Mira: Wie geht es Tobi?

Diese Nachricht tippe ich und schicke sie an Vivien, wie jeden Morgen, bevor ich mich für die Arbeit fertig mache. Heute ist immerhin schon Donnerstag! Also nur noch morgen und dann kann ich zwei Tage lang ungehemmt in Selbstmitleid versinken!

>Vivien: Der darf heute nach Hause! Chris hat Tobi etwas von Kilian erzählt, dass der Sonntagmorgen bei dir gewesen wäre. Die beiden haben getuschelt... Woher weiß Chris das oder habe ich da was falsch verstanden?

<Mira: Chris war Sonntagmorgen bei mir und dann kam Kilian... Ich dachte, dass Kilian mit anderen Frauen Sex hatte, aber so war es nicht! Da hatte ich aber schon mit Chris geschlafen!

>Vivien: Warum hast du denn nichts gesagt?

<Mira: Weil du schon genug um die Ohren hast! Da wollte ich dich nicht noch mit meinem Kram nerven!

>Vivien: Aber du nervst mich doch nicht! Gibt es denn noch eine Chance für dich und Kilian?

<Mira: Nein!

>Vivien: Sicher?

<Mira: Leider ja :-(!

>Vivien: Komm doch am Wochenende vorbei!

<Mira: Geht nicht! Da habe ich schon was vor!

>Vivien: Mit Chris?

<Mira: Nein! ›Er‹ heißt Selbstmitleid und vielleicht kommt noch sein Kumpel Schokoladeneis dazu!

>Vivien: Das ist ein flotter Dreier, den keiner braucht!

<Mira: Doch! Ich glaube genau das brauche ich!

>Vivien: Tobi würde sich sicher auch freuen, wenn du kommen würdest! Überlege es dir doch noch mal!

‹Mira: Okay! Mache ich!

Meine letzte Nachricht schreibe ich nur, um erst mal Ruhe zu haben und gehe dann duschen.

***

Den Freitag über wurde ich von Vivien und Tobi mit Nachrichten bombardiert, bis ich endlich zugestimmt habe, am Abend vorbeizukommen. Mein ›Date‹ mit Selbstmitleid und Schokoladeneis verschiebe ich also auf Samstag und Sonntag!

Zur verabredeten Zeit fahre ich bei Viviens Wohnung vor und steige mürrisch aus.
Ich klingele und stehe kurz darauf vor Vivien, die mich umarmt. Gemeinsam gehen wir ins Wohnzimmer, wo Tobi auf dem Sofa sitzt.
»Hey, wie geht es dir?«, begrüße ich ihn.
»Ganz gut soweit!« Er steht auf und umarmt mich vorsichtig. »Du weißt doch sicher, dass Totgesagte länger leben?!«
»Tobi! Du sollst so was doch nicht immer sagen!«, ermahnt Vivien ihn.

»Gegen meinen Galgenhumor kannst du nichts machen!« Er lacht, setzt sich, klopft neben sich auf das Sofa und ich nehme Platz.

»Ich gehe dann mal in die Küche. Essen kochen!« Vivien schaut uns an.

»Soll ich dir was helfen?«, frage ich sie.

»Nein, danke! Das brauchst du nicht!« Und schon ist sie verschwunden.

»Was war denn Sonntag bei dir los?« Neugierig sieht Tobi mich an, als Vivien außer Hörweite ist.

»Frag nicht!« Kurz verberge ich mein Gesicht in meinen Händen.

»Du Flittchen!« Er lacht und ich weiß ganz genau, dass er das nicht böse meint!

»Ey, pass besser auf, was du sagst!« Ich pieke ihm mit meinem Zeigefinger in die Seite.

»Aua! Meine Rippen!«, beschwert sich Tobi.

»Sorry! Tun sie noch sehr weh?« Sofort zieht sich eine Gänsehaut über meine Arme, weil ich an das Geräusch denken muss, das seine brechenden Rippen von sich gegeben haben.

»Ja! Bei jedem Atemzug, aber dann weiß ich wenigstens, dass ich noch lebe!« Er lächelt mich an. »Aber wir waren gerade bei letztem Sonntag!«

»Was willst du wissen?«, frage ich resigniert und lasse mich gegen die Rückenlehne fallen.

»Welchen von beiden du liebst, brauche ich nicht zu fragen, aber warum hast du mit Chris geschlafen? Schon wieder...«

»Bist du mir böse, dass ich mit deinem Kumpel in der Kiste war?« Ich wende mich ihm zu.

»Nein! Der ist alt genug! Also? Ich höre!«

»Ganz ehrlich ich weiß es nicht genau! Vielleicht wollte ich mir etwas beweisen, vielleicht wollte ich Rache...« Ich zucke mit den Schultern. »Vielleicht beides?!«

»Vivien wollte nicht mit der Sprache rausrücken, was da zwischen Kilian und dir war...«

»Er hat mir ein Ultimatum gestellt. Sozusagen – ganz oder gar nicht! Und ich habe mich für ›ganz‹ entschieden!«

»Und was sollte dann das mit Chris?«

»Ich wollte zu Kilian und habe in seinem Pool eine Frau gesehen. Die Situation machte auf mich den Eindruck, dass er mit zwei Frauen Sex in seinem Pool hat! Lange Geschichte – bescheuerter Sinn! Ich bin mit Chris ausgegangen und habe mit ihm geschlafen. Kilian ist bei mir aufgetaucht und hat mir erklärt, dass alles ganz anders war und er mit keiner anderen geschlafen hat! Doch da war Chris noch bei mir!«

»Scheiße!«

»Du sagst es! Ist Chris mir eigentlich böse?«

»Ich glaube nicht. Immerhin hast du von Anfang an klar gesagt, dass du noch deinem Ex nachtrauerst. Dass Kilian dein aktueller Ex ist, kam für ihn allerdings überraschend! Er kommt drüber weg!« Tobi zwinkert.

»Ich wünschte, das könnte ich von mir auch behaupten!«

»Kilian wird sich schon wieder beruhigen!«

»Das glaube ich nicht!«

»Hey! Ihr zwei seid das absolute Traumpaar!«

»Tobi, wir sind nicht mehr auf der Schule! Kilian hat sich verändert!«

»Oh, ja! Wie schrecklich! Er hat jetzt einen Pool und einen super durchtrainierten Körper!« Tobi lacht und hält sich dabei die Rippen.

»Das ist nicht das Problem!«

»Er wird sicher kein Problem damit haben, für dich auf den Swingerclub zu verzichten!«

»Genau bei diesem Punkt bin ich mir nicht so sicher! Und du hättest ihn mal zwischen den ganzen Bonzen bei einer Veranstaltung seiner

Firma sehen sollen! Glaube mir, du willst als Frau nicht erleben, wenn er so richtig im Stress ist!«

»Wie reich ist Kilian eigentlich?«

»Das musst du ihn fragen!«

»Bei dem Pool reden wir doch von einem kleinen Schwimmbecken neben einem normalen Einfamilienhaus, oder?«

»Wenn du ihn fragst, wird er dich sicher mal einladen!«

»Dann muss ich Kilian wirklich mal selber fragen!« Tobi reibt sich sein Kinn.

Es klingelt an der Tür und mir ist sofort klar, dass Tobi, ohne es mir zu sagen, Chris eingeladen hat.

»Ich mache mal auf!« Vorsichtig quält er sich vom Sofa hoch. »Ach ja... Es tut mir leid!«

»Was? Dass du mir nicht gesagt hast, dass Chris auch kommt?«

Tobi lächelt und verlässt das Wohnzimmer. Kurz darauf höre ich ein Stimmwirrwarr aus dem Flur und als sich die Wohnzimmertür wieder öffnet, setzt mein Herz kurz aus!

»Ich hatte doch extra gefragt, ob Mirabella auch kommt!« Kilian sieht Tobi vorwurfsvoll an.

»Naja, ich dachte, dass du gefragt hast, weil du sie gerne sehen möchtest und nicht andersherum!

Ich muss kurz Vivi helfen gehen!« Tobi lächelt unschuldig, zuckt mit den Schultern und schließt die Tür hinter sich.

Mit einem Schlag ist es so still, dass man eine Stecknadel fallen hören könnte!

»Ist schon gut! Ich gehe!« Schnell springe ich auf und bleibe dann vor Kilian stehen. »Es tut mir wirklich leid! Ich wollte deine Gefühle nicht verletzen!« Einen Moment zu lange schaue ich in seine Augen und würde ihn am liebten an mich drücken! Doch ich gehe weiter, greife nach der Türklinke, schaffe es aber nicht, sie auch zu benutzen! Ich wende mich ihm noch einmal zu.

»Ich liebe dich!«, sage ich verzweifelt, weil ich eh nichts zu verlieren habe und will dann gehen!

»Du hast es einfach nie kapiert!«, ertönt Kilians Stimme.

Ich stoppe in meiner Bewegung, traue mich aber nicht, mich nochmals zu ihm umzudrehen, weil ich dann erneut in seine unglaublichen Augen schauen müsste!

»Du hast niemals kapiert, dass all die Frauen in den letzten Jahren nur Zeitvertreib waren!«, fährt er fort. »Das, wovon ich immer geträumt habe, war ein Leben mit dir! Nicht andersherum!

Niemals hätte ich abends zusammen mit dir auf dem Sofa gesessen und darüber nachgedacht, wie gerne ich jetzt eine nach der anderen im Swingerclub vögeln wollen würde!«

Seine Worte brennen in meinem Herz und in meiner Seele, weil sie mir noch deutlicher machen, welch hohen Preis ich für einmal Sex mit Chris bezahlt habe! Zögerlich wende ich mich dann doch Kilian zu.

»Du scheinst gar keine Vorstellung davon zu haben, wie stark deine Anziehungskraft auf mich wirkt!? Emotional und körperlich! Niemals habe ich eine andere Frau so sehr begehrt wie dich! Auch jetzt, wo ich so enttäuscht von dir bin, würde ich dich am liebsten gegen die Wand drücken und dich so richtig...« Kilian stockt verzweifelt und fährt sich mit der Hand durch seine braunen Haare.

Mein Kitzler reagiert sofort auf seine Worte und beginnt zu pochen! »Es tut mir so leid!«, wiederhole ich mit leicht erhöhter Atemfrequenz.

»Das weiß ich, aber es ändert nichts mehr!« Tief schaut er mir in die Augen und es fällt mir schwer, seinem Blick standzuhalten!

»Ich wollte immer nur dich! Das musst du mir glauben! Das mit Chris war nur, weil ich dachte, dass du...«

»Warum hast du nicht mit mir geredet? Warum bist du nicht einfach zum Pool gekommen, anstatt sofort vom Schlimmsten auszugehen?!« Kilians Kiefermuskeln spannen sich sichtbar an.

»Ich weiß doch, dass das Problem bei mir und meinem mangelnden Selbstwertgefühl liegt! Für mich ist es nun mal unvorstellbar, dass ein Mann wie du eine wie mich will!«

»Also brauchtest du Chris, um dein Selbstwertgefühl aufzupolieren?«

»Nein!« Verzweifelt schüttele ich den Kopf.

»Ist jetzt ja auch egal!«

Ganz genau weiß ich, wie bescheuert mein aktueller Gedanke gerade ist, aber die Angst, Kilian heute vielleicht zum letzten Mal zu sehen, lässt sämtliche Sicherungen in meinem Kopf durchbrennen! Also schlinge ich ihm stürmisch meine Arme um seinen Nacken und küsse ihn!

Für einen Augenblick wirkt er wie versteinert, doch dann umfasst er meine Arme, löst sie von seinem Nacken und drückt mich an ihnen von sich ab.

»Spinnst du?«, fragt er leise, aber lässt meine Arme nicht los.

Deutlich kann man uns beide atmen hören und ich wünschte, dass ich einen Plan B hätte für den Fall, dass Kilian meinen Kuss nicht erwidert! Sein Blick wechselt zwischen wütend und leidenschaftlich, wenn ich ihn richtig deute!

Plötzlich lässt er meine Arme los und nimmt mich fest in seine. Kilian drückt seine Lippen auf meine und drängt mich dann rückwärts gegen die Tür. Seine Zunge schiebt sich gierig in meinem Mund und ich lege erneut meine Arme um ihn! Dieser Kuss ist wie Balsam für mein geschundenes Herz! Mit einem Ruck hebt er mich hoch, sodass ich meine Beine um ihn schlingen kann. Zwischen ihnen spüre ich seine Erregung und mir geht es absolut nicht anders! Ich drehe den Schlüssel im Schloss der Tür herum und versperre so für Vivien und Tobi den Zutritt. Mir ist gerade absolut egal, dass wir hier in Viviens Wohnung sind! Kilian steckt eine Hand unter mein Trägertop, schiebt meinen BH etwas herunter und zwirbelt meine Brustwarze zwischen zwei Fingern, was mich aufstöhnen lässt!

Er beendet den Kuss und sieht mich dann an. »Es geht nicht!«, schnauft er außer Atem und ich verstehe die Welt nicht mehr! »Es wird niemals funktionieren, weil du mir nicht vertraust!« Er setzt mich auf meine Füße ab und schneller als ich gucken kann, ist die Tür aufgeschlossen und Kilian verschwunden!
Was zur Hölle ist da gerade passiert?
Eine Zeit lang benötige ich, um etwas herunterzukommen, da steht Tobi plötzlich neben mir.
»Alles okay? Ist Kilian weg?« Er schaut auf meinen Bauch, der sich unverhüllt zeigt.
Vollkommen neben mir stehend zerre ich mein Top zurecht. »Ich will nach Hause!«, stammele ich und eile an Tobi vorbei, in der Hoffnung, Kilian noch einholen zu können!
Unten angekommen, kann ich ihn aber nirgends erkennen und mir wird klar, dass ich zu langsam war!
Warum konnte ich ihm nicht einfach vertrauen? Jetzt habe ich alles verloren!
Ohne noch einmal hochzugehen, um mich zu verabschieden, gehe ich zu meinem Auto und mache mich auf den Weg nach Hause, in der

Gewissheit, dass ich den Menschen, den ich auf dieser Welt am allermeisten liebe, für immer verloren habe!

13

Die letzten zwei Nächte habe ich kaum geschlafen und mir ist sogar die Lust auf Schokoladeneis vergangen! Das heißt, dass ich jetzt zwei Tage lang gar nichts herunterbekommen habe! Mein Magen fühlt sich an, als wäre er total verknotet! Gedankenverloren trinke ich schlückchenweise eine Apfelschorle und bin froh, dass Vivien und Tobi nicht sauer waren, dass ich einfach abgehauen bin! Tobi hatte ja eigentlich auch Schuld daran, weil er Kilian einfach eingeladen hat, ohne ihm oder mir zu sagen, dass der jeweils andere auch da sein wird!

Meine Gedanken schweifen ab zu der Fernbedienung für Kilians Tor, die noch immer in meinem Wagen liegt.

Die bekommt er heute noch zurück!

Ich schaue an mir herunter und beschließe duschen zu gehen, für den Fall, dass Kilian mich an seiner Einfahrt sehen sollte!

Als ich aus der Dusche komme, wird mir kurz schwindelig und ich setze mich auf den Klodeckel, bis das Karussell in meinem Kopf anhält. Danach ziehe ich mir über meine schicke Spitzenunterwäsche einen kurzen Rock und ein Trägertop. Natürlich weiß ich, dass Kilian ja keinen Röntgenblick hat und somit auch nicht die sexy Unterwäsche sehen kann, aber ich fühle mich einfach selbstbewusster, wenn ich weiß, dass ich was Schönes drunter trage! Genau aus diesem Grund stecke ich auch mein gelocktes Haar hoch und schminke mich dezent! Zu 99% wird er mich eh nicht sehen, aber für das eine einsame Prozent will ich vorbereitet sein!

Fest entschlossen greife ich meine Handtasche, laufe doch noch mal zurück ins Bad und lege das Parfum auf, von dem ich weiß, dass er es mag und gehe dann auf den Pumps, die für meine Verhältnisse hohe Absätze haben, zu meinem Auto.

Kurz darauf halte ich vor seinem Tor, steige aus und versuche die Fernbedienung in den Briefkasten zu stecken, was aber leider nicht passt!

War ja klar! Was mache ich denn jetzt?

Einen Moment lang grübele ich darüber nach und entscheide mich dann dazu, zu klingeln. Somit hat sich die ganze Aufbretzelei wenigstens gelohnt!

Mein Finger zittert etwas, als ich auf den Knopf der Klingel drücke. Da ich weiß, dass er sicher auf den Monitor gucken wird, bevor er öffnet, halte ich die Fernbedienung in Richtung Kamera und kurz darauf summt der Türöffner und ich betrete sein Grundstück.

Was mir als erstes auffällt, ist, dass der Brunnen im Kreisel weg ist, stattdessen wurde dort ein schlichtes Blumenbeet angelegt, das mit Rindenmulch abgestreut ist.

Kilian steht in der Tür und sieht einfach mal wieder atemberaubend gut aus!

»Ich wollte dir nur kurz den Toröffner zurückgeben!« Meine Stimme klingt entschuldigend.

Nachdem ich auch die letzte Stufe genommen habe, strecke ich ihm die Bedienung entgegen und als er sie mir abnimmt, berühren sich kurz unsere Finger, was sich wie ein Stromschlag anfühlt!

»Danke«, erwidert Kilian knapp. Sein Blick wandert an mir rauf und runter. »Hast du noch was vor?«

»Nein! Warum?«, frage ich unschuldig.

Hoffentlich denkt er jetzt nicht, dass ich noch ein Date mit Chris habe!

»Du siehst sehr hübsch aus!« Kilian lächelt und ich spüre, wie meine Knie weich werden.

»Danke!«, hauche ich und das Gefühl in meinen Knien breitet sich weiter über meinen Körper aus! *Mist! Ich hätte doch vielleicht vorher was essen sollen!*

»Dann mache ich mich mal wieder auf den Weg!« Kurz fasse ich mir an den Kopf, weil es in meinen Ohren zu rauschen beginnt.

»Ist alles in Ordnung?« Kilian beäugt mich kritisch.

»Ja. Alles...« Um mich herum wird es dunkel...

»Mirabella? Hey!«

Langsam öffne ich meine Augen und spüre, wie mein ganzer Körper zu zittern beginnt.

»Da bist du ja wieder!«

Benommen schaue ich mich um und erkenne, dass ich auf dem Boden in Kilians Foyer liege und er meinen Oberkörper in seinen Armen hält. »Ich muss los!« Langsam versuche ich mich aufzurichten, weil Kilians Nähe mir verdammt wehtut!

»Du gehst erst mal nirgendwo hin!« Er hält mich fest.

»Es geht aber schon wieder«, protestiere ich mit brüchiger Stimme, obwohl mir gar nicht gut ist.

»Du zitterst am ganzen Körper und warst gerade für eine halbe Minute weg! Du bleibst noch hier!« Kilian schiebt einen Arm unter meinen Knien hindurch, sammelt mich vom Boden auf und trägt mich ins Wohnzimmer, wo er mich auf die Couch legt und mir die Pumps von den Füßen zieht.

»Hast du genug getrunken?« Er setzt sich neben mich auf die Kante des Sofas.

»Ja.«

»Gegessen?«

Ich schüttele den Kopf und versuche meinen Körper vom Zittern abzuhalten, was das Ganze nur noch verschlimmert.

»Hast du heute schon was gegessen?«

»Nein.«

»Wann hast du das letzte Mal etwas gegessen?« Mit zusammengezogenen Augenbrauen sieht er mich an.

»Freitagmittag«, gebe ich kleinlaut zu.

»Wir haben Sonntagnachmittag! Warum hast du nichts gegessen?« Verständnislos sieht er mich an.

»Ich habe einfach nichts herunterbekommen!« Ich lege meine Hand auf die Stirn, weil ich das Gefühl habe, dass auch das Liegen meinen Körper nicht mehr lange davon abhalten wird, das Bewusstsein zu verlieren.

»Bin gleich wieder da! Bleib bloß liegen!« Kilian verschwindet und kehrt kurz darauf zurück und reicht mir ein Glas Cola. »Trink das!« Er gibt mir das Glas und ich trinke etwas.

Kilian packt ein kleines Törtchen aus, das sicher für Marie gedacht war, weil ein Clown auf der Verpackung ist, und gibt es mir. »Und jetzt iss was!« Er hält es mir entgegen.

Ich nehme es ihm ab, nehme einen Bissen und muss diesen dann mit Cola herunterspülen, weil ich absolut keine Spucke mehr im Mund habe! Wahrscheinlich hat mein Körper sich auf die wichtigen Dinge konzentriert und somit auf solche Sachen, wie die Speichelproduktion, verzichtet!

Nachdem ich alles verputzt habe, spüre ich, wie es mir langsam ein wenig besser geht und richte mich zögerlich auf.

Kilian setzt sich mit besorgtem Blick neben mich. »Konntest du wegen mir nichts essen?«

Ich schaue ihn an, nicke und lasse meinen Blick wandern. Erst jetzt erkenne ich, dass sich hier einiges verändert hat!

Der riesige Raum wurde durch eine neue Wand, die in den Raum ragt, optisch getrennt. Nun ist der Essbereich nicht mehr zu sehen und der Fernseher hängt an der neuen Wand, der gegenüber die Couch steht, auf der wir sitzen. Die weiße Ledercouch wurde gegen eine gemütliche getauscht, die mit einem Stoff in Salz- und Pfefferoptik bezogen ist. Auf dem Boden liegt anstelle des Marmors ein Parkettboden und auch alle anderen steril wirkenden Möbel wurden gegen Holzmöbel ersetzt. Der Raum ist immer noch groß und durch die Fensterfronten sehr hell, aber jetzt auch noch sehr gemütlich und wohnlich. An der Wand hängen keine abstrakten Gemälde mehr, sondern Fotos von Marie, von Kilians Eltern und sogar ein altes Bild von Kilian und mir. Neben dem Sofa steht ein Hundekörbchen für Elfriede.

»Du kannst doch nicht einfach wegen mir aufhören zu essen!«

»Das habe ich mir ja nicht ausgesucht! Ich habe ganz einfach nichts herunterbekommen!« Mein verwunderter Blick wandert zu ihm.

»Aber ab jetzt isst du wieder was, okay?!« Kilian legt mir eine Hand auf die Schulter und ich wäre ihm so gerne noch so viel näher!

»Ich werde es versuchen.« Tief schaue ich ihm in seine blauen Augen. »Was ist denn hier passiert?«

»Naja... Das sollte eigentlich eine Überraschung für dich sein!«

»Für mich?!« Ungläubig sehe ich ihn an.

»Ich wollte, dass du dich hier wohlfühlst und vielleicht zu mir ziehst.« Er nimmt seine Hand von meiner Schulter.

Schwer muss ich schlucken. »Hast du deswegen auch den Springbrunnen wegmachen lassen?«

»Ja.« Kilian lacht leise. »An deinem Blick auf das monströse Ding konnte ich deutlich erkennen, dass er dir nicht gefällt!«

Ein anderes monströses Ding hat mir immer sehr gut gefallen!

»Und jetzt? Baust du alles wieder so um, wie es war?«

»Nein! Mir gefällt es so und Marie findet es auch ganz toll!«

»Das freut mich!« Traurig schaue ich auf meine Hände, die auf meinem Schoß liegen.

»Ich hole dir noch was zu essen und zu trinken!« Kilian geht und kommt dann nach einigen Minuten mit einer Flasche Cola und einem Sandwich zurück.

»Danke!« Ich nehme ihm die Kniffte ab und er schüttet mein Glas voll. »Hast du das selber geschmiert oder bereitet dir Rafael so was vor?« Kurz lächele ich ihn an.

»Ein Brot zu schmieren, bekomme ich gerade so alleine hin!«

»Wirklich?« Ich beiße ab und kann spüren, dass sich die Situation so langsam entspannt und auch das Zittern hat nachgelassen.

Kilian lächelt schief. »Dir scheint es besser zu gehen!«

Körperlich schon, aber mein Herz hat unglaubliche Angst davor, gleich wieder ohne dich sein zu müssen!

»Ja, es geht...« Den letzten Bissen schlucke ich herunter und stelle dann den Teller auf dem Couchtisch ab.

»Ich habe noch ein anderes Zimmer komplett umgestalten lassen!«

»Ja!? Welches?«

»Wenn du dir zutraust aufzustehen, zeige ich es dir.«

»Okay.«

Kilian steht auf und streckt mir seine Hand entgegen. Ich ergreife sie, ziehe mich daran hoch und warte kurz ab, was passiert, als ich stehe. Die Welt um mich herum beginnt nicht erneut damit, sich zu drehen.

»Alles gut?« Kilian beobachtet mich ganz genau.

»Ja. Alles gut«, bestätige ich und bereue meine Worte, als er meine Hand loslässt.

Neugierig folge ich ihm und versuche jede Sekunde seiner Anwesenheit aufzusaugen und für schlechte Zeiten zu konservieren! Zu meiner Überraschung nehmen wir die Treppe in den Keller und stoppen vor der Tür zu Kilians ›Arztzimmer‹.

Ganz ehrlich! Das will ich gar nicht sehen!

»Was willst du mir hier zeigen?«, frage ich verunsichert.

»Siehe es dir an!« Er öffnet die Tür, schaltet das Licht ein und wir gehen hinein.

Der Raum ist kaum wiederzuerkennen! Der Frauenarztstuhl ist verschwunden und an dessen

Stelle steht ein Bett, dessen Rahmen aus schnörkelig geschwungenem Metall besteht. An dem Metall hängen Manschetten an Kopf- und Fußteil, die sicher zum Fixieren der Arme und Beine dienen sollen. Daneben baumelt eine Liebesschaukel von der Decke. Die Wände sind in einem warmen Gelbton und Rot gestrichen und auch hier wurde der Marmorboden gegen Parkett ersetzt. In einer Ecke steht eine Kommode, bei der mich schon interessieren würde, was sich in ihren Schubläden und hinter ihren Türen versteckt!
»Warum zeigst du mir das?«, flüstere ich fast und wende mich ihm dann zögerlich zu.
»Weil ich auch diesen Raum nur für dich gemacht habe!« Kilian sieht mir in die Augen.
»Okay! Jetzt habe ich ein noch schlechteres Gewissen! Alles was passiert ist, tut mir so leid! Du kannst dir gar nicht vorstellen wie sehr!«
»Da du zwei Tage lang gar nichts gegessen hast, habe ich eine vage Vorstellung davon, wie sehr es dir leid tut!« Er zieht die Augenbrauen hoch.
»Ich sollte jetzt wirklich gehen!«, sage ich, weil der Schmerz in mir immer größer wird und will an ihm vorbei, raus aus diesem Raum!

Doch Kilian hält mich am Arm fest und macht dann die Tür zu.

»Was soll das?« Verwirrt durch seine Nähe schaue ich zu ihm auf.

»Ich will mit dir zusammen sein!« Entschlossen fixiert er mich mit seinem Blick.

»Wie meinst du das?« Ein winzig kleiner Funke Hoffnung zündet in mir und brennt so heiß, dass er beginnt die Bruchstücken meines Herzens wieder zusammenzuschweißen.

»Ich kann und will einfach nicht mehr ohne dich leben und ich weiß, dass du das mit Chris niemals getan hättest, wenn du nicht gedacht hättest, dass ich andere Frauen habe!« Seine blauen Augen funkeln mich an. »Ich liebe dich! Lass uns vergessen, was war, und nach vorne schauen! Seit ich dich das erste Mal gesehen habe, wollte ich immer nur dich und das wird sich auch nicht ändern, wenn ich dich von mir wegschiebe, das habe ich die letzten Tage gemerkt!«

Mit offenem Mund starre ich ihn an. »Ich liebe dich auch!«, schießt es aus mir heraus und ich kann absolut nicht fassen, was hier gerade geschieht! »Sind wir jetzt also so richtig zusammen?«, frage ich, um wirklich ganz sicherzugehen!

»Ja! Und wegen der Events brauchst du dir keine Sorgen zu machen! Einer meiner Mitarbeiter wird sich in Zukunft darum kümmern! Ich werde die Kunden natürlich noch betreuen, werde aber deutlich kürzer treten, damit ich nicht mehr die ganze Woche über unterwegs bin und mehr Zeit für Marie und dich habe!«

»Du willst das einen deiner Mitarbeiter machen lassen? Ohne, dass du dabei bist?« Zweifelnd sehe ich ihn an.

»Ich habe nicht gesagt, dass es einfach werden wird!« Kilian lacht kurz auf und das ist wie Musik in meinen Ohren. »Außerdem wird das mit unserem Kinderwunsch ja nicht ganz einfach werden. Und dafür will ich mir Zeit nehmen!«

UNSER Kinderwunsch!

»Wie würde so was denn aussehen?«, frage ich, weil meine Neugierde einfach zu groß ist.

»Naja, ich könnte mich einer kleinen OP unterziehen, wo die Samenleiter wieder miteinander verbunden werden, oder die Spermien werden mit einer Spritze direkt aus dem Hoden entnommen und dir eingeführt.

Sozusagen eine künstliche Befruchtung. Welche Methode für uns die beste wäre, müsste ein Arzt entscheiden!«
»Aua!«
»Ähmm, ja! Angenehm wird es so oder so nicht!«
»Und das würdest du für mich tun?« So langsam muss ich mich zusammenreißen, ihm nicht sofort um den Hals zu fallen!
»Das würde ich für uns tun!« Eindringlich sieht er mich an. »Als Jenni schwanger wurde, habe ich mich für die Sterilisation entschieden, ohne eine Ahnung zu haben, dass Marie das Beste sein wird, was mir je passiert ist! Und jetzt bist du wieder da und ich merke immer mehr, wie sehr ich mir eine richtige Familie wünsche! Zusammen mit dir!«
Ich kann nicht anders und springe ihn fast schon an. Fest schlinge ich meine Arme um seine Mitte und Kilian drückt mich an sich!
Ich schaue zu ihm auf und er beginnt mich zu küssen! Endlich! Es fühlt sich an, als würde jede Anspannung aus meinem Körper weichen! Nun bin ich da, wo ich immer sein wollte! Bei IHM! Und daran wird sich auch nichts mehr ändern! Alle Zweifel scheinen verflogen zu sein!

Kilian schiebt meinen Rock hoch, umfasst meinen Hintern und ich schlinge meine Beine um seine Hüfte. Er trägt mich bis zum Bett und die Vorfreude auf das, was gleich geschehen wird, lässt es zwischen meinen Beinen kribbeln! Vorsichtig legt er mich auf dem Bett ab, schiebt meine Arme über meinen Kopf und fixiert meine Handgelenke mit den Manschetten.

»Vertraust du mir?«, fragt er leise.

Ich beiße mir auf die Unterlippe und nicke.

Aus einer der Schubladen holt Kilian eine Augenbinde und legt sie mir an. Danach zieht er mein Top hoch, öffnet meinen BH und schiebt ihn so weit wie möglich nach oben, damit meine Brüste nackt vor ihm liegen.

Als nächstes fasst er unter meinen Rock und führt dann meinen Slip meine Beine hinunter.

Ich spüre, wie er die Matratze verlässt, höre etwas rascheln und gehe davon aus, dass er sich gerade auszieht. Danach benutzt er eine der Schubladen und kurz darauf fühle ich sein Gewicht wieder neben mir auf dem Bett.

Mein Herz schlägt mir bis zum Hals!

»Ich liebe dich so sehr und du siehst gerade unfassbar heiß aus!«, flüstert er in mein Ohr und versiegelt meine Lippen mit einem Kuss, bevor ich etwas erwidern kann.

Seine Zunge drängt sich zu meiner und spielt gekonnt mit ihr, während seine Hände meine Brüste finden. Ungeduldig zerre ich an meinen Fesseln, als er sich zwischen meine Beine legt und ich spüre, dass er wirklich bereits nackt ist und seine Härte über meine Schamlippen gleitet.

»Ich kann schon fühlen, wie bereit du bist!«, raunt er und ich kann sein Lächeln förmlich spüren!

Kilian saugt an meinen Brustwarzen und küsst dann meinen Bauch, was mich leise stöhnen lässt! Mein Herzschlag geht mittlerweile so schnell, dass mir fast schon wieder etwas schwindelig wird.

Er richtet sich auf und verteilt etwas auf meinen Brüsten, das leicht nach Kokos duftet und massiert sie dann damit. Ich beginne mich unter seinen Berührungen zu winden.

»Hier kann dich niemand hören!« Seine Hände gleiten meine Taille entlang.

Zart küsst er die Innenseite meiner Schenkel und ich stöhne laut auf, als er mit seiner Zunge über meine Perle leckt, die vor Erregung schon ganz geschwollen ist!

Plötzlich schiebt sich etwas in mich, das kurz darauf anfängt zu vibrieren und mir zusammen mit seiner Zunge den Verstand raubt.

»Oh, Kilian...!«, stöhne ich und ziehe an den Seilen, die die Manschetten halten.

Kilian spreizt meine Beine weiter und der Vibrator wird von seinem harten Penis abgelöst, den er ungeduldig in mich stößt. Kurz lässt er mir Zeit zum Luftholen und streichelt dann mit dem Vibrator über meinen Kitzler, während er mich nimmt.

Es dauert nicht lange und meine Erregung steigert sich, bis ich es kaum mehr aushalte! Sie ebbt kurz ein wenig ab, steigt wieder, ebbt ab und als ich dann komme, geht mein Stöhnen in ein Schreien über! Das, was er da tut, ist so unfassbar gut und seine Nähe macht mich unglaublich an! Nur bei ihm konnte ich mich schon immer ungehemmt gehen lassen!

Als ich unter den Berührungen des batteriebetriebenen Freudenspenders zu zucken beginne, zieht Kilian ihn weg von mir.

Langsam bewegt er sich in mir. »Du hast so scharf ausgesehen, als du gekommen bist. Da musste ich mich echt beherrschen, nicht auch gleich in dich

zu spritzen!« Kilian zieht sich aus mir zurück, dreht mich und plötzlich liege ich auf dem Bauch. »Jetzt zeige ich dir mal, wie schön das mit dem Po sein kann, wenn man es richtig macht!«
Erneut beschleunigt sich mein Herzschlag.
Kilian verteilt etwas von dem Massageöl, das so herrlich nach Kokos duftet, auf meinem Rücken und seine Hände gleiten immer tiefer.
Zu meiner eigenen Überraschung breitet sich Vorfreude in mir aus, denn ich weiß ganz genau, dass er niemals etwas täte, was ich nicht wollen würde. Und dieses Gefühl, dass ich ihm 100%ig vertraue, ist sofort da! Es gibt absolut keinen Zweifel mehr daran! Nichts ist erregender als diese Mischung aus Liebe, Vertrauen, Zuneigung und seinen Fingern auf meinem Körper, die mit mir machen können, was auch immer sie wollen...!

Am nächsten Morgen strecke ich mich verschlafen und spüre mal wieder Muskeln an meinem Körper, von denen ich nicht einmal wusste, dass sie existieren.
Auf dem Wecker erkenne ich, dass es 9:32 Uhr ist.
Ich taste zögerlich die Matratze neben meiner ab

und bin mir dabei fast sicher, dass Kilian schon joggen sein wird. Doch meine Hand trifft auf seinen nackten Oberkörper. Nachdem ich ihn auf diese Weise angestupst habe, wendet er sich mir zu und schlingt einen Arm um mich.

»Guten Morgen!«, sagt er leise.

»Morgen!« Ich streichele über seinen Arm, der auf meinem Bauch liegt. »Wie kommt es, dass du noch neben mir liegst?«

»Ich war schon um kurz vor Sieben wach, aber der Gedanke, mit dir gemeinsam wach zu werden, war einfach zu verlockend!« Er drückt mir einen zarten Kuss auf die Wange. »Außerdem muss ich mich jetzt ja nicht mehr ständig um die Firma kümmern.«

»Du ziehst das also wirklich durch?«

»Klar! Hattest du Zweifel?«

»Mmhh... Vielleicht...« Kurz lache ich auf.

»Höre bitte auf damit!«

»Womit?«

»An mir zu zweifeln!«

Ich richte mich etwas auf und bringe meine Lippen dicht vor seine. »Das werde ich!«, flüstere ich fast.

»Versprochen?«

»Versprochen!«, hauche ich und lege meine Lippen dann zärtlich auf seine.

Ehe ich weiß, wie mir geschieht, dreht Kilian uns und liegt dann auf mir. »Ich liebe dich und du kannst mir 100%ig vertrauen!«

»Das habe ich jetzt verstanden! Ich liebe dich auch!«, erwidere ich und bin endlich dort, wo ich hingehöre, seit ich 16 war – in Kilians Arme! Wir sind vielleicht einen unnötigen Umweg gegangen, aber dieser hat sich in der Hinsicht gelohnt, dass unser Baby, das wir hoffentlich haben werden, eine große Schwester haben wird! Marie wird ab jetzt zu mir gehören, genauso wie Kilian, und ich kann es kaum mehr erwarten, dass wir eine kleine Familie sein werden! Die Zeit ab heute bis zum Ende aller Tage wird uns gehören! Daran gibt es absolut keinen Zweifel mehr...!

ENDE

Liebe Leserin, lieber Leser,

ich hoffe, dass Dir mein Buch gefallen hat!
Über eine Bewertung bei Amazon würde ich mich riesig freuen, denn für Euch schreibe ich meine Bücher und freue mich deswegen natürlich sehr über Feedback!

Der Moment, wenn man das eigene Buch in den Top 100 der Kindle-Charts wiederfindet, ist einfach unbeschreiblich! Man freut sich wie ein kleines Kind an Weihnachten! Aufgeregt rufe ich dann nach meinem Mann, um ihm das für mich Unfassbare zu zeigen!
Und genau diese Momente verdanke ich Dir und allen anderen, die meine Bücher kaufen und lesen! Also vielen lieben Dank!!!

Liebe Grüße,
Ina

Impressum:
Ina Glahe: Ich will keinen Millionär
Uslar, September 2016
Alle Rechte am Werk liegen bei:
Ina Glahe Publishing
Heimchenbreite 10
37170 Uslar
Erstauflage, CreateSpace Independent Publishing Platform
Printed in Germany by Amazon Distribution GmbH, Leipzig
ISBN-10: 1537547658
ISBN-13: 978-1537547657

Printed in Poland
by Amazon Fulfillment
Poland Sp. z o.o., Wrocław